DAVID SELTZER

DAS OMEN

Roman

WILHELM HEYNE VERLAG
MÜNCHEN

HEYNE-BUCH Nr. 5323
im Wilhelm Heyne Verlag, München

Titel der amerikanischen Originalausgabe
THE OMEN
Deutsche Übersetzung von Ernst Heyda

3. Auflage

Printed in Germany 1977
Umschlaggestaltung: Atelier Heinrichs, München,
unter Verwendung eines Standfotos aus dem gleichnamigen Film
im Verleih der Twentieth Century-Fox
Gesamtherstellung: Ebner, Ulm

ISBN 3-453-00698-4

Laßt Ihn, der es weiß,
dem Untier die Zahl zuordnen;
denn es ist eine menschliche Zahl,
die Zahl lautet: 666

Buch der Offenbarung

Die Personen der Handlung:

Katherine Thorn (Kathy)

Jeremy Thorn (Jerry)

Damien

Chessa

Mr. und Mrs. Horton

Mrs. Baylock

Haber Jennings

Pater Tassone

Pater Spilletto

Schwester Teresa

Dr. Greer

(Techulca)

VORWORT

Es geschah in einer Tausendstelsekunde. Das Aufbäumen in den Galaxien, welches eigentlich Äonen währen müßte, geschah in einem einzigen Wimpernschlag.

Im Observatorium von Cape Hattie griff ein junger Astronom einen Augenblick zu spät nach dem Auslöser der Kamera, die dieses Aufbäumen registriert haben könnte; denn aus Bestandteilen dreier Sternbilder entstand in dieser Millisekunde der dunkle, glühende Stern. Aus Steinbock, Krebs und Löwe lösten sich plötzlich Stücke, die einander mit magnetischer Sicherheit fanden und zu einem pulsierenden galaktischen Funken verschmolzen. Er wurde jetzt heller, und die Sternbilder erbebten – oder waren es die zitternden Hände am Okular, als der Astronom versuchte, einen Aufschrei zu unterdrücken?

Er glaubte, allein dieses Phänomen als einziger beobachtet zu haben, doch das stimmte nicht. Denn aus der Tiefe der Erde drang ein Echo herauf. Es waren Stimmen ... Noch nicht menschlich, doch mit dem Größerwerden des Sterns zu einem höllischen, mißklingenden Aufschrei werdend. In Höhlen, Kellern und auf offenen Feldern versammelten sie sich: einige Zwanzigtausend satanische Geburtshelferinnen. Sie neigten die Köpfe und hielten sich an den Händen, während ihre Stimmen lauter und lauter wurden, bis die Erschütterung jeden erreichte. Es war das Signal der Hölle, das zu den Himmeln aufstieg und hinabdrang in die letzten Tiefen der Erde. Es geschah im sechsten Monat, am sechsten Tag, in der sechsten Stunde. Daß die Weltgeschichte sich ändern würde, war im Alten Testament prophezeit worden. Die Kriege und die Wirren der letzten Jahrhunderte waren nichts anderes als Anläufe gewesen, Versuche, herauszufinden, wann die Menschheit bereit sein würde, sich der satanischen Führung anzuvertrauen. In den Zeiten Neros hatten sie gejubelt, wenn man die Christen den Löwen vorwarf, und in den Zeiten Hitlers hatte man die Juden vergast. Nun waren es Drogen, mit denen die Demokratien ausgelöscht werden sollten, und in den nichtdemokratischen Ländern, in denen die Freiheit des Gebetes gerade noch gestattet wurde, hieß es bereits, Gott sei tot. Von Laos bis zum Libanon kehrten sich Bruder gegen Bruder, die Väter gegen die Söhne. Von Tag zu Tag äußerte sich der Terror schrecklicher. Schulbusse flogen in die Luft, Bomben explodierten bald hier, bald dort. Flughäfen wurden zerstört.

Wer die Bibel las, hatte schon lange erkannt, daß man die biblischen Symbole anders deuten mußte. In Form der Europäischen Wirtschaftsgemeinschaft war das alte Römische Reich wiedererstanden, und mit der Errichtung des Staates Israel waren die Juden in das versprochene Land zurückgekehrt. Dies, zusammen mit der weltweiten Ernährungskrise und den Auflösungserscheinungen der internationalen Wirtschaftsstruktur, war mehr als ein bloßer Zufall. Es war ein gewolltes Zusammentreffen der Ereignisse, denn in der Offenbarung war es prophezeit worden.

Der Stern am Himmel erglänzte nun heller. Der Gesang der Auserwählten wurde lauter, und der steinerne Mittelpunkt des Planeten erzitterte. In den Ruinen der alten Stadt Meggido spürte es der alte Mann Bugenhagen, und er weinte. Seine Schriftrollen und Aufzeichnungen waren nun wertlos geworden. Über ihm, in der einsamen Wüste, ließen die Archäologen die Geräte sinken. Schweigen verbreitete sich, als die Erde unter ihnen zu erzittern begann. Auf seinem Platz in der Ersten Klasse seines Flugzeugs, mit dem Jeremy Thorn von Washington nach Rom flog, spürte er es ebenfalls, und instinktiv befestigte er seinen Sitzgurt, während er sich fragte, was jetzt tief dort unten vor sich gehen mochte. Selbst wenn er den Grund dieses plötzlichen Aufruhrs gekannt hätte, wäre es für ihn bereits zu spät gewesen. Denn in diesem Augenblick zerschmetterte im Keller des *Ospedale Generale* zu Rom ein Stein den Körper seines neugeborenen Kindes.

1

In jeder Sekunde, ob Tag oder Nacht, befinden sich weit über 100 000 Menschen in Flugzeugen hoch über der Erde ...

Thorn ließ das *Skyline*-Magazin, in dem er gelesen hatte, sinken. Statistiken faszinierten ihn, und er begann sofort die menschliche Bevölkerung in diejenige auf der Erde und jene in der Luft einzuteilen. Normalerweise hätte er über andere Dinge nachgegrübelt, aber er griff nach jedem Strohhalm, um nicht an die Dinge denken zu müssen, die ihn erwarteten. Was die Statistik besagte, war: Falls die erdgebundene Bevölkerung mit einem Schlag ausgelöscht würde, gab es hoch über ihnen immer noch über 100 000 Menschen, die ihre Martinis tranken oder sich irgendeinen Film im Bordkino ansahen, ohne zu ahnen, daß auch sie ohne ein Flugticket verloren gewesen wären.

Das große Flugzeug raste durch die Wolken auf den Himmel über Rom zu. Thorn stellte sich die Frage, wie viele dieser Menschen, die sich jetzt in der Luft befanden, Männer, und wie viele davon Frauen waren, und ob sie, falls sie einen sicheren Landeplatz finden konnten, imstande wären, die menschliche Gesellschaft in der alten Form wieder aufzubauen, aus der sie kamen. Wahrscheinlich waren die meisten männlichen Geschlechts und stammten aus mittleren, vielleicht gehobenen kaufmännischen oder Wirtschaftsberufen, oder sie arbeiteten sonstwie ausschließlich mit dem Kopf – kurzum, dies würde bedeuten, daß sie Fähigkeiten besaßen, die relativ nutzlos waren, wenn sie auf eine Erde zurückkehrten, die vorderhand Handwerker und Techniker brauchte. Wohin mit einem Manager, wo es nichts mehr zu managen gab? Was sollte ein Bilanzbuchhalter tun, wenn er keine Bilanzen erstellen konnte? Vielleicht wäre es gar nicht so abwegig, ständig ein paar Flugzeugladungen mit Konstrukteuren und Arbeitern droben am irdischen Himmel kreisen zu lassen, um genügend Muskelkraft vorrätig zu haben, wenn ein neuer Anfang gemacht werden mußte. Nur das Land mit den besten Arbeitern würde eine totale Katastrophe überleben.

Jeremy Thorn spürte das Vibrieren der Maschine unter seinen Füßen, als er seine Zigarette ausdrückte und durchs Fenster hinab auf die Lichter starrte, die schwach zu sehen waren. In den letzten Monaten war er so häufig geflogen, daß dieses Bild zu einem vertrauten Anblick geworden war. Heute allerdings konnte er die Sorge nicht abschütteln, wenn er daran dachte, welche Möglichkeiten es gab. Er hatte das Telegramm in Washington nach zwölf Stunden erhalten, und das, was in der Zwischenzeit geschehen war, war endgültig vorbei. Vielleicht fand er eine strahlende Katherine im Hospitalbett vor, wenn sie gerade ihr neugeborenes Baby stillte – oder aber eine Katherine voll hoffnungsloser Verzweiflung, weil sie es wieder einmal verloren hatte. Aber diesmal war es nicht wie bei den früheren Schwangerschaften gewesen, die nach ein paar Monaten geendet hatten. Diesmal hatte sie acht Monate lang durchgehalten. Und wenn jetzt irgend etwas schiefging, dann – er wußte es bestimmt –, dann war Katherine verloren.

Seit ihrer frühen Kindheit waren sie immer zusammengewesen. Es verband sie sozusagen eine ›unzertrennliche Jugendliebe‹. Doch plötzlich – Katherine war gerade siebzehn geworden – zeigte sich bei ihr eine ungewöhnliche Labilität. Katherine war unstet, sie machte den Eindruck, als sei sie ununterbrochen auf der Flucht – und dazu diese Angst in ihrem Blick, als wolle sie jeden anflehen: »Bitte hilf mir, bitte beschütz mich . . .« Anfangs spielte Thorn die Rolle des Beschützers mit Begeisterung, und das hat ihrer Ehe den nötigen Halt verliehen. Doch in den letzten Jahren hatten sich seine Pflichten als Politiker gehäuft, während Katherine sich in die Isolierung zurückzog – unfähig, die Rolle der Politikersgattin zu spielen.

Die ersten Zeichen, wie sehr sie auf diesen veränderten Zustand reagierte, waren fast unbemerkt geblieben. Und die Wut war eigentlich schnell wieder verflogen, als er eines Tages nach Hause kam und entdeckte, daß sie sich mit einer Schere die Haare abgeschnitten hatte. Eine Perücke half, bis die Haare wieder gewachsen waren. Aber ein Jahr später fand er sie im Badezimmer, wie sie mit einer Rasierklinge kleine Schnitte in die Fingerspitzen machte und dann selbst entsetzt war, weil sie es getan hatte.

Sie hatten sich damals sofort um Hilfe bemüht und einen Psychiater gefunden, der ihr still und höflich zuhörte. Nach einem Monat stellte sie jedoch ihre Besuche bei ihm ein. Sie erklärte, sie wolle ein Baby haben – das sei alles, was ihr fehle.

Fast augenblicklich gelang die Befruchtung, und die drei Monate nach der ersten Schwangerschaft waren die schönsten, die sie je gekannt hatten. Wie schön sah Katherine aus. Sie fühlte sich prächtig, sie reiste sogar mit ihrem Mann in den Fernen Osten. Aber die Schwangerschaft endete im WC eines Flugzeugs. Blaues Wasser spülte ihre Hoffnung weg, während sie hysterisch weinte.

Zwei Jahre dauerte es, bis sie zum zweitenmal schwanger wurde, doch die Geschehnisse hatten ihr Liebesleben zerstört, das einmal zum großen Teil die Grundlage ihrer Beziehung gewesen war. Der Arzt, ein Spezialist auf diesem Gebiet, hatte den richtigen Augenblick ihres Eisprungs auf eine bestimmte Stunde am Tag festgelegt, und es war schwierig für Thorn, gerade dann bei ihr zu sein. Er kam sich wie ein Idiot vor, als er Monat auf Monat sein Büro verließ, um zu versuchen, sie in diesem Augenblick zu schwängern; es war eine rein mechanische Aufgabe geworden, die er haßte. Man hatte ihm sogar vorgeschlagen, er solle masturbieren, damit man Katherine künstlich besamen könne, aber da machte er dann doch nicht mit. Wenn ein Kind so wichtig für sie war, konnte sie eines adoptieren. Doch das wollte sie nicht. Sie wollte ein Kind aus ihrem eigenen Fleisch und Blut haben.

Schließlich fand einer seiner Samenfäden ein Ei und befruchtete es, und fünfeinhalb Monate lang sah alles wieder wunderbar für sie aus. Die Zeit ihrer Schmerzen begann in einem Supermarkt, und Katherine erledigte verbissen ihre Einkäufe, während sie zu verleugnen versuchte, was nicht länger verleugnet werden konnte. Es sei ein Segen, sagten die Experten, weil der Fötus geschädigt war, aber dieser Trost vertiefte nur ihre Verzweiflung, und sie geriet in eine Depression, von der sie sich erst nach sechs Monaten wieder befreien konnte.

Nun war es das drittemal, und Thorn wußte, daß es auch das letztemal war. Wenn jetzt irgend etwas schiefging, würde dies das Ende ihrer geistigen Zurechnungsfähigkeit bedeuten.

Die Landung auf der Piste verlief so glatt, daß die Passagiere dem Kapitän ihre Anerkennung aussprachen; vielleicht auch nur deshalb, weil sie irgendwie überrascht waren, daß sie überhaupt lebend heruntergekommen waren. Warum fliegen wir eigentlich? fragte sich Thorn. Warum setzen wir immer wieder unser Leben aufs Spiel? Ist dieses Leben denn gar nichts mehr wert?

Er blieb auf seinem Sitz, während die anderen nach ihren Sachen griffen und auf die Tür zueilten. Man hatte ihm den Status eines VIP zugebilligt und würde ihn schnell durch den Zoll zu einem wartenden Auto lotsen. Das war der angenehmste Teil, wenn er nach Rom zurückkam, denn hier war er bereits eine Berühmtheit. Als wirtschaftlicher Berater des Präsidenten war er Vorsitzender der Weltwirtschaftskonferenz, die man gerade von Zürich nach Rom verlegt hatte. Die ursprünglich auf vier Wochen angesetzten Sitzungen dauerten nun fast sechs Monate, und während dieser Zeit hatten die Parazzi begonnen, Notiz von ihm zu nehmen. Es gab Gerüchte, daß er sich vielleicht in einigen Jahren selbst (sogar mit einiger Hoffnung auf Erfolg) um die amerikanische Präsidentschaft bemühen werde.

Mit zweiundvierzig war er in den besten Jahren, und er hatte sorgfältig den Weg vorbereitet, den er gehen mußte, um sein Ziel zu erreichen. Seine Berufung zum Vorsitzenden der Weltwirtschaftskonferenz machte ihn weithin bekannt, so daß er durchaus in Kürze irgendein höheres Amt übernehmen konnte, vielleicht eine Position im Kabinett und schließlich aller Wahrscheinlichkeit nach ein Ministeramt. Daß der augenblickliche Präsident der Vereinigten Staaten früher auf dem College einmal sein Zimmergenosse gewesen, das war kein Geheimnis, aber Thorn hatte stets versucht, seinen Weg allein zu machen und seine Karriere mit größter Sorgfalt aufzubauen.

Die Fabriken, die seiner Familie gehörten, hatten während des Krieges eine Blütezeit erlebt. Er hatte genug Geld, um sich die beste Erziehung und Ausbildung leisten und ein leichtes Leben führen zu können. Aber nach dem Tode seines Vaters hatte er die Fabriken stillgelegt und sich seinen Ratgebern widersetzt, um ihnen klipp und klar zu sagen, daß er keine Geräte mehr herstellen wolle, die zu Kriegszwecken verwendet werden konnten. Jeder Krieg ist ein Bruderkrieg. Das hatte Adlai Stevenson gesagt, und Jeremy Thorn berief sich darauf. Er wußte, daß es andere Dinge gab, die man tun konnte, Dinge, die dem Frieden dienten und die dennoch das Vermögen der Familie vervielfachten.

Ihm tat sich nun eine völlig neue Welt auf – eine Welt, in welcher er der Erfolgreiche war. Nach dem Krieg war er Pragmatiker geworden. Er beteiligte sich bei Maklerfirmen, und der Bauboom hatte seinem Entschluß recht gegeben. Er wurde überdies zu einem leidenschaftlichen Verfechter des Planes, vernachlässigte Siedlungen oder Gettogebiete wieder in einen menschenwürdigen Zustand zu verwandeln, ja, er steckte sogar Darlehen in kleine Unternehmen, damit diese wieder hochkamen.

Das war es, was ihn so einzigartig machte. Er hatte die Gabe, Geld anzusammeln wie andere Leute Briefmarken, und er hatte einen Sinn für Verantwortlichkeit denen gegenüber, die kein Geld hatten. Nach unbestätigten Gerüchten betrug sein persönliches Vermögen ungefähr hundert Millionen Dollar, aber in Wahrheit wußte es Thorn selbst nicht genau. Alles zu zählen, hätte eine Pause bedeutet, und Jeremy Thorn hatte keine Zeit, um eine Pause einzulegen.

Als das Taxi vor dem verdunkelten *Ospedale Generale* hielt, sah Pater Spilletto aus seinem Bürofenster im zweiten Stock hinunter und wußte sofort, daß der Mann, der ausstieg, Jeremy Thorn war. Er hatte sein Bild oft in den Zeitungen gesehen; das Bild eines Mannes mit einem stark ausgeprägten Kinn und grauen Schläfen. Sein Anzug, mehr noch – jede Bewegung schienen dem Pater vertraut zu sein. Er sah genauso aus, wie er aussehen sollte. Es war deutlich zu erkennen, daß er die richtige Wahl getroffen hatte. Der Pater zog die Kutte zurecht, einen Augenblick lang blieb er stehen – eine riesige Gestalt, die turmhoch den kleinen Schreibtisch überragte. Jetzt ging er mit ausdruckslosem Gesicht langsam zur Tür. Er konnte bereits die Schritte Thorns hören, als der amerikanische Diplomat schnell über den Kachelboden ging.

»Mr. Thorn?«

Thorn hob den Kopf. Seine Augen durchforschten die Dunkelheit.

»Ja?«

»Ich bin Pater Spilletto. Ich schickte Ihnen –«

»Bin im Bilde. Ich habe Ihr Telegramm bekommen. Ich nahm die erste Maschine, um herzukommen.«

Der Priester wurde in einem Lichtkegel sichtbar und kam Thorn über die Treppe entgegen. Irgend etwas war in seinen Bewegungen, in seinem Schweigen, das Thorn anzeigte, daß etwas passiert war.

»Haben wir . . . unser Baby?« fragte Thorn aufgeregt.

»Ja.«

»Meine Frau . . .?«

»Sie schläft.«

Der Priester war nun unten an der Treppe, und er sah etwas in Thorns Augen, als ob dieser versuchen wollte, den Priester dabei zu unterstützen, den Schlag zu mildern.

»Etwas stimmt nicht«, sagte Thorn.

»Das Kind ist tot.«

Jählings schien sich die Stille des Korridors in ein ohrenbetäubendes Summen zu verwandeln, und Thorn stand wie paralysiert da.

»Es hat nur einen Augenblick geatmet«, flüsterte der Pater, »dann war es vorbei.«

Ungerührt stand der Priester da, als Thorn zur Bank wankte, sich niederließ und das Gesicht in seine Hände nahm, um bitterlich zu weinen. Sein Schluchzen hallte von den Wänden wider. Der Priester wartete eine Weile, ehe er weitersprach.

»Ihre Frau ist durchgekommen«, sagte er, »aber sie wird kein Kind mehr haben können.«

»Dies ist ihr Tod«, flüsterte Thorn.

»Sie könnten ein Kind adoptieren.«

»Sie will ein eigenes Kind haben.«

In der Stille, die folgte, trat der Priester vor. Sein Gesicht war ernst, sein Auge voll des Mitleids. Nur ein Schweißtropfen verriet die Spannung, in der er sich befand.

»Sie lieben Ihre Frau«, sagte er.

Thorn nickte. Er konnte noch nicht wieder sprechen.

»Dann sollten Sie Gottes Vorschlag annehmen.«

Aus dem Schatten des dunklen Korridors näherte sich eine ältere Nonne. Sie winkte den Priester her zu sich. Einen Augenblick flüsterten sie auf italienisch miteinander, ehe sie sich trennten und der Priester sich wieder Thorn zuwandte. Es war etwas in seinem Blick, das Thorn zur Vorsicht mahnte.

»Gott kennt viele Wege, Mr. Thorn. Und seine Wege sind geheimnisvoll.« Er streckte die Hand aus. Thorn stand auf. Es war, als zwinge ihn irgend etwas, dem Priester zu folgen.

Die Entbindungsstation war drei Stockwerke höher. Sie gingen eine offenbar wenig benutzte Hintertreppe hinauf, an deren Decke nur kahle Glühbirnen hingen. Die Station war dunkel und sauber, der Geruch der Babys erinnerte Thorn an Katharines Leid, und sein Magen krampfte sich zusammen.

Sie gingen zu einem Glasfenster. Der Priester blieb stehen und wartete, während Thorn zögernd näherkam und das kleine Wesen hinter der Scheibe bemerkte. Es war ein Kind. Ein neugeborenes Kind. Ein Kind von engelsgleicher Schönheit. Mit strubbeligen, dichten schwarzen Haaren. Aus tiefliegenden blauen Augen sah es auf, fand instinktiv Thorns Augen.

»Es ist ein Findling«, sagte der Pater. »Die Mutter starb, als Ihr eigenes Kind ... in der gleichen Stunde.«

Verwirrt drehte sich Thorn um.

»Ihre Frau braucht ein Kind«, fuhr der Priester fort. »Das Kind braucht eine Mutter.«

Langsam schüttelte Thorn den Kopf. »Wir wollten ein eigenes Kind haben«, sagte er.

»Wenn ich vorschlagen dürfte ... schauen Sie die Ähnlichkeit.«

Wieder sah Thorn durch die Glasscheibe. Es stimmte. Die Hautfarbe des Kindes glich der Katherines, die Gesichtszüge seinen eigenen. Es hatte ein festes, robustes Kinn, es hatte sogar das Grübchen im Kinn, das auch Thorn besaß.

»Die Signora braucht es nicht zu wissen«, drängte der Priester.

Da Thorn schwieg, wußte er, daß er gewonnen hatte. Thorns Hand begann zu zittern, und sogleich nahm der Priester diese Hand, um dem Zögernden Mut und Vertrauen einzuflößen.

»Ist ... ist es ein gesundes Kind?« fragte Thorn mit zitternder Stimme.

»In jeder Beziehung. Vollkommen gesund ...«

»Hat es Verwandte?«

»Niemanden.«

Wieder schien die Stille in dem leeren Korridor zu dröhnen. Es war eine Stille, welche schmerzte.

»Ich bin derjenige hier, der entscheidet«, sagte der Priester. »Es gibt keine Eintragungen, keine Aufzeichnungen. Niemand wird es jemals erfahren.«

Thorn wich dem Blick des Priesters aus. Er versuchte verzweifelt, eine Entscheidung zu treffen.

»Könnte ich ... mein eigenes Kind sehen?« fragte er.

»Was hätten Sie davon?« fragte der Priester. »Schenken Sie Ihre Liebe diesem lebendigen Geschöpf.«

Hinter der Glasscheibe hob das Kind beide Arme, hob sie Thorn entgegen, es war eine wunderbare Geste des Vertrauens.

»Ihrer Frau zuliebe, Signore. Gott wird diesen Betrug verzeihen. Diesem Kind zuliebe, das sonst keine Heimat haben wird ...«

Er schwieg. Es war nicht nötig, mehr zu sagen.

»In dieser Nacht, Mr. Thorn, hat Gott Ihnen einen Sohn geschenkt.«

Und droben am Nachthimmel erreichte der schwarze Stern in diesem Augenblick den Scheitelpunkt. Ein Lichtstrahl löste sich. Im Kindbett lag Katherine Thorn. Sie kam langsam zu sich. Dies Erwachen schien ihr ganz natürlich. Was wußte sie von jener Injektion, die man ihr soeben gegeben hatte!

Zehn Stunden lang hatte sie alle Leiden der werdenden Mutter erlebt. Sie hatte die letzten Wehen gefühlt und war dann bewußtlos geworden, ehe sie das Kind sehen konnte. Jetzt, da ihre Gedanken wie aus weiter Ferne zurückzukehren schienen, erfüllte Angst sie, aber sie kämpfte dagegen an und versuchte sich zu beruhigen. Da – plötzlich Schritte, draußen im Korridor ... dann an der Tür. Die Tür fliegt auf, und da steht ihr Mann ... in seinen Armen ein Kind!

»Unser Kind«, sagt Thorn und seine Stimme zittert, so bewegt ist er. »Wir haben einen Sohn.«

Katherine streckt die Hände aus und nimmt das Baby, während Tränen der Freude ihre Wangen netzen. Wie er seine Frau so durch die verweinten Augen betrachtet, sagt Thorn: »Dem Herrn sei Lob und Dank.«

2

Die Thorns gehörten beide der katholischen Glaubensgemeinschaft an, aber keiner von ihnen war übermäßig fromm. Ab und zu betete Katherine, und zu Weihnachten und Ostern besuchte sie die Kirche, aber eigentlich nur, weil sie es von ihrer Kindheit her so gewohnt war – nicht aus dem unbedingten Glauben an das Dogma.

Im Gegensatz zu Katherine nahm es Thorn nicht ernst, daß ihr Sohn Damien nicht getauft war. Natürlich hatten sie es versucht. Sofort nach seiner Geburt hatten sie das Kind in die Kirche gebracht, aber sowie sie die Pforte der Kathedrale durchschritten hatten, begann es so heftig zu schreien und war so sehr von Angst erfüllt, daß sie die Zeremonie wieder absagten. Mit dem Wassergefäß in der Hand war ihnen der Priester hinaus auf die Straße gefolgt. Er hatte sie gewarnt, wenn das Kind nicht getauft würde, könnte es niemals in das himmlische Reich gelangen. Doch Thorn weigerte sich, die Zeremonie fortzusetzen, denn er sah deutlich, in welchem Zustand sich das Kind befand. Um Katherine zu beruhigen, improvisierten sie eine Zeremonie zu Hause. Sie war im Grunde genommen niemals völlig beruhigt, und sie gab die Absicht, mit Damien eines Tages doch in eine Kirche zu gehen, um ihn in die christliche Glaubensgemeinschaft aufnehmen zu lassen, nicht auf.

Dieser Tag kam allerdings nie, denn es gab ständig unendlich viel zu tun, und die Taufe wurde vergessen. Die Weltwirtschaftskonferenz war zu Ende. Sie kehrten nach Washington zurück. Thorn legte sein Amt als Berater des Präsidenten nieder und versuchte auf eigene Faust politische Karriere zu machen. Der große Besitz in McLean, Virginia, wurde zum Treffpunkt zahlreicher Landespolitiker. Immer häufiger tauchte der Name Thorn in den Schlagzeilen der Zeitungen und Magazine auf, und zwischen New York und Kalifornien war bald jedermann mit den Gesichtern der Thorns vertraut.

Sie waren außergewöhnlich fotogen, sie waren reich, und sie waren auf dem Weg nach oben. Man sah sie jetzt auffallend häufig zu Gast beim Präsidenten. Es war klar, daß Thorn protegiert wurde, und politische Spekulanten waren daher nicht im geringsten überrascht, als er eines Tages am

Hof von St. James die Rolle des amerikanischen Botschafters spielte. Damit befand er sich in einer Schlüsselposition, welche ihm tausend Möglichkeiten und Vorteile bot.

Die Thorns übersiedelten nach London und bezogen ein Haus aus dem siebzehnten Jahrhundert in Pereford. Das Leben wurde zu einem schönen Traum, besonders für Katherine. Es war so vollkommen, daß sie manchmal Angst bekam. Hier auf dem Landsitz fand sie jene Abgeschiedenheit, in der sie nichts anderes zu sein brauchte als eine Mutter für ihr angebetetes Kind; dennoch konnte sie jederzeit eine freundliche und schöne Helferin bei den diplomatischen Aufgaben ihres Gatten sein. Nun hatte sie ja ihr Kind, und so war sie eigentlich wunschlos glücklich. Jeremy betete sie an. Wie blühte sie plötzlich auf! In ihrer Frische und Schönheit erntete sie die Bewunderung aller. »Katherine Thorn?« hieß es. »Sie ist so schön, so zart und so zerbrechlich wie die Blüte einer Orchidee.«

Die Villa in Pereford, die sie elegant eingerichtet hatten, spielte eine gewisse Rolle in der englischen Geschichte. Sie besaß einen Keller, wo sich Anno 1666 ein verbannter Herzog verborgen hatte, bis man ihn entdeckte und hinrichtete. Die Villa war von einem Wald umgeben, in dem König Heinrich V. einst Wildschweine jagte. Es gab irgendwo im Haus geheime Durchgänge und dunkle Fluchtwege. Aber es war ein fröhliches Haus, das zu allen Tages- und Abendstunden Gäste beherbergte, und helles Lachen herrschte in den großen Räumen.

Im Haushalt beschäftigten die Thorns einige Leute, die morgens kamen und abends wieder gingen – auch das Ehepaar Horton. Beide benahmen sich sehr englisch und sehr würdevoll. Sie arbeitete als Köchin, er als Chauffeur. Da war die kleine pummelige Chessa, ein halbes Kind noch ... sie spielte Kindermädchen bei Damien, wenn Katherine gesellschaftliche Verpflichtungen hatte. Und Chessa war ein liebes, freundliches Mädchen, das aus der Thorn-Familie nicht wegzudenken war. Sie war klug, wenn auch ein bißchen verspielt, und sie behandelte den Jungen wie ihr eigenes Kind. Oft watschelte Damien hinter ihr her über den weiträumigen Rasen, oder er saß still mit ihr am Teich, aus dem er Kaulquappen angelte und wo er Wasserjungfern fing, um sie in Dosen nach Hause zu bringen.

In dieser behüteten Welt entwickelte sich das Kind zu einem prächtigen Jungen. Er war nun drei Jahre alt, körperlich vollkommen gesund und kräftig. Eine merkwürdige innere Zufriedenheit, ja, eine Gelassenheit ging von ihm aus, die man selten bei einem so jungen Menschen findet, ja, manch ein Gast fühlte sich gelegentlich durch seinen festen Blick beunruhigt. Wenn Intelligenz daran gemessen wird, wieviel Aufmerksamkeit jemand seiner Umwelt zollt, dann war Damien ein Genie, denn er saß oft stundenlang auf einer kleinen schmiedeeisernen Bank unter einem Apfelbaum und beobachtete die Leute, die kamen und gingen. Nichts von dem, was um ihn her geschah, schien seinen Blicken zu entgehen.

Wenn Horton seine Besorgungen machte, nahm er den Jungen mit. Horton hatte die schweigende Gegenwart Damiens gern, und es erstaunte ihn immer wieder, wie fasziniert sein kleiner Begleiter an allem teilnahm.

»Er kommt mir vor wie ein Wesen vom Mars«, bemerkte Horton einmal. »Als ob ihn jemand geschickt hätte, um die menschliche Rasse zu studieren.«

»Er ist der Augapfel seiner Mutter«, entgegnete Mrs. Horton. »Es wär nicht eben gut, wenn sie hörte, was für Zeug du daherredest.«

»Aber ich sage doch nichts Böses über ihn. Bloß, daß er ein bißchen ungewöhnlich ist.«

Das einzige, was an Damien störte, war die Tatsache, daß er selten seine Stimme vernehmen ließ. Freude drückte er durch ein breites Grinsen aus, bei dem seine hübschen Grübchen sichtbar wurden; Sorge durch Tränen, die, ohne daß er je laut geweint hätte, über seine Wangen strömten.

Als Katherine dies einmal ihrem Arzt gegenüber erwähnte, beruhigte dieser sie. Er erzählte ihr die Geschichte eines Jungen, der kein einziges Wort sprach, bis er acht Jahre alt war und dann nur die Bemerkung von sich gab, er möge keinen Kartoffelbrei. Als ihn die Mutter erstaunt fragte, warum er nie vorher gesprochen habe, wenn er doch sprechen könne, erwiderte das Kind, bisher hätte sie ihm ja auch noch keinen Kartoffelbrei serviert. Katherine hatte über diese Geschichte viel gelacht und sich wegen Damien ein wenig beruhigt. Schließlich hatte Albert Einstein auch erst mit vier Jahren zu sprechen begonnen, und Damien war erst dreieinhalb! Wenn man davon absah, daß er so still war und alles so genau beobachtete, was um ihn her geschah, war er in jeder Hinsicht das vollkommene Kind, kurzum, der glückliche Sprößling einer vollkommenen Ehe.

3

Wenn Horoskope stimmen, dann konnte man das an dem im Zeichen der Fische geborenen Haber Jennings beweisen. Dieser nämlich war ein ungepflegter Bursche und aufdringlich bis zur Verwegenheit. Anderswo hätte man gesagt: ein typischer Parazzi, eine Art Hyäne im Dschungel des Journalismus, und nur geduldet, weil er stets bereit war, das zu tun, was die anderen nicht tun wollten.

Wie eine Katze, die eine Maus belauert, hatte er tagelang darauf gewartet, bis er endlich dieses eine Foto schießen konnte: Marcello Mastroianni auf der Toilette sitzend, aufgenommen mit einem Teleobjektiv von der Spitze eines Eukalyptusbaums. Er hatte mit seinem Apparat die Königinmutter erwischt, als ihr die Hühneraugen entfernt wurden, sogar Jackie Onassis auf ihrer Jacht, genau in dem Moment, da sie sich erbrach. Solche Aufnahmen waren seine große Masche. Er wußte immer, wo er zur richtigen Zeit zu sein hatte, und seine Fotos verkauften sich natürlich blendend. Er hauste in einem Ein-Zimmer-Flat in Chelsea. Socken trug er selten. Aber er verfolgte sein Objekt, in diesem Fall Prominente, mit jener Gründlichkeit, mit der Salt seinen Impfstoff gegen die Kinderlähmung gesucht hatte.

Seit einiger Zeit hatte er sich den Botschafter in London aufs Korn genommen, um zu versuchen, hinter die perfekte Fassade zu schauen, die das Botschafterpaar um sich aufgebaut hatte. Seine Fragen waren ganz klar: Wie stand es um den Geschlechtsverkehr des hübschen Paares? Und wenn sie es miteinander machten – wie?

Er versuchte das herauszubekommen, was er ihre *menschliche Natur* nannte, aber im Grunde genommen wollte er bloß beweisen, daß jeder genauso widerlich war wie er selbst. Kaufte der Botschafter obszöne Magazine und masturbierte er? Hatte er etwas mit irgendeinem Mädchen? Die

Antworten auf diese und ähnliche Fragen interessierten ihn. Obwohl es fast lauter Fragen waren, die niemals beantwortet werden konnten, gab er die Hoffnung nie auf. Die Hoffnung, am Ende doch noch etwas zu erreichen, war beim Beobachten stets sein Beweggrund geblieben – also wartete er eben.

An diesem Tage hatte er sich vorgenommen, zum Besitz der Thorns nach Pereford hinauszufahren, obwohl er nicht vorhatte, irgendwelche Aufnahmen zu machen, denn das hatten womöglich viele andere auch vor, aber er wollte sich die ganze Geschichte einmal ansehen – das Haus und das Grundstück. Er wollte die richtigen Fenster entdecken, die Ein- und Ausgänge, vor allem aber wollte er herausfinden, welchen Diener man für ein paar Pfund kaufen konnte.

Er stand früh auf, überprüfte seine Kameras, wischte mit Kleenex die Staubpartikelchen von den Linsen, drückte sich vor dem Spiegel ein Eiterpickelchen aus und benutzte das gleiche Tuch, um damit den Eiter abzuwischen. Er war achtunddreißig Jahre alt und quälte sich immer noch mit Pubertätspickeln herum, was ihm wenig ausmachte, da er meistens mit der Kamera vor dem Gesicht durchs Leben pilgerte. Haber Jennings war von schlankem Wuchs. Die Anzüge, die er meistens an seinem Bettende stapelte, waren ewig zerknittert.

Bevor er sein Zimmer verließ, setzte er den Zeitschalter in seiner Dunkelkammer in Gang, dann durchsuchte er seinen Papierkorb nach der Einladung. Es ging um eine Geburtstagsparty. Um den vierten Geburtstag des kleinen Damien Thorn. Und sie feierten ihn auf eine ganz besondere Weise, denn aus den Slums waren bereits die Busse mit verkrüppelten Kindern oder Waisen auf dem Weg nach Pereford.

Die Fahrt durch die englische Landschaft machte Spaß und war irgendwie beruhigend. Haber Jennings zündete sich einen Joint an, um einen klaren Kopf zu bekommen. Nach geraumer Zeit schien die Straße sich unter ihm zu bewegen. Stand der Wagen etwa still? Er hatte im Augenblick jede Verbindung mit der Wirklichkeit verloren, nur seine Fantasie war lebendig, und diesmal hatte er das Gefühl, höchstpersönlich vor einer Kamera zu stehen. Irgend jemand zwang ihn zu einer unverschämt heroischen Pose, und plötzlich ging's auf einem Hundeschlitten übers Eis, neben ihm

Sophia Loren, die bei voller Fahrt ... geschminkt werden wollte. Und Polizisten. War das etwa schon Thorns Besitz? Stur starrte Jennings geradeaus, während sie seine Einladung betrachteten, um sicherzugehen, daß sie auch echt war. Er war an dergleichen Behandlung gewöhnt und wußte, daß er dumme Fragen vermeiden konnte, indem er einen würdigen Eindruck machte. Doch dies war nur ein Teil dessen, was er einzusetzen hatte. Haber Jennings konnte nämlich die Leute viel besser beobachten, wenn sie es vorzogen, so zu tun, als wäre er gar nicht vorhanden.

Schließlich gelangte er durch das große schmiedeeiserne Tor. Er blinzelte, um die Nachwirkungen des Marihuanas abzuschütteln, aber dann merkte er, daß dies keineswegs eine Illusion sein konnte, was er da sah.

Auf der großen Fläche vor dem Haus hatte man einen richtigen Rummelplatz aufgebaut. Ein buntes Treiben auf den Rasenflächen! Kinder rannten zwischen einem Zirkuszelt und einem Karussell hin und her, während Männer und Frauen sich durch die Menge schoben und Zuckerwatte oder andere Süßigkeiten verteilten. Ihre Stimmen gingen in dem Georgel unter, welches das Karussell veranstaltete, auf dem Kinder, teils auf rosa Pferdchen, teils auf Riesenschwänen schaukelnd, unermüdlich kreisten. Es gab ein Wahrsagerzelt, vor dem sogar höchst prominente Herrschaften Schlange standen; es gab Shetlandponys, die frei umhertummelten; sogar ein junger Elefant war da, den man mit einem roten Stoffsattel geschmückt hatte und der aus den Händen quiekender Kinder Erdnüsse entgegennahm. Und natürlich Fotografen überall, die nicht genug Schnappschüsse kriegen konnten. Nur Haber Jennings schien nichts Lohnenswertes entdeckt zu haben. Immer noch betrachtete er kritisch die Fassade des alten Hauses.

»Was ist denn los, Mann? Hast keine Filme mehr?«

Es war Hobie vom *News Herald,* der ihn ansprach und der in fieberhafter Eile am Würstchentisch einen Film einlegte, als Jennings sich gerade etwas zu essen holen wollte.

»Ich warte bloß noch auf seine Heiligsprechung«, erwiderte Jennings mißmutig.

»Wie ... wie meinen Sie das?«

»Ich weiß nicht, ob wir hier bloß den Erben der Thorn-Millionen haben oder den Erlöser höchstpersönlich.«

»Sie sind ein Narr, wenn Sie sich das entgehen lassen, Mann. So 'ne Sache kriegen Sie doch höchstens alle Jubeljahre vor die Linse.«

»Was soll's. Was ich brauche, kann ich von Ihnen kaufen.«

»Ach so, Sie wollen Exklusivaufnahmen, was?«

»Was anderes bestimmt nicht.«

»Dann viel Glück. Sie scheinen nicht zu wissen, daß das hier eine Familie ist, die sich noch privater benimmt als unser Pärchen in Monaco.«

Exklusivaufnahmen. Das war's, wovon Haber Jennings träumte. Durch den Privateingang in die geheiligten Gefilde. Eine aufregende Sache, auf diese Weise auf die Pirsch zu gehen. Wenn er es schaffen könnte, irgendwie ins Haus zu gelangen . . . es könnte sich auszahlen.

»Hey, Mädchen! Mädchen!« hörte er Hobies Stimme in der Ferne. »Hierher schauen!« Die ganze Aufmerksamkeit konzentrierte sich plötzlich auf den riesigen Geburtstagskuchen, der auf einem fahrbaren Tisch aus dem Inneren des Hauses gerollt kam. Das Kindermädchen Chessa kam im Clownskostüm mit weißgepudertem Gesicht und einem knallroten Oval um den Mund. Die Fotografen umtanzten sie sofort, und Chessa war überglücklich, ganz im Mittelpunkt des Geschehens zu stehen. Immer wieder drückte sie den kleinen Damien an sich und küßte ihn, bis sein Gesichtchen um und um beschmiert mit Puder und Schminke war.

»Kann er die Kerzen ausblasen?« brüllten die Fotografen. »Lassen Sie's ihn mal versuchen.«

Langsam wanderten Jennings' Augen über die Menge; er entdeckte Katherine Thorn, die ein Stückchen entfernt stand und um deren Mund ein mißbilligendes Lächeln spielte. Für den Bruchteil einer Sekunde zeigte sie ein völlig fremdes Gesicht. Jennings griff instinktiv nach seiner Kamera und drückte auf den Auslöser. Langsam ging Katherine weiter, als sie den Applaus und das Geschrei der Leute hörte, die sich um die Geburtstagstorte Damiens geschart hatten.

»Man soll ihm die Zukunft weissagen!« rief ein Reporter. »Bringt ihn doch zur Wahrsagerin!« Und wie ein einziger Körper begann sich die Menge zu bewegen, sie schob das Kindermädchen mit dem Geburtstagskind über den Rasen.

»Ich werde ihn nehmen«, sagte Katherine und griff nach Damien, als sie vorbeigingen.

»Ich kann das schon, Ma'am«, sagte Chessa und lachte.

»Nun – laß mich nur«, entgegnete Katherine mit einem bittersüßen Lächeln.

Und in der Sekunde, da sich ihre Blicke trafen, ließ das Mädchen den kleinen Damien los. Es war ein Augenblick, der im allgemeinen Tumult von keinem bemerkt worden war – es sei denn von Jennings, der seine Sucher auf die Gruppe gerichtet hielt. Chessa war inzwischen allein zurückgeblieben. Wie verlassen sie aussah, vor dem Hintergrund der mächtigen Hausfront, und vielleicht war's dieses kuriose Clownskostüm, das ihre Verlassenheit noch unterstrich! Jennings knipste zweimal. Jetzt aber hatte sich Chessa umgedreht. Langsam ging sie aufs Haus zu.

Vor dem Zelt der Wahrsagerin bat Katherine die Reporter, draußen zu bleiben. Sie ging mit Damien hinein und stieß einen Seufzer der Erleichterung aus. Die Ruhe und das Halbdunkel im Raum waren wohltuend.

»Hallo, kleiner Junge.«

Die Stimme der Gestalt, die hinter einem kleinen grünen Tisch saß, gab sich große Mühe, geisterhaft zu klingen. Als Damien dieses sonderbare Wesen entdeckte, klammerte er sich noch fester an seine Mutter.

»Aber, aber, Damien«, lachte Katherine. »Es ist doch eine nette Hexe. Sind Sie nicht eine nette Hexe?«

»Natürlich«, lachte die Wahrsagerin. »Ich werde dir bestimmt nichts tun, mein Kind.«

Aber Damien drängte fort. Er ließ Katherine nicht los. Die Wahrsagerin schob ihre Gummimaske hoch, und das strahlende Gesicht eines hübschen Mädchens tauchte auf.

»Siehst du? Ich bin ein ganz normaler Mensch. Wie könnte ich dir etwas antun?«

Beruhigt streckte Damien die Hand aus. Katherine setzte sich mit ihm an den Tisch, auf dem Spielkarten lagen.

»Oh, was für eine hübsche, zarte Hand. Das bedeutet viel, viel Glück.«

Doch dann schwieg sie und starrte verwirrt auf Damiens Hand.

»Zeig mir doch mal die andere.«

Als Damien die andere Hand ausstreckte, betrachtete das Mädchen ziemlich verstört die beiden Handflächen.

»Ist irgend etwas?« fragte Katherine.

»Ich habe so etwas noch nie gesehen«, antwortete das Mädchen. »Ich mache seit drei Jahren bei Kinderpartys mit, aber so etwas habe ich noch nie vorher gesehen.«

»Was gesehen?«

»Schauen Sie her. Ihm fehlen die Charakterlinien.«

»Was?«

Katherine schaute auch hin. »Aber ich kann nichts sehen«, sagte sie.

»Hat er sich mal verbrannt?« fragte das Mädchen.

»Nein, natürlich nicht.«

»Betrachten Sie mal Ihre eigene Hand. Sehen Sie alle diese Linien? Sie sind bei jedem Menschen verschieden. Es sind Zeichen der Identität.«

Es entstand eine peinliche Pause. Das Kind starrte auf seine Hände. Was sollte da wohl falsch sein?

»Schauen Sie mal, wie glatt seine Fingerspitzen sind«, sagte das Mädchen. »Ich glaube, man könnte gar keine Fingerabdrücke machen!«

Katherine senkte den Kopf und schaute genau hin. Und sie sah, daß das Mädchen recht hatte.

»Na so etwas«, sagte das Mädchen. »Wenn er eine Bank ausraubt, dann können sie ihn gar nicht schnappen.« Und dann lachte sie laut, während Katherine schweigend und verstört die kleinen Hände betrachtete.

»Können Sie ihm die Zukunft vorhersagen, bitte? Deswegen sind wir ja gekommen.« Katherines Stimme klang beklommen.

»Natürlich.«

Als das Mädchen nach der Hand des Kindes griff, wurden sie von einem Schrei unterbrochen, der vor dem Zelt ertönte. Es war Chessa, das Kindermädchen. Und ihre Stimme klang, als ob sie ganz weit weg sei.

»Damien! Damien!« rief sie. »Komm heraus! Ich hab' eine Überraschung für dich!«

Die Wahrsagerin hob den Kopf. Eine gewisse Verzweiflung in diesem Schrei war nicht zu überhören.

»Damien! Komm heraus und schau dir an, was ich für dich tun werde!«

Mit Damien auf den Armen verließ Katherine das Zelt. Draußen blieb sie auf einmal wie gelähmt stehen, denn droben auf dem Dach ihres Hauses stand Chessa, in der Hand einen festen Strick, mit dem sie lachend spielte, um den Leuten zu zeigen, daß dieser Strick um ihren Hals lag. Die Zuschauer hielten das alles zunächst für ein Spiel – auch dann noch, als der Clown am Dachfirst vorne plötzlich die Hände ausstreckte wie einer, der kopfüber ins Wasser springen will.

»Schau her, Damien!« rief Chessa. »Ich tu das für dich!« Damit ließ sie sich vom Dach fallen. Ihr Körper schoß nach unten, wurde vom Seil zurückgerissen, dann hing das Mädchen erschlafft da. Verstummt für immer. Tot.

Wie betäubt standen die Leute auf dem Rasen, als der kleine Körper zu der Walzermusik eines Karussells hin und her schaukelte. Ein Schrei brach endlich die Stille. Er kam von Katherine, und vier Leute bemühten sich um sie, damit sie sich beruhige. Es gelang ihnen schließlich, sie ins Haus zu schaffen.

Am Fenster seines Zimmers sitzend, schaute Damien hinaus auf den leeren Rasen, auf dem einige Arbeiter und die Leute mit ihrer Zuckerwatte zurückgeblieben waren. Schweigend starrten sie nach oben, während ein Polizist auf eine Leiter stieg und die Tote abschnitt. Sie entglitt seinen Händen und fiel, den Kopf voran, auf den mit Steinplatten ausgelegten Patio. So lag Chessa da, die toten Augen gen Himmel gerichtet, doch das Grinsen der Clownsmaske war geblieben.

Traurig waren die Tage vor Chessas Beerdigung. Der Himmel über Pereford zeigte ein schweres Grau. Der Donner grollte in der Ferne, und Katherine saß die meiste Zeit allein im halbdunklen Wohnzimmer und starrte ins Leere. Nach dem Bericht des Coroners hatte man eine große Menge Benadryl, ein Mittel gegen Allergie, bei der Autopsie im Blut des Mädchens festgestellt, aber dies erhöhte nur die Verwirrung und die Spekulationen, warum sie sich das Leben genommen hatte.

Um die Reporter abzuwimmeln, die aus dem Vorfall natürlich eine sensationelle Story zu machen versuchten, blieb Thorn zu Hause. Seine ganze Sorge galt Katherine, die, wie er befürchtete, sich wieder jenem Geisteszustand näherte, in dem sie sich vor einigen Jahren befunden hatte.

»Du nimmst es viel zu schwer, weißt du«, sagte er eines Abends, als er ins Wohnzimmer kam. »Es ist ja nicht so, daß Chessa ein Mitglied unserer Familie gewesen wäre.«

»Sie war es«, erwiderte Katherine ruhig. »Sie hat mir gesagt, sie wolle für immer bei uns bleiben.«

Thorn schüttelte den Kopf; er erkannte keinen Sinn in dieser Bemerkung.

»Ich vermute, sie hat ihre Meinung geändert«, sagte er. Er war selbst verblüfft, wie kalt seine Stimme klang, wie barsch seine Worte waren, und er spürte den Blick Katherines auf sich ruhen.

»Tut mir leid«, fügte er hinzu. »Aber ich hasse es, dich so zu sehen.«

»Es war mein Fehler, Jeremy.«

»Dein Fehler?«

»Ja. Es war da ein Augenblick auf der Party . . .«

Thorn kam auf sie zu und setzte sich neben sie. Aus seinem Blick sprach große Sorge.

»Sie stand so im Mittelpunkt, weißt du«, fuhr Katherine fort, »und ich war eifersüchtig auf sie. Ich nahm ihr Damien weg, weil ich's nicht aushalten konnte, im Schatten dieses Mädchens zu stehen.«

»Ich glaube, du bist ein bißchen hart zu dir selbst. Das Mädchen war irgendwie durcheinander.«

»Aber ich doch auch«, flüsterte Katherine. »Im Mittelpunkt zu stehen, das bedeutet sehr viel für mich.«

Sie schwieg. Es gab nichts mehr zu sagen. Sie warf sich in Jeremys Arme, und er hielt sie fest, bis sie einschlief. Es war jene Art Schlaf, der sie stets dann überfiel, wenn sie Librium genommen hatte, und er fragte sich, ob der Schock bei Chessas Tod sie vielleicht dazu veranlaßt haben konnte, das Mittel wieder zu nehmen. Fast eine volle Stunde blieb er so sitzen, ohne eine Antwort zu finden auf all die vielen Fragen, die ihn bestürmten. Endlich hob er Katherine ganz sachte hoch und trug sie in ihr Zimmer.

Am folgenden Morgen ging Katherine zu Chessas Beerdigung. Damien durfte mit. Es war eine private Angelegenheit auf einem kleinen Friedhof in den Außenbezirken der Stadt. Gekommen war die Familie des Mädchens und – außer Katherine und Damien – schließlich noch ein kahlköpfiger Priester, der aus der Heiligen Schrift las, während er eine gefaltete Zeitung über seinen Kopf hielt, um sich vor dem Nieselregen zu schützen. Da Thorn die Publicity fürchtete, wenn er ebenfalls zu der Bestattung ging, hatte er sich geweigert, mitzugehen und Katherine geraten, dies auch zu tun. Aber sie ließ es sich nicht nehmen. Sie hatte das Mädchen gemocht und betrachtete es als ihre Pflicht, die Tote zur ewigen Ruhe zu geleiten.

Außerhalb des Friedhofs drängten sich die Reporter, die von zwei US-Marinesoldaten am Betreten des Friedhofs gehindert wurden. In letzter Minute hatte Thorn sie dorthin beordert.

Zwischen den Bäumen, unbemerkt von den anderen, befand sich Haber Jennings, der einen schwarzen Regenmantel und hohe Stiefel trug und die Geschehnisse auf dem Friedhof durch ein Teleobjektiv beobachtete. Es waren keine gewöhnlichen Linsen, sondern monströse Objektive, so daß er seinen Apparat auf einem Stativ befestigen mußte. Mit dem Objektiv hätte er ohne Zweifel das Rendezvous zweier Fliegen auf dem Mond fotografieren können. Durch den Sucher beobachtete er ein Gesicht ums andere. Die Angehörigen des Mädchens weinten. Katherine befand sich in einer Art Schockzustand, Damien war unruhig, immer wieder glitten seine Blicke über den regennassen Friedhof.

Es war das Kind, dem Jennings' Interesse galt, und er wartete geduldig auf den besten Augenblick, um auf den Auslöser zu drücken. Er kam ganz plötzlich. Ein Flackern in den Augen und eine plötzliche Veränderung des Gesichtsausdrucks, als ob irgend etwas den Jungen plötzlich erschreckte . . . dann jedoch schien er sich auf einmal zu beruhigen. Sein kleiner Körper entspannte sich, während die Augen auf irgend etwas auf dem Friedhof gerichtet waren, etwas, das ihn mitten in dem kalten, nieselnden Regen beruhigte und das sehr tröstlich für ihn schien. Sofort begann Jennings den Apparat herumzuschwenken und durch seinen Teleskopsucher die Umgebung zu erkunden. Er fand nichts Auffallendes.

Doch bewegte sich da nicht etwas? Jennings ließ sein Tele weiterwandern, bis in seinem Blickfeld ein dunkler, undeutlich erkennbarer Gegenstand sichtbar wurde. Ein Tier? Ja, ein Hund, ein großer schwarzer Hund! Ein schmaler Kopf ... eng beieinander liegende Augen ... eine sonderbare Schnauze und ein bemerkenswertes Gebiß, dessen Weiß sich deutlich gegen das dunkle Fell abzeichnete ...

Keiner außer Jennings schien diesen Hund zu bemerken, der ganz reglos dahockte und wie gebannt auf einen bestimmten Punkt starrte. Jennings fluchte, weil er nur einen Schwarzweißfilm in der Kamera hatte, denn es waren ja diese Augen – genauer, das Gelb dieser Augen, welches die Erscheinung so unheimlich machte. Schließlich stellte er die Blende so ein, daß er beim Entwickeln die besten Kontraste herausholen konnte. Danach nahm er den Jungen noch einmal auf.

Für Jennings ein anstrengender Vormittag, doch der Weg hatte sich gelohnt. Als er dabei war, sein Gerät einzupacken, beschlich ihn ein unbehagliches Gefühl. Er warf noch einmal einen Blick auf die Trauergemeinde. Soeben wurde der Sarg in die Erde hinabgelassen ... dort drüben stand das Kind ... da der Hund ... und zwischen beiden mußte es eine Verbindung geben.

Es goß in Strömen, als Mrs. Baylock ankam. Mrs. Baylock war das neue Kindermädchen – eine Irin und eine ziemlich unverschämte Person, die am Tor vorne einen derartigen Lärm machte und ein Getue an den Tag legte, daß der Pförtner seine liebe Not mit ihr hatte. Mrs. Baylock ließ sich nicht zurückhalten. Ohne auf ihn zu achten, stürmte sie an ihm vorbei und ins Haus. Ihr Benehmen war einschüchternd, aber auch äußerst lachhaft.

»Ich weiß, daß Sie's im Augenblick sehr schwer haben«, verkündete sie den Thorns, während sie ihren Mantel im Vestibül ablegte, »da will ich Ihnen lieber nicht auf den Wecker fallen. Aber unter uns: Wer so ein junges Ding als Kinderschwester einstellt, der braucht sich nicht zu wundern, wenn's Ärger gibt.«

Sie bewegte sich wie ein Schlachtschiff, das sich den Weg durch die brandenden Wogen sucht. Ihre Sicherheit verschlug Thorn und Katherine, die sie gewähren ließen, die Sprache.

»Wissen Sie, woran man eine gute Kinderschwester erkennt?« lachte sie. »An der Größe ihrer Brüste. Diese kleinen Mädchen mit ihren Apfeltitten, die kommen und gehen in einer Woche. Aber betrachten Sie mal mich und meinen gewaltigen Busen. Sehen Sie, das sind Kinderschwestern, die bleiben. Gehen Sie mal in den Hydepark und schauen Sie sich um, dann werden Sie sehen, daß ich recht habe.«

Sie mußte eine kurze Pause einlegen, um ihren Koffer aufzunehmen.

»Na schön. Und wo ist der Junge?«

»Ich werde Ihnen sein Zimmer zeigen«, sagte Katherine mit einer Handbewegung zur Treppe.

»Warum lassen Sie uns beide nicht erst mal ein bißchen allein? Ich meine, damit wir Bekanntschaft schließen können.«

»Bei neuen Leuten ist er ein bißchen scheu.«

»Aber bei mir wird er's bestimmt nicht sein! Das können Sie mir glauben.«

»Ich glaube wirklich . . .«

»Unsinn. Lassen Sie mich's nur versuchen!«

Im nächsten Augenblick rauschte sie schon die Treppe hoch, und alsbald war ihr gewaltiges Gesäß verschwunden. Ganz plötzlich war es still. Jeremy nickte unsicher, als ob er noch nicht genau wüßte, was er aus dieser Geschichte machen sollte.

»Eigentlich gefällt sie mir«, sagte er.

»Mir auch. Wirklich.«

»Wo hast du sie denn aufgetrieben?«

»Wo *ich* sie aufgetrieben habe?« fragte Katherine.

»Ja.«

»Aber ich doch nicht! Ich habe sie nicht entdeckt, ich war bis jetzt der Meinung, du hättest diesen seltenen dicken Fisch an Land gezogen.«

»Mrs. Baylock«, rief Jeremy Thorn nach oben.

»Ja?« Sie war bereits auf dem Treppenabsatz im zweiten Stock, und sie sahen, wie ihr Gesicht oben am Treppengeländer auftauchte.

»Tut mir leid . . . wir waren ein bißchen überrascht.«

»Warum denn?«

»Wir wissen nicht, wie Sie hierhergekommen sind.«

»Mit einem Taxi. Ich hab's wieder weggeschickt.«

»Nein, nein. Ich meine . . . wer hat Sie hierhergeschickt?«

»Die Agentur.«

»Die Agentur?«

»Ja, sie haben in der Zeitung gelesen, daß Ihr erstes Kindermädchen umgekommen ist, und da haben sie Ihnen ein anderes geschickt.«

Diese Erklärung klang gar zu schön, um wahr zu sein, aber da Thorn wußte, wie schwierig es war, ein Kindermädchen zu finden, gab sich Thorn damit zufrieden.

»Kann ich anrufen, um mir das bestätigen zu lassen?« fragte Katherine.

»Na mal los«, erwiderte die Frau. »Wollen Sie, daß ich draußen im Regen warte?«

»Nein, nein . . .«, erklärte Thorn schnell.

»Komme ich Ihnen vielleicht wie eine exotische Spionin vor?« fragte Mrs. Baylock.

»Ganz und gar nicht«, sagte Thorn freundlich.

»Seien Sie da mal nicht zu sicher«, meinte die untersetzte Frau. »Vielleicht habe ich einen Tonbandrecorder in meinem Hüftgürtel. Warum schicken Sie nicht einen jungen Marinesoldaten rein, daß er das mal nachprüft?«

Alle lachten – Mrs. Baylock am lautesten.

»Nun gehen Sie schon«, sagte Thorn. »Wir prüfen das später nach.«

Jeremy und Katherine zogen sich in den Salon zurück. Katherine rief die Agentur an, um sich bestätigen zu lassen, was Mrs. Baylock gesagt hatte. Sie erfuhr, daß das Kindermädchen sehr geeignet sei, ausgezeichnete Empfehlungen besitze, daß aber irgend etwas in der Kartei nicht stimmen könne, denn darin stehe, sie sei augenblicklich in Rom beschäftigt. Wahrscheinlich aber hatte sie ihre Stellung gewechselt, ohne daß das in die Kartei eingetragen worden war. Man würde die Geschichte klären, sobald der Manager der Agentur, der Mrs. Baylock geschickt hatte, aus seinem vierwöchigen Urlaub zurückkäme.

Katherine legte den Hörer auf und sah ihren Mann an. Beide zuckten belustigt mit den Schultern, denn was sie gehört hatten, gefiel ihnen. Mrs. Baylock war eine verrückte Nudel, aber sie steckte voller Leben, und genau das war es, was sie sich von einer Erzieherin ihres Sohnes wünschten.

Doch Mrs. Baylock, angelangt in Damiens Zimmer, lachte nicht mehr. Mit verschleiertem Blick starrte sie auf das schlafende Kind in seinem Bettchen, das unmittelbar am Fenster stand. Damiens Arm war ausgestreckt, so daß seine Hand beinahe die Fensterscheibe berührte. Mrs. Baylock konnte ihren Blick von dem kleinen Geschöpf nicht lösen. Ihr Kinn begann zu zittern vor Ergriffenheit, es war ihr, als stünde sie vor einem Wesen von unvergleichlicher Schönheit. Das Kind, geweckt von ihrem keuchenden Atem, schlug nun die Augen auf und wich sofort zurück.

»Keine Angst, Kleiner«, flüsterte Mrs. Baylock kaum hörbar. »Ich bin hier, um dich zu beschützen.«

Ein Blitz durchzuckte die Nacht, so daß das Land draußen für einen Augenblick in gleißendes Licht getaucht war. Gleich darauf folgte ein Donnerschlag.

Dies war der Auftakt zu einer zweiwöchigen Regenperiode.

4

Draußen auf dem Land stand im Juli alles in voller Blüte. Eine ungewöhnlich lange Regenzeit hatte die Themse über die Ufer treten lassen, und Samen, die lange im Boden gelegen hatten, waren nun zum Leben erwacht. Auf den Wiesen und Feldern von Pereford war alles üppig und grün geworden. Dicht belaubt waren die Bäume in den Wäldern jenseits der Gärten, und ihre vollen Kronen bildeten einen natürlichen Schutz für die Tiere. Horton fürchtete bereits, die Waldhasen würden ihre Zuflucht verlassen und sich über die Tulpen hermachen, und deshalb stellte er Fallen auf. Die durchdringenden Schreie der verendenden Tiere störten den Frieden der Nacht. Er hörte also auf, Fallen aufzustellen – nicht nur weil ihn Katherine darum gebeten hatte, sondern weil er stets ein unbehagliches Gefühl hatte, wenn er den Wald betreten mußte, um die zerfetzten Tiere aus den Fallen zu nehmen. Er spüre die Augen ganz deutlich, sagte er, als ob ihn irgend etwas aus dem Dickicht beobachte.

Als er dies seiner Frau gestand, lachte sie und meinte, es handle sich wahrscheinlich um den Geist King Henrys V. Ihm aber war gar nicht zum Lachen zumute. Horton weigerte sich, jemals wieder den Wald zu betreten.

Schweres Kopfzerbrechen verursachte ihm, daß das neue Kinderfräulein, diese vorwitzige Mrs. Baylock, mit Damien da draußen herumstrolchte und weiß der Herr was alles fand, womit sich der Junge oft stundenlang beschäftigen konnte. Horton hatte sehr wohl bemerkt, als er einmal seiner Frau beim Wäschesortieren half, daß die Kleidung des Jungen voller schwarzer Haare war. Als ob er mit einem Tier gespielt hätte! Horton aber fand keinerlei Reim zwischen den Tierhaaren und Damiens Ausflügen in den Wald, außer dem einen, daß im Pereford-Haus die unmöglichsten Dinge passierten. Und es geschah wahrlich eine ganze Menge.

Katherine überließ den Kleinen mehr und mehr dem neuen, lustigen Kindermädchen. Es stimmte schon, daß Mrs. Baylock eine liebevolle Gouvernante war und daß das Kind sie mehr und mehr liebgewann. Aber es war beunruhigend, wenn nicht gar unnatürlich, daß der Junge ihre Gesellschaft der seiner eigenen Mutter vorzog. Natürlich bemerkten dies auch die Hausangestellten, und man sprach darüber. Es tat ihnen irgendwie leid, daß die Zuneigung des Kindes einer Angestellten galt und nicht mehr ihrer Herrin. Sie wünschten, Mrs. Baylock würde wieder verschwinden. Statt dessen aber machte sie sich von Tag zu Tag unentbehrlicher und gewann immer mehr Einfluß auf die Herrschaften.

Was Katherine betraf, so fühlte sie dies genauso, aber sie war hilflos. Sie konnte nichts dagegen tun, vor allem aber wollte sie nicht, daß sie die Zuneigung eines Menschen zu ihrem Kind durch irgendwelche Eifersüchteleien störte. Schon einmal hatte sie es getan. Damals hatte sie Damien einer fröhlichen Gesellschafterin beraubt, wofür sie sich immer noch verantwortlich fühlte, und sie war nicht bereit, das noch einmal geschehen zu lassen.

So willigte Katherine ein, als Mrs. Baylock nach der zweiten Woche bat, in ein Zimmer, das direkt dem Zimmer Damiens gegenüberlag, einziehen zu dürfen. Vielleicht war das bei den reichen Leuten so üblich. Katherine selbst war in bescheidenen Familienverhältnissen großgeworden, und dort war es die Aufgabe der Mutter gewesen – ihre einzige Aufgabe übrigens –, liebevolle Erzieherin und Beschützerin ihres Kindes zu sein. Doch hier war das Leben ganz anders. Sie war die Herrin eines großen Hauses, und vielleicht war es in der Tat höchste Zeit, daß sie anfing, sich wie eine Herrin zu benehmen.

So verfügte Katherine über eine Menge freier Zeit. Sie

unternahm dies und jenes, sie beschäftigte sich mit Dingen, die Jeremy mit Freuden guthieß. Den Vormittag zum Beispiel widmete sie wohltätigen Zwecken, nachmittags lud sie häufig Damen aus Diplomatenkreisen oder wichtige Leute aus der Politik zum Tee. Katherine war kein gesellschaftliches Mauerblümchen mehr, schon gar nicht jenes zerbrechliche Wesen früherer Jahre, sondern wahrhaftig ›eine Löwin voller Energie und Zuversicht‹, wie sie von Freunden scherzend genannt wurde. Und dies war genau die Frau, die Jeremy sich wünschte – Kathy war der Lebenspartner, von dem er immer geträumt hatte. Gewiß, die plötzliche Veränderung in ihrem Wesen war ein wenig beunruhigend, aber sollte er Katherine in ihren Aktivitäten deshalb hemmen? Sogar ihr Liebesleben hatte sich geändert. Es war erregender, leidenschaftlicher geworden. Jeremy kam allerdings nicht auf den Gedanken, daß dies möglicherweise eher ein Zeichen der Verzweiflung denn ungetrübte Lust war.

Jeremy Thorn war von seiner beruflichen Aufgabe restlos ausgefüllt, und seit der Ölkrise war er zur wichtigsten Stütze des Präsidenten geworden, wo immer es um Kontakte mit den arabischen Ölscheichs ging. Ein Flug nach Saudi-Arabien stand nun wieder bevor, und Jeremy mußte ohne Katherine fliegen, denn Frauenbegleitung hielten die Araber bei einem Mann stets für ein Zeichen der Schwäche.

»Das begreife ich nicht«, meinte Katherine, als er ihr die Situation erläuterte.

»Ist eine Angelegenheit ihrer Kultur«, erwiderte Thorn. »Ich bin ihr Gast, und ich muß ihre Sitten respektieren.«

»Müssen sie denn nicht auch die Gepflogenheiten des Gastes respektieren?«

»Natürlich tun sie das.«

»Nun, bin ich kein kultivierter Mensch?«

»Katherine –«

»Ich habe diese Scheichs gesehen. Und ich habe die Frauen gesehen, die sie kaufen. Wohin sie gehen, werden sie von Huren begleitet. Wollen sie vielleicht, daß du das auch tust?«

»Ehrlich, ich habe keine Ahnung.«

Sie waren im Schlafzimmer. Es war spät. Nicht gerade die rechte Zeit, um einen Streit anzufangen.

»Was soll das bedeuten?« fragte Katherine ruhig.

»Es ist eine wichtige Reise, Kathy.«

»So. Und wenn sie von dir verlangen, daß du mit einer Hure schläfst –«

»Wenn sie von mir verlangen, mit einem ihrer Eunuchen zu schlafen, dann werde ich mit ihrem Eunuchen schlafen. Weißt du überhaupt, was hier auf dem Spiel steht?«

Sie waren an einem toten Punkt angelangt; langsam fand Katherine ihre Sprache wieder.

»Und wo ist mein Platz in dieser ganzen Geschichte?«

»Du bist hier. Was du hier tust, ist genauso wichtig.«

»Sprich nicht so herablassend mit mir.«

»Ich habe nur versucht, dir verständlich zu machen . . .«

»Daß du die Welt retten kannst, indem du tust, was sie sagen.«

»So kann man es auch ausdrücken.«

Sie sah ihn an, wie sie ihn niemals zuvor angesehen hatte. Hart. Haßerfüllt. Dieser Blick machte ihn unsicher.

»Ich glaube, daß wir alle irgendwie Huren sind, Jeremy«, sagte sie. »Du bist ihre Hure und ich bin deine. Und nun laß uns zu Bett gehen.«

Er verbrachte lange Zeit im Badezimmer, weil er hoffte, sie würde schlafen, wenn er herauskam. Aber sie schlief nicht.

Sie war wach und wartete. Es kam ihm ein Hauch feinsten Parfüms entgegen. Er setzte sich aufs Bett und sah sie lange an. Sie erwiderte sein Lächeln.

»Es tut mir leid«, sagte sie. »Ich verstehe es wirklich.«

Sie nahm sein Gesicht und drückte es an ihre zarten Brüste. Dann zog sie ihn über sich und umarmte ihn fest. Ihr Atem wurde immer stärker, und er begann sie zu liebkosen, doch sie rührte sich nicht unter ihm.

»Mach's doch«, drängte sie. »Mach's mir einfach. Geh nicht weg.«

Und sie liebten sich auf eine Weise, wie sie es noch nie zuvor getan hatten. Katherine weigerte sich, sich zu bewegen, aber sie weigerte sich auch, ihn loszulassen. Es war, als liebte sie ihn nur mit ihrer Stimme, als drängte diese Stimme ihn zur äußersten Hingabe.

Auf einmal war es zu Ende. Sie ließ ihn los, und er glitt von ihr herunter und starrte sie verletzt und verwirrt an.

»Geh jetzt und rette die Welt«, flüsterte sie. »Geh hin und tu, was sie sagen, deine Ölscheichs.«

In dieser Nacht konnte Jeremy Thorn nicht schlafen. Er saß am Fenster des Schlafzimmers und starrte in die Vollmondnacht hinaus. Da lag der Wald – ein dunkles, unbewegliches Etwas. Eine schlafende Welt? Doch nein, dieses Etwas schlief nicht, Jeremy hatte vielmehr das deutliche Gefühl, daß auch er beobachtet wurde aus dem Dunkel heraus. Draußen auf der Veranda lag ein Feldstecher, mit dem sie bisweilen die Vögel beobachteten. Thorn ging also hinaus, nahm den Feldstecher und suchte damit die Umgebung ab. Plötzlich entdeckte er zwei Augen, die ihn anzustarren schienen . . . zwei feurige gelbe Kugeln, zwei dicht beieinanderliegende, stechende Punkte, die unverwandt aufs Haus gerichtet waren. Schaudernd setzte Jeremy den Feldstecher ab und ging wieder hinein. Einen Augenblick stand er da wie eine Steinsäule, dann raffte er all seine Energie zusammen und schlich auf bloßen Füßen zum Hauseingang. Ruhig öffnete er die Tür und trat ins Freie.

Es war ganz still, sogar das Zirpen der Grillen war verstummt.

Wieder begann er sich zu bewegen, als ob ihn irgend etwas zum Waldrand hinzöge. Dann blieb er stehen und lauschte.

Aber da war nichts. Nicht ein Laut. Die beiden glühenden Kugeln waren verschwunden. Er drehte sich um, und da trat er mit seinen nackten Füßen auf etwas Weiches, Nasses. Er hielt den Atem an. Er tat einen Schritt zur Seite. Es war ein totes Kaninchen, das er anfaßte – noch warm, und sein Blut strömte ins Gras, strömte aus einem Rumpf, dem der Kopf fehlte.

Am folgenden Morgen stand er früh auf und fragte Horton, ob er immer noch Fallen für Kaninchen oder Wildhasen aufstelle. Doch Horton verneinte dies, und Thorn nahm ihn zu dem Platz mit, wo das tote Tier lag. Es war nun von Fliegen über und über bedeckt. Horton scheuchte sie fort, als er sich hinkniete, um den Kadaver genauer zu betrachten.

»Was meinen Sie?« fragte Thorn. »Haben wir hier vielleicht einen Wilddieb?«

»Könnte ich nicht sagen, Sir. Aber ich bezweifle es.«

Er hob den steifen Körper hoch und deutete mit dem Finger darauf.

»Wilddiebe lassen den Kopf zurück, sie nehmen ihn doch nicht mit. Wer dieses Tier umgebracht hat, der hat's aus purem Mutwillen getan.«

Thorn befahl Horton, den Kadaver beiseitezuschaffen und niemandem etwas davon zu sagen. Als sie aufs Haus zugingen, blieb Horton stehen.

»Ich mag diesen Wald nicht, Sir. Und ich mag es auch nicht, daß Mrs. Baylock mit dem Jungen dort hingeht.«

»Sagen Sie ihr, sie solle es nicht tun«, entgegnete Thorn. »Wir haben doch den schönen Garten, in dem sie sich aufhalten können.«

An jenem Nachmittag tat Horton, was man ihm gesagt hatte. Er sah seine Vermutung bestätigt, daß irgend etwas im Haus nicht stimmte. An diesem Abend suchte ihn Mrs. Baylock im Salon auf und drückte ihm ihr Mißfallen aus, daß sie sich von einem Hausangestellten Vorschriften machen lassen müsse.

»Es ist nicht so, daß ich Befehle nicht befolge«, sagte sie indigniert, »aber ich erwarte, daß man sie mir direkt gibt.«

»Mir ist der Unterschied nicht ganz klar«, meinte Thorn, und er war ziemlich bestürzt über den wütenden Blick, den Mrs. Baylock ihm zuwarf.

»Es ist bloß der Unterschied zwischen einem großen Haus und einem kleinen Haus, Mr. Thorn. Ich habe das Gefühl, daß hier keiner für etwas verantwortlich ist.«

Sie drehte sich auf den Hacken um und ließ ihn stehen. Thorn fragte sich, was sie wohl gemeint haben mochte. Soweit es den Haushalt betraf, war doch Katherine diejenige, die die Verantwortung trug. Aber schließlich war er jeden Tag unterwegs. Vielleicht hatte Mrs. Baylock ihm damit angedeutet, daß es im Haus nicht so war, wie es sein sollte? Ob Katherine sich nicht genug um alles kümmerte? Vielleicht hatte sie das gemeint.

In seinem Zimmer in dem sechsstöckigen Mietshaus in Chelsea betrachtete Haber Jennings die wachsende Serie der Thorn-Porträts, die an der Wand der Dunkelkammer hingen. Da waren die düsteren Bilder von der Beerdigung, die Großaufnahme des Hundes zwischen den Grabsteinen, der Bildausschnitt, der deutlich den Jungen zeigte. Außerdem hingen da die Bilder der Geburtstagsparty: Katherine, wie sie das Kindermädchen beobachtete. Das Kindermädchen im Clownskostüm. Beide allein. Es war das letzte Bild, das ihn am meisten interessierte, denn über dem Kopf des Kindermädchens war eine schadhafte Stelle – eine fotografische Unvollkommenheit vielleicht, aber doch irgendwie sehr sonderbar. Vielleicht war es wirklich nur ein Fehler in der Emulsion des Films, und trotzdem ... sah es nicht wie ein Schleier über dem Kopf des Mädchens aus? Fast wie ein Heiligenschein? Oder wie ein böses Omen? Gewöhnlich warf er fehlerhafte Bilder weg – dies hier wollte er aufbewahren.

Er wußte ja, was unmittelbar nach der Aufnahme geschehen war, und so bekam diese Stelle eine nahezu symbolische Bedeutung – ein gestaltloses, deutlich sichtbares Vorzeichen des Verhängnisses.

Die letzte Fotografie zeigte die Leiche, die an einem Seil hing: eine erschütternde Realität, die die Montage vervollständigte.

Alles in allem war diese Thorn-Serie eine einzige Galerie des Makabren. Ein dicker Fisch für Jennings! Er hatte nichts anderes getan, als Leute aufzunehmen, die auch die Seiten von *Good Housekeeping* schmückten, und er hatte irgend etwas ganz Besonderes in ihnen entdeckt; etwas, das noch keiner vorher gefunden hatte. Bereits früher, als ihm der Gedanke gekommen war, sich auf diese Weise um die Thorn-Familie zu kümmern, hatte er eine Verbindung in Amerika dazu benutzt, um weitere Informationen über ihren Background zu ergattern.

So hatte er herausgefunden, daß Katherine ein Abkömmling einer russischen Emigrantenfamilie war und daß ihr natürlicher Vater Selbstmord begangen hatte. Nach einem alten Bericht in der *Minneapolis Times* war der Herr Papa vom Dach eines Bürohauses in Minneapolis gesprungen. Einen Monat später war Katherine zur Welt gebracht, und innerhalb eines Jahres hatte ihre Mutter wieder geheiratet. Sie war inzwischen mit dem neuen Ehemann, der dem Kind seinen Namen gegeben hatte, nach New Hampshire gezogen.

In den wenigen Interviews, die Katherine in den letzten Jahren gegeben hatte, war der Stiefvater niemals erwähnt worden, und Jennings hatte das Gefühl, daß sie die Wahrheit selbst nicht genau wußte. Es war nicht wichtig, doch es spornte Jennings nur noch zu größerer Neugier an. Wenn es auch nicht mehr als ein kleines Häppchen war, so verstärkte es doch die Illusion, nun richtig in der Sache drin zu sein.

Was ihm bisher noch fehlte, war eine Aufnahme des Herrn Botschafters, und Jennings hoffte, daß er Thorn morgen doch noch erwischte, denn morgen fand eine bedeutende Hochzeit in der All Saints Church statt, bei der die Thorn-Familie ohne Zweifel anwesend sein würde. Es war nicht recht nach Jennings Geschmack, aber bis jetzt hatte er Glück gehabt, und vielleicht blieb es ihm auch diesmal treu.

Am Tag vor der Hochzeit machte sich Thorn von seinen üblichen Sonnabendarbeiten in der Botschaft frei. Er fuhr mit Katherine hinaus aufs Land. Noch rätselte er erfolglos an ihrem merkwürdigen Streit und an jener seltsamen Liebesnacht, die diesem Streit gefolgt war, herum. Er wollte mit Kathie einmal ganz allein sein. Vielleicht konnte er nun ergründen, was da eigentlich los war.

Thorn schien die richtige Entscheidung getroffen zu haben, denn zum erstenmal seit Wochen wirkte Kathie völlig entspannt. Sie genoß diese Fahrt in vollen Zügen. Sie hielt Jeremys Hand, als sie auf der abwechslungsreichen Strecke durch die zauberhafte Landschaft gondelten.

Am frühen Nachmittag erreichten sie das Shakespeare-Städtchen Stratford upon Avon. Hier besuchten sie eine Vorstellung des *König Lear*. Kathie war wie gebannt. Das Spiel rührte sie zu Tränen. Des alten Lear Schlußmonolog, jene erschütternde Klage über den Tod seines Kindes, hatte alle ergriffen: »Kein, kein Leben? – Ein Hund, ein Pferd, 'ne Maus soll Leben haben, und du nicht einen Hauch . . .« Noch lange nach der Vorstellung mußte Thorn seine Frau damit trösten, daß alles am Ende ja nur Spiel war – Theater!

Schließlich kehrten sie zu ihrem Wagen zurück und fuhren weiter. Fest umklammerte Katherine Jeremys Hand. Das erschütternde Spiel hatte eine Intimität zwischen ihnen geschaffen, die sie in ihren Beziehungen lange nicht mehr gespürt hatten. Nun zeigte sich, wie verwundbar sie war, und als sie hielten, begann sie wieder zu weinen. Sie sprach von ihren Ängsten, von der Furcht, Damien zu verlieren. Sie sagte, falls ihm irgend etwas passiere, wolle auch sie nicht mehr weiterleben.

»Du wirst ihn doch nicht verlieren, Kathy«, sagte Jeremy zärtlich. »So grausam kann das Leben nicht sein.«

Zum erstenmal seit langer Zeit hatte er sie wieder Kathy genannt, und es war, als ob der Name die Distanz auslöschte, die während der vergangenen Monate zwischen ihnen gewesen war.

Unter einem riesigen Eichbaum machten sie Rast. Kathys Stimme war beim Rauschen des ruhig dahinfließenden Stroms kaum vernehmbar.

»Ich hab' solche Angst«, flüsterte sie.

»Aber du brauchst doch vor nichts und niemandem Angst zu haben.«

»Doch, ich fürchte mich . . . vor allem.«

Plötzlich hatte sie einen Junikäfer entdeckt. Sie beobachtete ihn, wie er sich einen Weg durchs hohe Gras suchte.

»Was hast du zu befürchten, Katherine?«

»Was haben wir nicht zu befürchten?«

Er starrte sie an und wartete darauf, daß sie weitersprach.

»Ich habe Angst um das Gute, weil es mir aus den Händen gleiten könnte . . . ich habe Angst vor dem Bösen, weil ich zu schwach bin, um mich dagegen wehren zu können. Ich fürchte deinen Erfolg, und ich fürchte dein Versagen. Und ich habe die Befürchtung, daß ich weder gegen das eine noch gegen das andere etwas tun kann. Ich habe Angst, du könntest Präsident der Vereinigten Staaten werden, Jeremy . . . und ich befürchte, daß du eine Frau hast, die deiner nicht würdig ist.«

»Du hast es bisher ausgezeichnet gemacht«, versicherte er ihr.

»Aber ich habe es gehaßt – all mein Tun.«

Ihr Eingeständnis klang einfach, so unheimlich einfach.

»Schockiert es dich nicht?« fragte sie.

»Ein wenig schon«, antwortete er.

»Weißt du, welches mein sehnlichster Wunsch ist?«

Er schüttelte den Kopf.

»Ich möchte, daß wir nach Amerika zurückkehren.«

Er legte sich ins Gras und ließ seinen Blick durchs Laub der großen Eiche wandern.

»Mehr als sonst irgend etwas, Jeremy. Ich will dorthin gehen, wo es sicher ist. Dorthin, wo . . .«

Ein langes Schweigen folgte. Sie lag neben ihm und schmiegte sich in seine Arme.

»Hier ist es sicher«, flüsterte sie. »Hier – in deinen Armen.«

»Ja.«

Sie schloß die Augen, ein winziges Lächeln spielte um ihre Lippen.

»Wir sind jetzt in New Jersey, nicht wahr?« flüsterte sie. »Und siehst du sie dort drüben auf dem Hügel, unsere kleine Farm? Dort drüben sind wir doch daheim, sag?«

»Es ist ein großer Hügel, Kathy.«

»Ich weiß. Ich weiß. Wir werden nie hinüberkommen.«

Eine leichte Brise bewegte die Blätter über ihnen, und sie beobachteten schweigend, wie die Sonnenstrahlen auf ihren Gesichtern spielten.

»Vielleicht will es Damien«, flüsterte Thorn. »Vielleicht ist er ein angehender junger Farmer.«

»Bestimmt nicht. Er ist dein Sohn durch und durch.«

Thorn antwortete nicht; er wich ihren Blicken aus.

»Er ist es, und du weißt es«, sagte Katherine. »Und es ist so, als ob ich überhaupt nichts mit ihm zu tun hätte.«

Thorn fuhr plötzlich hoch. Er stützte sich auf einen Arm und betrachtete sie mit trauriger Miene.

»Warum sagst du das?« fragte er.

Sie zuckte mit den Schultern, denn sie wußte nicht, wie sie es erklären sollte.

»Er ist ein Geschöpf, das keine Menschenseele zu brauchen scheint.«

»Er hat keine Bindung zu mir, wie ein normales Kind zu seiner Mutter. Hast du eine seelische Bindung zu deiner Mutter?«

»Ja.«

»Und . . . zu deiner Frau?«

Ihre Blicke trafen sich, und er streichelte ihre Wangen. Sie küßte seine Hand.

»Ich will hier nicht mehr fort«, flüsterte sie. »Es ist so schön hier, und du bist mir so nahe. Ich will hierbleiben . . . so liegenbleiben . . . dir zuhören . . .«

Und dann hob sie ihr Gesicht, bis ihre Lippen seinen Mund berührten.

»Weißt du, Kathy«, flüsterte Thorn nach einem längeren Schweigen, »als ich dir zum erstenmal begegnete, hielt ich dich für die schönste Frau, die es je gab.«

Sie lächelte und nickte.

»Du bist es immer noch, Kathy«, flüsterte er. »Du bist es wirklich noch immer.«

»Ich liebe dich.«

»Ich liebe dich auch – und wie ich dich liebe!«

Ihr Mund verzog sich, Tränen traten aus ihren geschlossenen Augen und rollten über ihre Wangen.

»Ich möchte fast, daß du niemals wieder mit mir sprichst«, hörte er sie sagen. »Damit ich mich daran erinnern kann, was du eben zu mir gesagt hast.«

Dunkel leuchteten ihre Augen bei diesen Worten.

Als sie an jenem Abend nach Pereford zurückkehrten, schlief bereits das ganze Haus. Sie machten Feuer im Kamin, holten Wein, und Thorn füllte die Gläser. Sie setzten sich auf die Ledercouch, lehnten sich zurück und schmiegten sich aneinander.

»Werden wir das im Weißen Haus tun können?« fragte Katherine.

»Ach, bis dorthin ist noch ein langer Weg.«

»Können wir dort auch so zärtlich zueinander sein?«

»Ich wüßte nicht, was dagegen spräche.«

»Können wir uns in Lincolns Schlafzimmer schlimm benehmen?«

»Schlimm?«

»Sexuell, meine ich . . .«

»In Lincolns Schlafzimmer? Vielleicht in seinem Bett?«

»Da müßte Lincoln erst mal ausziehen, nehme ich an.«

»Oh, er kann doch mitmachen.«

Thorn lachte und zog Kathy an sich.

»Allerdings müßten wir etwas gegen die Touristen unternehmen«, fügte Katherine hinzu. »Sie kommen dreimal täglich durch Lincolns Schlafzimmer.«

»Wir werden die Tür abschließen.«

»Wieso denn? Wir verlangen einfach gesalzene Eintrittspreise.«

Er lachte wieder. Ihre gute Laune gefiel ihm.

»Was für eine Führung durchs Weiße Haus!« flüsterte sie begeistert. »Und hier können Sie sehen, wie Mr. Präsident die First Lady fickt und beglückt.«

»Kathy!«

»Kathy und Jeremy machen's miteinander. Und der alte Lincoln rotiert in seinem Grab.«

Er starrte sie an und keuchte: »Was ist denn bloß in dich gefahren?«

»Du«, zischte sie.

Seine Augen wurden groß; er kannte sie plötzlich nicht mehr.

»Bist du denn das wirklich?« fragte er.

»Auf Ehre und Gewissen – ich bin's.«

»Ich kann es mir nicht vorstellen!«

»Bin ich nicht widerlich?«

Sie lachte über sich selbst, und er tat es ebenfalls. Und der Rest des Tages und die Nacht waren so, wie sie es sich manchmal erträumt hatte.

Es war ein strahlender Morgen, als Thorn gegen neun Uhr, bereits für die Hochzeit angezogen, munter die Treppe hinunterstieg.

»Kathy?« rief er.

»Bin noch nicht fertig«, hörte er ihre Stimme von oben.

»Wir werden zu spät kommen.«

»Kann sein.«

»Sie könnten vielleicht auf uns warten, weißt du. Wir sollten uns beeilen.«

»Ist Damien schon angezogen?«

»Ich denke schon.«

»Ich möchte nicht zu spät kommen.«

»Sag doch Mrs. Horton, sie soll uns Toast machen.«

»Ich will keinen Toast.«

»Beeil dich.«

Draußen war Horton bereits mit der Limousine vorgefahren. Thorn ging hinaus zu ihm und bat ihn um ein wenig Geduld, dann ging er in die Küche.

Katherine kam schnell aus ihrem Zimmer. Sie band die Schärpe um ihr Kleid und ging auf Damiens Zimmer zu. Noch im Gehen rief sie nach ihm.

»Wir müssen fahren, Damien. Wir sind alle fertig!«

Sie blieb in seinem Zimmer stehen, denn er war nirgends zu sehen. Dann hörte sie, daß Wasser in die Badewanne eingelassen wurde, und so eilte sie schnell ins Badezimmer. Bestürzt blieb sie stehen. Damien lag in der Badewanne, und Mrs. Baylock wusch ihn, während er spielte.

»Mrs. Baylock«, stöhnte Katherine. »Ich habe Ihnen gesagt, Sie sollen ihn anziehen und ...«

»Wenn Sie nichts dagegen haben, Ma'am, meine ich, ich sollte mit ihm in den Park gehen.«

»Ich habe Ihnen gesagt, daß wir ihn zur Kirche mitnehmen wollen!«

»Eine Kirche ist an einem sonnigen Tag absolut kein Ort für einen richtigen Jungen.«

Mrs. Baylock war restlos überzeugt von der Stichhaltigkeit ihres Arguments.

»Tut mir leid«, entgegnete Katherine. »Aber es ist wichtig, daß er zur Kirche geht.«

»Er ist doch noch viel zu jung für die Kirche. Er wird höchstens die Andacht stören.«

Es war etwas Entschlossenes in ihrer Stimme und in der ganzen Art, wie sie sich benahm. Obgleich sie ruhig und nicht aufdringlich sprach, so war Katherine doch empört.

»Sie scheinen immer noch nicht verstanden zu haben«, sagte sie fest. »Ich möchte, daß er uns in die Kirche begleitet.«

Mrs. Baylock hob den Kopf. Offensichtlich empfand sie Kathys Ton beleidigend. Auch das Kind spürte es, denn es schmiegte sich an Mrs. Baylock, die wie ein Fels dastand.

»Ist er denn früher schon mal in der Kirche gewesen?« fragte das Kinderfräulein.

»Ich begreife nicht, was das damit zu tun hat ...«

»Kathy?« rief Thorn von unten.

»Komme gleich«, rief sie zurück.

Sie starrte Mrs. Baylock böse an, aber die Frau hielt ihrem Blick stand.

»Ziehen Sie ihn sofort an«, befahl Katherine.

»Verzeihen Sie, wenn ich das sage, aber erwarten Sie wirklich von einem vierjährigen Jungen, daß er das Drum und Dran einer Hochzeitszeremonie begreift?«

Katherine holte tief Luft.

»Ich bin katholisch, Mrs. Baylock, und mein Mann ebenfalls.«

»Na ja, jemand muß es wohl sein«, entgegnete die Frau.

Katherine starrte sie an, sie war entrüstet über die trotzigen Antworten dieser Frau.

»Sie werden jetzt meinen Sohn anziehen«, sagte sie entschlossen, »und Sie bringen ihn in fünf Minuten runter zum Auto. Oder Sie packen Ihre Sachen und schauen sich nach einem anderen Job um.«

»Vielleicht werde ich das sowieso tun.«

»Das bleibt Ihnen überlassen.«

»Ich werde es mir überlegen.«

»Ich hoffe es.«

Einen Augenblick war es ganz still, dann drehte sich Katherine um. Sie war dabei, das Badezimmer zu verlassen.

»Was die Kirche betrifft . . .«, sagte Mrs. Baylock.

»Ja?«

»Es wird Ihnen schwer leid tun, daß Sie ihn mitgenommen haben.«

Katherine verließ das Badezimmer. Fünf Minuten später erschien Damien unten und kam auf das Auto zugelaufen.

Auf der Fahrt durch Shepperton, wo der neue Highway gebaut wurde, gerieten sie ein paarmal in einen Stau, und es wurde in der Limousine noch ruhiger als vorher.

»Stimmt etwas nicht?« fragte Thorn, während er Katherine von der Seite ansah.

»Laß nur.«

»Du bist verstimmt.«

»Völlig unwichtig.«

»Also – was ist los?«

»Nichts Besonderes.«

»Los. Heraus mit der Sprache.«

»Mrs. Baylock«, sagte Katherine seufzend.

»Was ist mit ihr?«

»Wir hatten einen Wortwechsel.«

»Worum ging's?«

»Sie wollte mit Damien in den Park.«

»Und was soll daran auszusetzen sein?«

»Statt zur Kirche.«

»Kann nicht sagen, daß ich ihr deswegen böse sein könnte.«

»Sie tat alles, was sie nur konnte, um ihn von dieser Fahrt abzuhalten.«

»Wahrscheinlich ist sie ohne ihn ein bißchen einsam.«

»Ich weiß nicht ... mir gefällt die Sache nicht.«

Thorn zuckte mit den Schultern. Er schaute durchs Fenster auf die bereits geteerte neue Straße, während der Wagen langsam in der Schlange weiterfuhr.

»Gibt es hier keine Umleitung, Horton?« fragte er.

»Nein, Sir«, erwiderte Horton, »aber wenn es Ihnen nichts ausmacht, möchte ich wegen Mrs. Baylock mit Ihnen sprechen.«

Thorn und Katherine sahen einander an. Offensichtlich war Hortons Bitte doch ein wenig überraschend gekommen.

»Na reden Sie schon«, sagte Thorn.

»Ich möchte es nicht gern vor dem Kleinen sagen.«

Katherine sah zu Damien, der mit den Riemen seiner neuen Schuhe spielte und sich offensichtlich nicht um die Unterhaltung kümmerte.

»Schon gut«, sagte Katherine.

»Ich habe das Gefühl, daß sie einen schlechten Einfluß hat«, erklärte Horton. »Sie kümmert sich überhaupt nicht um die Hausordnung.«

»Was für eine Hausordnung?« fragte Thorn.

»Ich möchte nicht gern in die Einzelheiten gehen, Sir.«

»Bitte.«

»Also, zum Beispiel ... es ist bisher immer so gewesen, daß die Leute gemeinsam essen und abwechselnd das Geschirr spülen.«

Thorn warf Katherine einen Blick zu. Offensichtlich war nichts Ernstes zu befürchten.

»Aber sie speist niemals mit uns«, fuhr Horton fort. »Sie kommt absichtlich immer erst runter, wenn wir schon fertig sind und ißt dann allein.«

»Verstehe«, meinte Thorn, während er so tat, als interessiere ihn die Geschichte.

»Und sie läßt die Teller stehen, und die Morgenhilfe muß sie dann spülen.«

»Ich glaube, wir können ihr beibringen, daß sie das in Zukunft unterläßt.«

»Es wird erwartet, daß die Angestellten im Hause bleiben, wenn die Lichter ausgemacht werden«, fuhr Horton fort, »und ich habe sie bei mehr als einer Gelegenheit gesehen, wie sie in aller Herrgottsfrühe in den Wald hinausging. Draußen war es noch dunkel. Und sie ging so leise, daß keiner sie hören konnte. Ich möchte vielmehr sagen, daß sie geschlichen ist ... jawohl, sie hat sich richtig davongeschlichen!«

»Das klingt ja sonderbar«, murmelte Thorn.

»Ma'am, Sir – was ich nun sage, das ist wahrhaftig nicht gerade delikat, und ich muß schon sehr um Verzeihung bitten«, fuhr Horton fort, »aber wir haben's alle beobachtet – diese Mrs. Baylock ... sie benutzt kein Papier in der Toilette. Toilettenpapier, Sie wissen schon. Seit sie hier ist, haben wir noch nicht wieder eine neue Rolle einsetzen müssen.«

Jeremy und Kathy tauschten einen vielsagenden Blick.

»Merkwürdig – die Geschichte«, sagte Jeremy Thorn.

»Wenn ich zwei und zwei zusammenzähle«, sagte Horton, »dann glaube ich, sie bringt's raus in den Wald. Wenn Sie mich fragen, halte ich das für äußerst unzivilisiert.«

Eine Weile war es still in der Limousine. Die Thorns waren nun wirklich sprachlos für geraume Zeit.

»Noch etwas. Noch etwas, das nicht stimmt.«

»Was denn, Horton?« fragte Thorn.

»Sie benutzt das Telefon und dann spricht sie mit Rom. Lauter Ferngespräche.«

Als Horton mit dem, was er zu sagen hatte, fertig war, entdeckte er eine Lücke in der Autoschlange. Er fuhr schneller. Indessen dachten Katherine und Thorn darüber nach, was er gesagt hatte. Die Landschaft flog an ihnen vorbei. Schließlich wurde das Thema wieder aufgegriffen.

»Sie war heute sehr widerspenstig«, meinte Katherine.

»Möchtest du sie entlassen?«

»Ich weiß nicht. Du?«

Thorn zuckte mit den Schultern.

»Damien scheint gut mit ihr zurechtzukommen.«

»Ich weiß.«

»Und das ist ja auch etwas wert.«

»Ja«, seufzte Katherine. »Das ist es bestimmt.«

»Aber wenn du willst, dann können wir sie fortschicken.«

Katherine schwieg; sie schaute aus dem Fenster.

»Ich denke, sie wird vielleicht von selbst gehen.«

Damien, der zwischen ihnen saß, schaute unentwegt auf den Boden, während sie auf die Stadt zufuhren.

Die *All Saints Church*, ein erhabenes Bauwerk, stammte

aus dem 17. Jahrhundert. Es wurde jedoch ständig an der Kirche weitergebaut – sogar bis in unser Jahrhundert hinein. Das Gotteshaus war immer geöffnet, und Tag und Nacht brannten in seinem Innern die Lichter. Am heutigen Tag war die Treppe, die hinauf zum Hauptportal führte, über und über mit Iris geschmückt. Kirchendiener und Ministranten mußten einen schmalen Pfad freihalten, denn das Ereignis hatte eine große Menschenmenge angelockt. Einige Gruppen trugen Transparente mit den Parolen der kommunistischen Partei, die sie eigentlich auf dem Piccadilly spazierenführen wollten, doch jetzt entdeckten sie, daß vor *All Saints* gerade genug Kapitalisten versammelt waren, denen man die schönen Sprüche unter die Nase halten konnte. Lauter Prominente und hohe politische Persönlichkeiten waren im Anmarsch.

Immer mehr Menschen drängten sich auf dem Vorplatz, schoben sich zur Treppe, und die Polizisten hatten große Mühe, sie zurückzuhalten. Das Durcheinander verzögerte alles, und die ankommenden Limousinen mußten in einer Schlange warten, bis sie an der Kirche vorfahren konnten, um ihre Passagiere abzusetzen.

So spät die Limousine der Thorns auch kam, sie mußte am Ende der Straße halten. Hier gab es nur wenige Polizisten, und die Leute drängten sich sofort um den Wagen. Sie starrten immerfort hinein, und Damien, der vor sich hingedöst hatte, erschrak heftig, als immer mehr Gesichter vor den Scheiben auftauchten.

Katherine zog Damien an sich. Sie schaute geradeaus, aber die Menschen, die den Wagen umringten, schienen sich zu vervielfachen. Das groteske Gesicht eines Wasserkopfes tauchte am Fenster unmittelbar vor Katherine auf. Der Kerl begann zu klopfen. Es schien, als ob er versuchte, in den Wagen zu gelangen.

Sie wandte das Gesicht zur Seite, denn der Mann hatte häßlich zu lachen begonnen, und eine Kaskade Speichel flog gegen die Scheibe.

»Um Himmels willen«, keuchte sie. »Was ist denn hier los?«

»Soviel ich sehen kann, ist die ganze Straße voller Menschen«, antwortete Horton.

»Können wir nicht anders fahren?« fragte Katherine.

»Wir stehen Stoßstange an Stoßstange, vorn und hinten.«

Dieses Klopfen gegen die Fensterscheibe wollte nicht aufhören. Katherine schloß die Augen, während das Klopfen draußen lauter und lauter wurde, und immer mehr Leute beteiligten sich an dem Spaß. Von allen Seiten trommelten sie jetzt auf den Wagen ein.

»Schauen Sie mal da vorn«, sagte Horton. »Kommunisten.«

»Können wir nicht hier aussteigen?« flehte Katherine.

Weil die Mutter ängstlich war, begannen Damiens Augen nun auch einen ängstlichen Ausdruck anzunehmen.

»Schon gut . . . es ist ja schon gut«, sagte Thorn, der die Angst in den Augen des Kindes sah. »Diese Leute können uns nichts tun, sie wollen bloß sehen, wer im Auto sitzt.«

Aber die Augen des Kindes wurden größer, sie waren nicht auf die Leute gerichtet, sondern auf einen Punkt hoch über ihnen: auf die Türme der Kirche.

»Du brauchst wirklich keine Angst zu haben, Damien«, sagte Thorn. »Wir gehen nur zu einer Hochzeit.«

Doch die Angst des Kindes wuchs. Sein Gesicht verzerrte sich, als es Horton nun gelang, den Wagen langsam der gewaltigen Kirche zu nähern.

»Damien . . .«

Thorn warf Katherine einen Blick zu. Damiens Gesicht war jetzt ganz verzerrt. Bald starrte er hinaus in die Menschenmenge, bald auf die Kathedrale, die in ihrer ganzen Wucht vor ihm emporragte.

»Schon gut, schon gut, Damien«, flüsterte Katherine. »Die Leute gehen ja schon . . .«

Doch Damien starrte immer noch auf die Kirche, und seine Augen schienen größer und größer zu werden.

»Was ist denn bloß mit ihm los?« fragte Thorn.

»Ich habe keine Ahnung.«

»Was ist denn, Damien?«

»Er ist schreckensbleich!«

Katherine reichte ihm die Hand, und er umklammerte sie, während er verzweifelt in ihre Augen sah.

»Es ist eine Kirche, Liebling«, sagte Katherine beschwichtigend.

Als der Junge sich umdrehte, waren seine Lippen trocken.

Panische Angst schien ihn zu überwältigen, er begann zu keuchen, sein Gesicht wurde schneeweiß.

»Mein Gott«, stöhnte Katherine.

»Ist er krank?«

»Er ist wie Eis. Er ist eiskalt!«

Plötzlich hielt die Limousine vor der Kirche, und die Tür wurde geöffnet. Die Hand des Kirchendieners griff nach Damien, der sofort wieder in Panik geriet. Seine Hände verkrallten sich im Kleid der Mutter. Er begann vor Angst zu wimmern.

»Damien!« rief Katherine. »Damien!«

Als sie versuchte, ihn wegzuziehen, verkrampften sich seine Hände noch mehr. Verzweifelt versuchte er sich festzuhalten, während sie an ihm zog.

»Jeremy!« rief Katherine.

»Damien!« schrie Thorn.

»Er zerreißt mir das Kleid!«

Thorn griff nach ihm, er versuchte ihn mit ganzer Kraft wegzuziehen, doch das Kind wehrte sich und klammerte sich immer fester an die Mutter. Die Hände flogen hoch. In der Verzweiflung hielt Damien sich in Kathys Haaren fest.

»Hilfe! O lieber Gott!« schrie Katherine.

»Damien!« brüllte Thorn, während er immer noch versuchte, sie von dem Kind zu befreien. »Damien! Laß los!«

Als das Kind in seiner Angst zu schreien begann, scharten sich neue Gruppen von Schaulustigen um den Wagen. Sie wollten sehen, wie der verzweifelte Kampf da drinnen endete. Endlich kam Horton zu Hilfe. Er sprang vom Vordersitz und versuchte, sich Damiens zu bemächtigen. Doch das Kind schien zum Tier geworden zu sein. Schreiend krallte es sich fest an Katherines Kopf und riß ihr ein Büschel Haare aus.

»Macht mich los!« schrie sie. Und in ihrer Angst schlug sie wild um sich. Sie brauchte all ihre Kraft, um die Finger des Jungen zu lösen, die sich jetzt in ihre Augen zu graben versuchten. Jetzt riß Thorn den Kleinen mit einem plötzlichen Ruck weg. Er hatte ihn nun so fest im Griff, daß er sich nicht mehr rühren konnte.

»Fahren Sie los!« rief er keuchend Horton zu. »Schnell weg hier!«

Während das Kind sich immer noch wehrte, lief Horton

zum Vordersitz, er sprang in den Wagen und schlug die Türen zu. Die Limousine raste davon und verschwand auf quietschenden Reifen um die nächste Ecke.

»Mein Gott«, schluchzte Katherine, während sie ihren Kopf hielt. »Mein . . . Gott.«

Und während die Limousine mit großer Geschwindigkeit weiterfuhr, wurde das Kind ruhiger. In größter Erschöpfung fiel sein Kopf zurück. Horton bog wieder auf den Highway ein, und wenige Augenblicke später war es mäuschenstill in der Limousine.

Damien saß mit glasigen Augen da. Sein Gesicht war schweißbedeckt. Thorn hielt ihn fest in den Armen und schaute geradeaus. Neben ihm saß wie erstarrt Katherine; ihr Haar war zerzaust, ein Auge geschwollen und fast geschlossen. Schweigend fuhren sie nach Hause. Keiner wagte ein Wort zu sagen.

Als sie nach Pereford kamen, brachten sie Damien sogleich zu Bett und blieben schweigend bei ihm sitzen, während er zum Fenster hinausstarrte. Seine Stirn war kalt, aber sie kamen überein, den Arzt nicht zu bemühen. Er sah sie nicht an. Erst jetzt schien er sich bewußt zu sein, was er getan hatte.

»Ich werde mich um ihn kümmern«, sagte Mrs. Baylock ruhig, als sie das Zimmer betrat.

Damien drehte sich um zu Mrs. Baylock. Seine ganze Haltung drückte Erleichterung aus.

»Er hat Angst gehabt«, sagte Katherine zu der Frau.

»Er mag Kirchen nicht«, erwiderte Mrs. Baylock. »Er wollte statt dessen lieber in den Wald gehen.«

»Er wurde . . . wild«, sagte Thorn.

»Er war wütend«, erläuterte Mrs. Baylock. Sie ging auf ihn zu und nahm ihn in die Arme. Er schmiegte sich an sie wie ein Kind an die Mutter. Schweigend beobachteten Kathy und Jeremy dieses seltsame Benehmen.

Dann verließen sie langsam das Zimmer.

»Irgendwas stimmt da nicht«, sagte Horton zu seiner Frau. Es war jetzt Abend, und sie saßen in der Küche; schweigend hatte sie zugehört, als er von den Ereignissen des Tages berichtete.

»Mit dieser Mrs. Baylock stimmt was nicht«, fuhr er fort,

»und mit dem Jungen ist auch was nicht in Ordnung – mit dem ganzen Haus stimmt's nicht.«

»Du machst viel zuviel aus dieser Sache«, meinte sie.

»Wenn du es gesehen hättest, dann wüßtest du, wovon ich spreche.«

»Kinder machen manchmal Wirbel.«

»Er hat einen Koller – wie ein tollwütiges Tier.«

»Er ist eben temperamentvoll, das ist alles.«

»Seit wann denn?«

Sie schüttelte den Kopf, als ob sie nicht mehr darüber sprechen wolle, dann nahm sie Gemüse aus dem Gefrierschrank und begann es zu zerkleinern.

»Hast du dem mal in die Augen gesehen?« fragte Horton. »Es ist genauso, als ob du einem Tier in die Augen schaust. Sie beobachten nur. Sie warten. Sie wissen was, das du nicht weißt. Sie haben schon Dinge gesehen, die du nie gesehen hast.«

»Ach, du und deine Schreckgespenster«, murmelte sie, während sie sich mit dem Gemüse beschäftigte.

»Warte nur mal ab. Du wirst es schon noch erleben«, meinte Horton prophetisch. »Irgend etwas Schlimmes wird hier passieren.«

»Irgend etwas Schlimmes passiert überall irgendwann.«

»Mir gefällt's nicht«, sagte er düster. »Ich denk schon dran, wir sollten kündigen.«

In diesem Augenblick hielten die Thorns sich im Patio auf. Es war jetzt spät. Damien schlief und das Haus war still. Dunkelheit umgab sie. Aus den Lautsprechern des Hi-Fi-Gerätes erklang gedämpft klassische Musik. Sie saßen da, ohne zu sprechen und schauten in die Nacht hinaus. Katherines Gesicht war geschwollen und zerkratzt, und sie hielt immer wieder ein Tuch an ihr verletztes Auge. Von Zeit zu Zeit tauchte sie es in warmes Wasser.

Seit den Ereignissen am Nachmittag hatten sie nicht mehr miteinander gesprochen, doch es war, als brauchte jeder die Gegenwart des andern. Die Angst, die ihnen die Sprache verschlug, war eine Angst, die andere Eltern auch schon erlebt hatten: die erste Ahnung, daß mit ihrem Kind irgend etwas nicht stimmte. Noch lag ein Mantel des Schweigens über dieser Angst – noch war sie nicht wirklich, noch wollten sie nicht darüber sprechen.

Katherine griff mit einer Hand in die Schüssel und als sie merkte, daß das Wasser zu kalt war, wrang sie das Tuch aus und legte es beiseite. Jeremy machte den Anfang.

»Sicherlich möchtest du keinen Arzt kommen lassen?« fragte er ruhig.

Sie schüttelte den Kopf.

»Es sind ja bloß ein paar Kratzer.«

»Ich meine ... wegen Damien«, sagte Thorn.

Einen Augenblick saß sie steif da, dann zuckte sie hilflos mit den Schultern.

»Was sollten wir ihm denn sagen?« flüsterte sie.

»Wir brauchen ihm ja gar nichts zu sagen. Nur ... ich meine ... er soll ihn eben einmal untersuchen.«

»Er ist erst letzten Monat untersucht worden. Es ist alles in Ordnung mit ihm. In seinem ganzen Leben ist er nicht einen Tag krank gewesen.«

Thorn nickte. Er dachte darüber nach.

»Er ist nie krank gewesen, ja?« fragte er neugierig.

»Nein.«

»Das ist merkwürdig, nicht wahr?«

»Wirklich?«

»Ich denke schon.«

Er sagte es so, daß sie sich zur Seite wandte, um ihn anzusehen. Ihre Blicke trafen sich, und Katherine wartete, daß er weitersprach.

»Ich meine ... nicht mal Masern, Mumps ... oder Windpocken. Noch nicht einmal einen Schnupfen oder Husten hatte er. Oder sonst eine Erkältung.«

»So?« fragte sie, als ob sie sich verteidigen müßte.

»Ich ... ich meine ... ja, es ist ungewöhnlich.«

»Wieso denn? Ich halte es nicht für ungewöhnlich.«

»Aber ich.«

»Er hat ja schließlich gesunde Eltern.«

Thorn schwieg, und sein Magen zog sich zusammen. Sie wußte immer noch nichts. Es war ein Geheimnis. Ein Geheimnis, das er tief in sich verschlossen hatte.

In den vergangenen Jahren hatte er oft daran denken müssen, aber meistens hatte er das Gefühl gehabt, es richtig gemacht zu haben. Natürlich war ab und zu ein Schuldgefühl aufgetaucht, aber er hatte sich damit getröstet, daß er ihr dieses Glück ja geschenkt hatte. Wenn alles gut ging, dann war es leicht, die Dinge so treiben zu lassen – das Geheimnis für sich zu behalten. Doch nun war es irgendwie spruchreif geworden, und er mußte dagegen ankämpfen, es nicht hinauszuschreien; es war, als schnürte ihm einer die Kehle zu.

»Wenn es in deiner oder in meiner Familie früher irgend jemanden gegeben hätte, der geistig gestört gewesen wäre ... dann, ganz ehrlich, würde ich mir darüber Sorgen machen, was heute geschehen ist.«

Er wollte sie ansehen, doch dann sah er schnell an ihr vorbei.

»Aber ich habe über all das nachgedacht«, fuhr sie fort, »und ich weiß, daß wir uns keine Sorgen zu machen brauchen. Damien ist ein hübscher, guter, ein gesunder Junge. Er hatte gesunde Vorfahren, wir beide können stolz auf unseren Stammbaum sein.«

Unfähig sie anzusehen, nickte Thorn beifällig.

»Irgend etwas hat ihn erschreckt, das ist alles«, fügte Katherine hinzu. »Er ist ja schließlich ein Kind. Vielleicht hat er irgend etwas gesehen, was wir nicht gesehen haben ... ja, das könnte sein. Und er hat Angst bekommen.«

Wieder nickte Thorn. Er fuhr mit der Hand über die Stirn, denn er war sehr müde. Immer noch sehnte er sich danach, es ihr zu sagen, ihr endlich die Wahrheit zu sagen. Doch es war zu spät. Es war alles schon viel zu lange her. Rom ... jetzt würde sie ihn dieser Geschichte wegen hassen. Vielleicht würde sie sogar das Kind hassen. Es war zu spät. Sie durfte es niemals erfahren. Niemals!

»Ich habe über Mrs. Baylock nachgedacht«, sagte Katherine.

»Ja?«

»Ich bin zu dem Entschluß gekommen, daß wir sie behalten sollten.«

»Heute abend schien sie sehr nett zu sein«, meinte Thorn ruhig.

»Damien macht sich Sorgen. Vielleicht hat er gehört, daß wir im Auto über sie gesprochen haben.«

»Ja«, sagte Thorn.

Es war durchaus möglich. Vielleicht hatte das dieses gräßliche Angstgefühl ausgelöst. Sie hatten geglaubt, er höre nicht zu, aber offensichtlich hat er alles verstanden. Und der Gedanke, Mrs. Baylock zu verlieren, hat ihn in Panik versetzt.

»Ja«, wiederholte Thorn, und seine Stimme war voller Zuversicht.

»Ich denke daran, ihr zusätzliche Pflichten zu übertragen«, sagte Katherine. »Damit sie tagsüber eine Weile nicht im Hause ist. Vielleicht kann ich sie am Nachmittag zum Einkaufen schicken, und so kann ich mehr Zeit mit Damien verbringen.«

»Wer erledigt das jetzt? Das Einkaufen.«

»Mrs. Horton.«

»Wird sie begeistert sein, wenn sie es aufgeben muß?«

»Ich weiß nicht. Aber ich möchte einfach mehr Zeit mit Damien verbringen.«

»Ich glaube, das wäre ganz gut.«

Wieder schwiegen sie, und Katherine wandte sich ab. »Ich glaube, das ist gut«, wiederholte Thorn noch einmal. »Ja, das ist sehr gut so.«

Einen Augenblick hatte er das Gefühl, daß alles in Ordnung sei. Und dann sah er, daß Katherine weinte. Hilflos beobachtete er sie, während ihm das Herz blutete. Er wußte nicht, wie er sie nun trösten sollte.

»Du hast recht, Kathy«, flüsterte er. »Damien hat gehört, daß wir davon gesprochen haben, sie zu entlassen. Genau das ist es. Wir hätten daran denken müssen. Es ist eine natürliche Reaktion.«

»Ich bete zu Gott, daß du recht hast«, antwortete sie mit bebender Stimme.

»Natürlich . . .«, sagte er halblaut. »Genau das ist es.«

Sie nickte, und als die Tränen versiegt waren, erhob sie sich und sah hinaus in die Nacht.

»Nun ja«, sagte sie, »das Beste, was man mit einem bösen Tag anfangen kann, ist, ihn zu beenden. Ich gehe zu Bett.«

»Ich bleibe noch ein Weilchen hier draußen sitzen. Aber ich werde bald nachkommen.«

Ihre Schritte verklangen hinter ihm, und dann war er mit seinen Gedanken allein.

Plötzlich tauchte vor seinem geistigen Auge das Hospital in Rom auf. Er sah sich selbst dort, als er vor jenem Fenster stand und zustimmte, das Kind anzunehmen. Warum hatte er sich nicht eingehender über die Mutter erkundigt? Wer war sie? Wo war sie hergekommen? Wer war der Vater und warum war er nicht da?

Im Laufe der letzten Jahre hatte er verschiedene Vermutungen angestellt, und sie hatten ihn beruhigt. Wahrscheinlich war Damiens wirkliche Mutter ein Bauernmädchen, ein gläubiges Mädchen, das ihr Kind in einem katholischen Hospital zur Welt gebracht hatte. Es war ein sehr teures Hospital, und ohne irgendwelche Verbindungen hätte sie dort nicht entbinden können. Vermutlich war sie selbst Waise, hatte also keine Familie. Das Kind war unehelich – ein Grund mehr, weshalb der Vater nicht dagewesen war. Was brauchte man sonst noch zu wissen? Was war wichtig? Das Kind war schön und aufgeweckt. »Perfekt in jeder Hinsicht«, könnte man sagen.

Thorn war nicht der Mann, der an seinem Vorhaben zweifelte oder sein Tun bereute. Sein Verstand war dergestalt geformt, daß er stets für richtig hielt, was er getan hatte. Damals war er verwirrt, ja, verzweifelt gewesen, und seine Seele so verwundbar, daß er auf jeden Vorschlag eingegangen wäre. Konnte dies möglicherweise falsch gewesen sein? War an der ganzen Sache vielleicht mehr, als er wissen konnte?

Die Antwort auf diese Frage erfuhr Thorn niemals. Nur eine Handvoll Menschen kannten sie, und diese waren jetzt über alle Berge. Da waren Schwester Teresa, Pater Spilletto und Pater Tassone. Nur sie waren in die Dinge eingeweiht, und sie hatten es mit ihrem Gewissen abzumachen. Damals . . .

Damals, in der Dunkelheit jener Nacht, hatten sie in fieberhafter Stille gearbeitet, hatten die Spannung erlebt und waren stolz, daß sie auserwählt worden waren. Seit Anbeginn aller Zeiten war es erst zweimal versucht worden, und sie wußten, daß es diesmal kein Versagen geben durfte. Es lag alles in ihren Händen. Nur diese drei Menschen erledigten, was getan werden mußte, und alles war abgelaufen wie ein Uhrwerk. Nach der Geburt des Jungen enthaarte Schwester Teresa Arme und Stirn; sie puderte ihn, so daß er annehmbar aussah, wenn Thorn auftauchte. Die Kopfhaare waren dicht, wie sie es gehofft hatten, und sie benutzten einen Fön, um es aufzulockern, nachdem sie zuerst den Schädel untersucht hatten, um sich zu vergewissern, daß das Muttermal da war.

Nie wieder würde Thorn Schwester Teresa sehen, auch nicht den kleinen Pater Tassone, der, während alles oben geschah, im Keller zwei Leichen verpackte, die sofort weggebracht werden sollten. Der erste Körper: das war Thorns Baby, das man getötet hatte, ehe es den ersten Schrei ausstoßen konnte. Der zweite Körper? ... ist der Körper eines Tiers gewesen, welches die Mutterstelle jenes einen, überlebenden, vertreten hatte. Draußen stand bereits ein Wagen, der die zwei Leichen nach Cerveteri bringen mußte, wo in der Stille des Cimitero die Sant' Angelo die Totengräber warteten.

Als der Plan dieses diabolischen Spiels entstand, hatte man Spilletto die Ausführung übertragen, der seine Komplicen mit äußerster Sorgfalt auswählte. Zufrieden mit Schwester Teresa, waren ihm, was Tassone anging, im letzten Augenblick Zweifel gekommen.

Der kleine Gelehrte war ein ergebener Mann, doch sein Glaube war aus Furcht geboren, und am letzten Tag hatte sich seine Labilität so deutlich gezeigt, daß Spilletto nachdenklich geworden war. Tassone war willig, aber seine Willigkeit war ichbezogen, fast nur eine verzweifelte Bereitschaft zu beweisen, daß man ihm mit Recht diese Arbeit übertragen hatte. Sicherlich erkannte er die Bedeutung dessen, was geschah, gar nicht mehr, er war nur damit beschäftigt, seine eigene Rolle herauszustellen. In der Tat war Spilletto nahe daran gewesen, Tassone von dieser Aufgabe zu entbinden. Wenn einer von ihnen versagte, würde man alle drei dafür verantwortlich machen. Und was noch viel wichtiger war: der Versuch konnte erst in tausend Jahren wiederholt werden.

Schließlich war Tassone zu einem Entschluß gekommen. Er erledigte seine Aufgabe mit Hingabe und großer Schnelligkeit. Es gelang ihm sogar, eine Krise zu überwinden, die keiner von ihnen vorausgesehen hatte.

Das Kind war noch nicht tot und gab in dem Weidenkorb, in den man es gelegt hatte, einen wimmernden Laut von sich, als es auf den Wagen verfrachtet wurde. Schnell zog Tassone den Weidenkorb wieder heraus und kehrte mit ihm in den Keller des Hospitals zurück, in dem er das tat, was getan werden mußte, damit aus dem kleinen Korb kein Schrei mehr zu hören war.

Es hatte ihn bis zu den Wurzeln seines Seins erschüttert. Doch er hatte es getan, und das war ausschlaggebend.

Die übrigen Dinge sind in jener Nacht im Hospital so normal verlaufen wie sonst auch: Ärzte und Krankenschwestern verrichteten ihre Routinearbeiten ohne die geringste Ahnung, was sich in ihrer Mitte ereignete. Denn das, was geschah, wurde mit Diskretion und Exaktheit erledigt, und keiner, vor allem nicht Thorn, würde jemals irgend etwas erfahren.

Als er nun im Patio saß und in die Nacht hinaussah, erkannte Thorn, daß der Pereford-Wald kein böses Omen mehr für ihn war. Er hatte nicht mehr das Gefühl, beobachtet zu werden aus dem anonymen Dunkel. Da draußen war es jetzt so friedlich. Grillengezirp und Fröschequaken – süße kleine Nachtmusik! Wie angenehm und tröstlich, daß das Leben rings um ihn her nun normal verlief.

Seine Blicke streiften das Haus und wanderten hinauf zu Damiens Fenster. Es war erhellt von einem Licht auf dem Nachttisch, und Thorn stellte sich das Gesicht des Kindes in der ganzen Friedlichkeit seines Schlafes vor. Es würde gut sein, dieses Gesicht zu sehen. Damit konnte er diesen schrecklichen Tag beenden. Jeremy Thorn erhob sich, drehte die Lampe aus und ging zurück ins Haus.

Dort war es völlig dunkel, und Stille herrschte überall. Thorn tastete sich bis zur Treppe vor, wo er nach einem Lichtschalter suchte. Doch er fand keinen, und so ging er mit vorsichtigen Schritten nach oben, bis er den Treppenabsatz erreicht hatte. Nie zuvor hatte er dieses Haus so dunkel erlebt, und er merkte, daß er – in seine Gedanken vertieft – sehr lange draußen gesessen haben mußte.

Er hörte den Atem der Schlafenden, und er ging ruhig weiter, während seine Hand sich an der Wand entlangtastete. Plötzlich berührte sie einen Lichtschalter, er drehte ihn um, doch er funktionierte nicht. So setzte er seinen Weg fort, bis er in den langen, rechteckigen Flur kam. Hier mußte Damiens Zimmer sein, denn ein schwaches Licht kam unter der Tür hervor.

Doch plötzlich blieb er stehen. Was war das? Ein Geräusch? Es war wie ein Schnurren, wie ein Knurren. Ganz kurz nur, und schon wieder vorbei! Totenstille wieder ringsum. Schon wollte er weitergehen, doch da kam das Geräusch wieder. Diesmal stärker, deutlicher ... Jeremys Herz begann schneller zu schlagen. Da plötzlich sah er sie – die Augen. Er konnte einen Schrei nicht unterdrücken, er stellte sich flach gegen die Wand. Jetzt erkannte er, daß der sonderbare Laut von einem Hund herrührte, der die Tür zu Damiens Zimmer bewachte. Wie gebannt stand Thorn da. Sein Herz klopfte zum Zerspringen. Das Knurren wurde lauter, und diese Augen glühten immer heller ...

»Ruhig ... ruhig ...«, stieß Thorn mit zitternder Stimme aus, und dann sah er, daß das Tier sich anspannte, als ob es auf ihn losgehen wolle.

»Nun aber ruhig«, sagte Mrs. Baylock, als sie aus ihrem Zimmer trat. »Dies ist der Herr des Hauses.«

Sofort schwieg der Hund, plötzlich war alles zu Ende. Mrs. Baylock berührte einen Lichtschalter, der Flur wurde hell. Atemlos stand Thorn da und starrte den Hund an.

»Was ... ist das?« keuchte er.

»Sir?« fragte Mrs. Baylock plötzlich.

»Dieser Hund.«

»Ein Schäferhund, denke ich. Ist er nicht schön? Wir haben ihn im Wald gefunden.«

Der Hund lag jetzt friedlich zu ihren Füßen.

»Wer hat Ihnen die Erlaubnis dazu gegeben ...?«

»Ich dachte, wir könnten einen guten Wachhund brauchen ... der Junge liebt ihn übrigens abgöttisch.«

Noch immer stand Thorn steif an die Wand gelehnt. Er zitterte, und Mrs. Baylock konnte ihr Lächeln nicht verbergen.

»Er hat Sie erschreckt, was?«

»Ja.«

»Sehen Sie, wie gut er ist? Als Wachhund, meine ich. Glauben Sie mir, Sie werden dankbar sein, ihn hier zu haben, wenn Sie fort sind.«

»Wenn ich fort bin?« fragte Thorn.

»Ja, Ihre Reise! Fliegen Sie denn nicht nach Saudi-Arabien?«

»Woher wissen Sie etwas von Saudi-Arabien?« fragte er.

Sie zuckte mit den Schultern. »Hab' nicht gewußt, daß das ein Geheimnis ist.«

»Ich habe es hier keinem gesagt.«

»Ich glaube, es war Mrs. Thorn, die es mir gesagt hat.«

Thorn nickte. Wieder betrachtete er den Hund.

»Er wird Ihnen keinen Ärger machen«, versicherte die Frau. »Wir füttern ihn nur mit Abfällen ...«

»Ich will ihn hier nicht haben«, zischte Thorn.

Sie starrte ihn überrascht an. »Mögen Sie Hunde nicht?«

»Wenn ich einen Hund haben will, dann suche ich ihn mir selbst aus.«

»Aber der Junge ist ganz verrückt nach ihm, Sir, und ich glaube, er braucht ihn.«

»Ich werde entscheiden, ob und wann er einen Hund braucht.«

»Kinder können sich auf Tiere verlassen, Sir. Immer. In jeder Beziehung.«

Sie sah ihn an, als ob sie noch etwas auf dem Herzen hätte, das sie ihm sagen wollte.

»Wollen Sie mir noch etwas sagen?«

»Ich möchte nicht anmaßend sein, Sir.«

In ihrem Blick war zu lesen, daß sie nicht aufgeben würde, bis sie es gesagt hatte.

»Nun rücken Sie schon mit der Sprache heraus, Mrs. Baylock. Ich möchte es gern hören.«

»Ich sollte lieber nicht, Sir. Sie haben ohnehin genug Sorgen ...«

»Ich habe gesagt, ich möchte es gern hören.«

»Na ja ... bloß ... daß das Kind ein bißchen einsam ist.«

»Warum sollte der Junge einsam sein?«

»Seine Mutter ... äh ... ich will damit sagen, sie akzeptiert ihn nicht.«

Thorn wich zurück. Die Bemerkung hatte ihn sichtlich getroffen.

»Sehen Sie?« sagte sie. »Ich hätte es lieber nicht sagen sollen.«

»Sie akzeptiert ihn nicht?«

»Sie scheint ihn nicht zu mögen. Und er fühlt das auch.«

Thorn war sprachlos. Er wußte nicht, was er sagen sollte.

»Manchmal denke ich, daß er nur mich hat«, fügte die Frau hinzu.

»Und ich denke, daß Sie sich irren!«

»Und jetzt hat er diesen Hund. Er liebt den Hund. Bitte, nehmen Sie ihm den Hund nicht weg.«

Thorn sah hinunter auf das gewaltige Tier und schüttelte dann den Kopf. »Ich mag diesen Hund nicht«, sagte er. »Morgen bringen Sie ihn ins Tierasyl!«

»Tierasyl?« keuchte sie. »Aber dort werden sie ihn *töten*!«

»Jedenfalls muß er hier raus. Morgen will ich ihn nicht mehr hier sehen.«

Mrs. Baylocks Züge verhärteten sich, und Thorn wandte sich ab. Frau und Hund beobachteten ihn, wie er den langen Flur hinunterging, und ihre Augen waren voller Haß.

5

Thorn hatte eine schlaflose Nacht verbracht. Er saß auf der Terrasse des Schlafzimmers und rauchte eine Zigarette nach der anderen, obwohl ihn deren Geschmack anekelte. Aus dem Zimmer hinter sich hörte er Katherines Stöhnen, und er fragte sich, gegen welchen Dämon sie in ihrem Schlaf kämpfte. War es jener alte Dämon der Depression . . . war er zurückgekommen, um sie zu verfolgen? Oder rollten die schrecklichen Ereignisse dieses Tages vor ihrem geistigen Auge noch einmal ab?

Um selbst nicht mehr daran denken zu müssen, um sich abzulenken, begann er zu spintisieren. Er floh ins Reich der Fantasie, um von seinen Sorgen loszukommen. Er dachte über Träume nach – über die Möglichkeit, ob ein Mensch die Träume eines anderen sehen könne. Schließlich war bekannt, daß die Gehirntätigkeit etwas mit Elektrizität zu tun hatte; es waren hier Impulse im Spiel – so ähnlich wie bei einer Bildübertragung des Fernsehens. Vielleicht gab's bei den Menschen wirklich solche ›Übertragungsmöglichkeiten‹? Man konnte sich das gut vorstellen. Zum Beispiel die Träume . . . man müßte sie speichern können – etwa mit Hilfe eines Videorecorders, so daß der Träumer sie beim Erwachen gleich noch einmal im Detail wiedergeben und erleben könnte. Armer Jeremy Thorn – wie oft bist auch du von Alpträumen heimgesucht worden, doch am nächsten Morgen war alles verflogen. Wie ausgelöscht. Fort jede Einzelheit! Geblieben war nur ein Gefühl allgemeinen Ungehagens.

Abgesehen davon, daß man auf eine solche Weise Träume analysieren könnte – wie unterhaltsam müßte es sein, könnte man manche dieser gespeicherten Träume noch einmal erleben. Allerdings auch: wie gefährlich!

Die Träume großer Menschen könnten in Archiven für die künftigen Generationen gespeichert werden. Was hatte zum Beispiel Napoleon geträumt? Oder Hitler? Oder Lee Harvey Oswald? Vielleicht wäre die Ermordung Kennedys verhindert worden, wenn man Oswalds Träume gekannt hätte. Was war schließlich in unserer Zeit unmöglich? Oder was würde in künftigen Zeiten möglich sein?

Auf diese Weise verbrachte Thorn die Stunden bis zum Morgen.

Als Katherine erwachte, war ihr verletztes Auge geschwollen, und ehe Thorn das Haus verließ, schlug er ihr vor, einen Arzt aufzusuchen.

Es war das einzige, was sie miteinander sprachen. Katherine war sehr schweigsam. Thorn beschäftigte sich damit, über die Dinge nachzudenken, die der Tag brachte. Er mußte die letzten Vorbereitungen für seine Reise nach Saudi-Arabien treffen, doch er hatte das Gefühl, daß er besser nicht fliegen sollte.

Er hatte Angst. Angst um Katherine. Angst um Damien, Angst um sich selbst. Aber er wußte nicht, warum. Unheil lag in der Luft, und er hatte das Gefühl, daß das Leben plötzlich brüchig geworden war. Nie zuvor hatte er sich mit dem Tod beschäftigt; denn so weit wollte und konnte er nicht in die Zukunft schauen. Und dennoch war es genau das, was ihn jetzt beunruhigte: daß sein Leben irgendwie in Gefahr war.

In der Limousine, auf dem Weg zur Botschaft, machte er flüchtige Notizen über Versicherungspolicen und geschäftliche Angelegenheiten, die im Falle seines Todes für die Erben wichtig waren. Er tat es leidenschaftslos und ohne klare Vorstellung, daß es etwas war, was er nie zuvor getan, woran er nicht einmal gedacht hatte.

Erst als er fertig war, erschreckte dieser Vorgang ihn, und er saß mit gespanntem Körper da, während sich das Auto der Botschaft näherte. Ihm war, als müsse jeden Augenblick etwas passieren.

Steifbeinig entstieg Thorn dem Wagen. Er wartete, bis sein Chauffeur gewendet hatte und zum Heimweg startete.

Und dann sah er sie auf sich zukommen: zwei Männer, von denen einer Aufnahmen machte und der andere Fragen abschoß, als sie ihn erreicht hatten. Thorn ging auf die Botschaft zu, doch sie stellten sich ihm in den Weg. Er versuchte, ihnen auszuweichen und schüttelte immer nur den Kopf als Antwort auf ihre Fragen.

»Haben Sie schon den heutigen *Reporter* gelesen, Mr. Thorn?«

»Nein, hab' ich nicht . . .«

»Da steht ein Artikel drin über Ihr Kindermädchen, über die Kleine, die vom Dach gesprungen ist . . .«

»Ich habe nichts davon gesehen!«

»In dem Artikel steht, sie hätte eine Notiz hinterlassen.«

»Unsinn.«

»Könnten Sie mal hierher schauen, bitte?« Es war Haber Jennings mit der Kamera, der schnell auf den Auslöser drückte.

»Was soll das eigentlich?« fragte Thorn, als ihm Jennings in den Weg trat.

»Ist es wahr, daß die Kleine etwas mit Drogen zu tun hatte?« fragte der andere.

»Unsinn!«

»In dem Bericht des Leichenbeschauers steht aber, daß eine Droge in ihrem Blut nachgewiesen wurde.«

»Es war ein Medikament gegen eine Allergie«, antwortete Thorn durch seine zusammengepreßten Zähne. »Sie hatte Allergien . . .«

»Aber in dem Bericht steht, es hätte sich um eine Überdosis gehandelt.«

»Könnte das auch Ihre Meinung sein?« fragte Jennings.

»Würden Sie mir bitte aus dem Weg gehen!«

»Hören Sie, Sir, ich tu' nur meinen Job.«

Thorn trat zur Seite, aber sie waren sofort wieder bei ihm.

»Hat sie Drogen genommen, Mr. Thorn?«

»Ich habe Ihnen gesagt . . .«

»In dem Artikel steht . . .«

»Es ist mir völlig gleich, was in dem Artikel steht!«

»Das ist ja prima!« sagte Jennings. »Dann bewahren Sie sich mal Ihre gute Meinung!«

Eine Kamera war jetzt seinem Gesicht so unverschämt nahe, daß Thorn einfach drauflos schlug. Also landete das Gerät ziemlich unsanft am Boden, und alle standen sie für einen Augenblick sprachlos da. Man hätte meinen können, der Blitz sei in sie gefahren.

»Das Wort Respekt scheint nicht in Ihren Wortschatz zu gehören«, sagte Thorn scharf.

Jennings kniete sich hin und sah ihn von unten an.

»Tut mir wirklich leid«, meinte Thorn mit zitternder Stimme. »Schicken Sie mir eine Rechnung über den Schaden.«

Jennings griff nach der zerbrochenen Kamera, dann stand er langsam auf und zuckte mit den Schultern, während er in Thorns Augen schaute.

»Schon gut, Mr. Ambassador«, sagte er. »Bleiben wir dabei ... Sie schulden mir etwas ...«

Thorn nickte, dann drehte er sich um und betrat die Botschaft, als gerade ein Marinesoldat die Straße heruntergelaufen kam – zu spät, um den Botschafter vor den Männern zu beschützen.

»Er hat meine Kamera zertrümmert«, sagte Jennings zu dem Marinesoldaten. »Der Botschafter hat meine Kamera zertrümmert.«

Eine Weile standen die Männer ganz verwirrt da, dann ging jeder seinen Weg.

Unruhe herrschte in Thorns Büro. Die Reise nach Saudi-Arabien war gefährdet, weil Thorn ohne weitere Erklärung gesagt hatte, er könne diesen Flug jetzt unmöglich unternehmen. Die Männer seines Stabs, die diese Reise so gründlich vorbereitet hatten, mußten sich nun richtig genarrt vorkommen, da sie ihre teure Zeit für nichts vergeudet hatten.

»Sie können nicht absagen«, meinte einer. »Schließlich können Sie doch nicht einfach anrufen und sagen ...«

»Sie ist nicht abgesagt«, entgegnete Thorn, »sie ist nur aufgeschoben.«

»Sie werden das als Beleidigung empfinden.«

»Meinetwegen.«

»Aber warum?«

»Mir ist nicht danach zumute, gerade jetzt zu reisen«, erklärte Thorn. »Es ist keine gute Zeit.«

»Ist Ihnen denn klar, was hier auf dem Spiel steht?« fragte der Botschaftsrat.

»Diplomatie«, antwortete Thorn.

»Mehr als das.«

»Sie haben das Öl und sie haben die Macht«, sagte Thorn. »Nichts wird sich daran ändern.«

»Aber das ist es ja, warum . . .«

»Ich werde meinen Stellvertreter schicken.«

»Der Präsident erwartet von Ihnen, daß Sie reisen.«

»Ich werde mit ihm sprechen. Ich werde es ihm erklären.«

»Mein Gott, Jeremy! Seit Wochen ist die Sache geplant!«

»Dann werden wir sie noch einmal planen!« brüllte Thorn.

Seinem plötzlichen Ausbruch folgte betretene Stille. Dann summte die Gegensprechanlage, und Thorn drückte auf den Knopf.

»Ja?«

»Hier ist ein Pater namens Tassone, der Sie gern sprechen möchte«, hörte er die Stimme einer Sekretärin.

»Wer?«

»Pater Tassone aus Rom. Er sagt, es handele sich um eine dringende persönliche Angelegenheit.«

»Ich habe von dem Mann nie gehört«, erwiderte Thorn.

»Er sagt, es dauere nur eine Minute«, erklärte die Stimme. »Es ist irgend etwas mit einem Hospital.«

Einer der Botschaftsräte murmelte: »Wahrscheinlich will er eine Spende haben.«

»Oder eine Widmung«, fügte der andere hinzu.

»All right«, seufzte Thorn. »Schicken Sie ihn rein.«

»Ich wußte gar nicht, daß man Sie so leicht weichkriegen kann«, bemerkte einer seiner Botschaftsräte.

»Public Relations«, murmelte Thorn.

»Treffen Sie doch wegen Saudi-Arabien jetzt noch keine Entscheidung. Okay? Sie sind heute ein bißchen *down*. Warten Sie noch.«

»Die Entscheidung ist getroffen«, sagte Thorn müde. »Jemand anders soll fliegen, oder aber wir verschieben die Sache.«

»Bis wann sollen wir's verschieben?«

»Bis später«, erwiderte Thorn. »Bis ich Lust dazu habe.«

Die Türen öffneten sich, und in dem breiten Eingang stand ein kleiner Mann. Es war ein Priester. Seine Robe war zerknittert, er sah angespannt aus, und alle in dem großen Raum spürten, daß ihn irgend etwas bedrückte. Die Herren tauschten untereinander Blicke aus. Sie waren nicht ganz sicher, ob man gut beraten war, das Zimmer zu verlassen.

»Wäre es ... wäre es in Ordnung ...«, sagte der Priester mit italienischem Akzent, »... wenn ich mit Ihnen allein sprechen könnte?«

»Geht es um ein Krankenhaus?« fragte Thorn.

»Si.«

Einen Augenblick zögerte Thorn, dann nickte er, und die anderen beiden verließen das Zimmer. Als sie gegangen waren, schloß der Priester die Türen hinter ihnen. Dann drehte er sich um. Thorn sah in ein Gesicht, das vom Schmerz geprägt schien.

»Ja?« fragte er.

»Wir haben nicht viel Zeit.«

»Was?«

»Bitte, hören Sie mich jetzt an!«

Der Priester rührte sich nicht von der Stelle. Er lehnte sich mit dem Rücken an die Tür.

»Und was haben Sie mir zu sagen?« fragte Thorn.

»Sie müssen Christus als Ihren Heiland annehmen. Jetzt müssen Sie ihn annehmen.«

Einen Augenblick lang herrschte Schweigen. Thorn war sprachlos.

»Bitte, Signore ...«

»Entschuldigen Sie«, unterbrach ihn Thorn. »Habe ich Sie richtig verstanden, daß es sich um eine dringende, persönliche Angelegenheit handelt?«

»Sie müssen das Abendmahl nehmen«, fuhr der Priester fort. »Das Blut Christi trinken, Sein Fleisch essen, denn nur wenn Er in Ihnen ist, können Sie das Kind des Teufels besiegen.«

Die Atmosphäre im Zimmer war zum Zerreißen gespannt. Thorn griff nach der Gegensprechanlage.

»Er hat einmal getötet«, flüsterte der Priester, »und er wird wieder töten. Er wird töten, bis alles, was Ihnen gehört, sein ist.«

»Wenn Sie bitte draußen warten möchten ...«

Nun begann der Priester sich ihm zu nähern, und lauter wurde seine Stimme.

»Nur durch Christus können Sie ihn besiegen«, rief er. »Weihen Sie sich unserem Herrn Jesus Christus. Trinken Sie von Seinem Blut.«

Thorn fand den Knopf der Gegensprechanlage und drückte.

»Ich habe die Tür abgeschlossen, Mr. Thorn«, sagte der Priester.

Thorn richtete sich auf, die Stimme des Priesters flößte ihm Furcht ein.

»Ja?« hörte er die Stimme der Sekretärin durch den Lautsprecher.

»Schicken Sie einen Sicherheitsbeamten her«, antwortete Thorn.«

»Was ist denn, Sir?«

»Ich bitte Sie, Signore«, flehte der Priester. »Hören Sie auf das, was ich zu sagen habe.«

»Sir?« wiederholte die Sekretärin.

»Ich war in dem Hospital, Mr. Thorn«, erklärte der Priester. »In jener Nacht, als Ihr Sohn geboren wurde.«

Thorn zuckte zusammen. Wie angewurzelt blieb er stehen.

»Ich ... war ... ein ... Geburtshelfer«, sagte der Priester mit brechender Stimme. »Ich ... war bei ... *der Geburt* anwesend.«

Wieder erklang die Stimme der Sekretärin, diesmal sehr besorgt.

»Mr. Thorn?« sagte sie. »Es tut mir leid, ich habe Sie nicht verstanden.«

»Nichts«, antwortete Thorn. »Nur ... halten Sie sich in Bereitschaft.«

Er ließ den Knopf los und warf einen mißtrauischen Blick auf den Priester.

»Ich bitte Sie ...«, sagte Tassone, während er mit den Tränen kämpfte.

»Was wollen Sie?«

»Sie retten, Mr. Thorn. Auf daß Christus mir vergeben möge.«

»Was wissen Sie von meinem Sohn?«

»Alles.«

»Was wissen Sie?« wiederholte Thorn.

Der Priester begann jetzt zu zittern. Seine Stimme klang, als ob tief in seinem Innern etwas weinte.

»Ich habe seine Mutter gesehen«, erwiderte er.

»Sie haben meine Frau gesehen?«

»Ich habe seine Mutter gesehen!«

»Sie meinen doch damit meine Frau?«

»Seine *Mutter*, Mr. Thorn!«

Thorns Gesicht verhärtete sich. Er starrte den Priester wie entgeistert an.

»Ist dies eine Erpressung?« fragte er ruhig.

»Nein, Sir.«

»Was wollen Sie dann eigentlich?«

»Es Ihnen sagen, Sir.«

»Was wollen Sie mir sagen?«

»Seine Mutter, Sir . . .«

»Weiter. Was ist mit ihr?«

»Seine Mutter, Sir . . . war ein Schakal!« Ein Schluchzen entrang sich der Kehle des Priesters. »Er wurde von einem Schakal geboren, einem weiblichen Schakal: Ich habe ihn selbst gesehen!«

Mit einem plötzlichen Krachen flog Thorns Tür auf. Ein Matrose kam herein. Thorns Botschaftsräte und die Sekretärin folgten ihm. Thorn war aschgrau, er konnte sich nicht bewegen, und über das Gesicht des Priesters liefen Tränen.

»Stimmt hier irgend etwas nicht, Sir?« fragte der Marinesoldat.

»Ihre Stimme klang so merkwürdig«, fügte die Sekretärin hinzu. »Und die Tür war verschlossen.«

»Ich möchte, daß dieser Mann hinausbegleitet wird«, sagte Thorn. »Und sollte er jemals wieder hier auftauchen . . . dann möchte ich, daß man ihn ins Gefängnis steckt.«

Niemand bewegte sich. Auch der Soldat zögerte, Hand an einen Priester zu legen. Langsam drehte sich Tassone um und ging zur Tür. Dort blieb er stehen und wandte sich noch einmal an Thorn.

»Nehmen Sie Christus an«, flüsterte er traurig. »Trinken Sie jeden Tag Sein Blut.«

Dann ging er. Der Soldat folgte ihm. Alle andern blieben in betretenem Schweigen stehen.

»Was wollte er überhaupt?« fragte jemand.

»Ich weiß es nicht«, flüsterte Thorn, während er dem Priester nachblickte. »Er ist verrückt.«

Auf der Straße vor dem Botschaftsgebäude lehnte sich Haber Jennings an ein Auto und überprüfte seine Ersatzkamera, nachdem er die zerbrochene sanft in ein Etui gebettet hatte. Plötzlich sah er, daß ein Marinesoldat den Priester die Vordertreppe hinunterbegleitete. So kam er zu zusätzlichen Schnappschüssen, als der Priester langsam davonging. Der Wachtposten entdeckte Jennings. Er ging auf ihn zu und musterte ihn geringschätzig.

»Haben Sie mit dem Ding da heute nicht schon genug Ärger gehabt?« fragte er und deutete auf die Kamera.

»Genug *Ärger*?« lächelte Jennings. »Davon kann ich nie genug kriegen.«

Und schon hatte er zwei weitere Aufnahmen von dem Marinesoldaten gemacht, ehe dieser wieder zum Botschaftsgebäude zurückging. Dann wechselte Jennings die Objektive aus und sah sich nach dem kleinen Priester um. Er richtete das Teleobjektiv auf ihn, schaute durch den Sucher und drückte auf den Auslöser.

Spät an diesem Abend saß Jennings in seiner Dunkelkammer und betrachtete seine Beute. Neugierig und verwirrt sah er sich den Film an. Um ganz sicher zu sein, daß seine Ersatzkamera funktionierte, hatte er eine Rolle von sechsunddreißig Bildern mit verschiedenen Belichtungszeiten aufgenommen. Drei Bilder waren nicht in Ordnung. Es war übrigens der gleiche Defekt, wie er ihn vor einiger Zeit auf dem Bild mit der unglücklichen Chessa entdeckt hatte. Diesmal tauchten diese sonderbaren Flecken auf den Fotos auf, die er von dem Priester gemacht hatte ... dieses sonderbare Ding auf der Emulsion – nun erschien es gleich an mehreren Stellen! Er kam zweimal hintereinander vor, bei den nächsten beiden Schnappschüssen nicht, dann wieder, und zwar genau an derselben Stelle wie zuvor. Noch seltsamer war, daß diese verflixte Stelle sich auf das Objekt zu beziehen schien, denn der seltsame Schleier hing über dem Kopf des Priesters, als ob er in Wirklichkeit dort gewesen wäre.

Jennings nahm fünf Bilder aus dem Wasser und studierte sie aufmerksam. Zwei Aufnahmen des Priesters mit dem

Soldaten, zwei Aufnahmen des Soldaten allein, dann Fotos vom Priester, die er mit dem Teleobjektiv gemacht hatte.

Auf den beiden Bildern des Soldaten kein Fleck! Er tauchte bei der letzten Aufnahme wieder auf, allerdings war er diesmal kleiner, weil ja auch dieser Geistliche in den Hintergrund des Bildes gerückt war. Wie damals war es eine Art Heiligenschein, doch jener hatte das Gesicht der Kinderschwester unkenntlich gemacht, dieser hier aber war länglich und entsprach genau der Kopfform des Priesters. Das Schleiergebilde um den Kopf der Kinderschwester hatte eine merkwürdige Ruhe, eine Art friedlichen Gefühls ausgestrahlt, doch jenes über dem Kopf des Priesters war dynamisch, als ob es in Bewegung wäre. Es glich einem geisterhaften Speer, der den Priester in den Boden zu schmettern schien.

Jennings griff nach einem Joint und setzte sich hin, um darüber nachzudenken. Er hatte einmal gelesen, daß Filmemulsion sich bei extremer Hitze genauso verhielt wie bei Lichteinfall. Der Artikel erschien in einem fotografischen Magazin und handelte von geisterhaften Erscheinungen, die sich auf einem Film gezeigt hatten, der in einem der berühmtesten Spukhäuser Englands aufgenommen worden war. Der Verfasser, ein Experte der Fotografie, hatte gemeint, daß bei verändernder Temperatur sich auch die Verbindungen des Nitrats verändern und erklärt, daß bei Experimenten im Laboratorium starke Hitze die gleiche Wirkung auf Filmemulsion gehabt habe wie Licht.

Hitze war Energie, und Energie war Hitze, und wenn sich unter gewissen Umständen der Energiehaushalt im menschlichen Körper verändert, dann konnte das bei filmischen Aufnahmen zutage treten. Aber die Energie, von der in dem Artikel gesprochen wurde, bezog sich nicht auf den menschlichen Körper.

Was war die Bedeutung von Energie, die sich nur an der Außenseite einer menschlichen Gestalt befand? War es nur ein Zufall oder hatte es irgendwelche Bedeutung? Hatte es etwas mit externen Einflüssen zu tun oder war diese Energie vielleicht aus Angstgefühlen entstanden, die jemand durchlebte?

Daß Angst oder Unruhe Energie schuf, das war das Prinzip des Polygrafen, den man für Lügendetektoren verwendete. Diese Energie war von Natur aus elektrisch. Elektrizität war auch Hitze. Vielleicht strahlte die Hitze, die durch eine ungewöhnliche Angst oder Unruhe im menschlichen Körper entstand, durch das menschliche Fleisch aus und konnte fotografiert werden, weil diese Menschen sich im Zustande eines großen Streß befanden.

Es waren erregende Überlegungen, die Jennings anstellte, und er durchforschte seine Aufzeichnungen, bis er die Bestellnummer des höchstempfindlichen Filmes fand, des TRI-X-600. Dieser Film war so empfindlich, daß man selbst bei Kerzenlicht noch Momentaufnahmen machen konnte. Wahrscheinlich war er auch der hitzeempfindlichste . . .?

Am nächsten Morgen kaufte Jennings die TRI-X-600-Filme und dazu die passenden Filter, um im Freien mit dem Film experimentieren zu können. Die Filter ließen kein Licht durch, möglicherweise aber Hitze, und er würde eine bessere Chance haben, das zu finden, wonach er suchte.

Er brauchte Menschen im Zustand des äußersten Streß, und so ging er denn in ein Hospital und machte heimlich Aufnahmen auf einer Station, wo die Moribunden lagen. Die Ergebnisse waren enttäuschend, denn obwohl er zehn Filmrollen verknipst hatte, tauchte nicht ein einziger Flecken auf. Nun war es völlig klar – was auch immer diese Flecken bedeuten mochten –, sie hatten nichts mit dem Wissen um den nahenden Tod zu tun.

Jennings war enttäuscht, doch er verzagte nicht, denn er spürte instinktiv, daß er einem hochinteressanten Phänomen auf der Spur war. In seiner Dunkelkammer machte er weitere Abzüge von den Aufnahmen des Priesters und der Kinderschwester. Er experimentierte mit verschiedenen Abzugspapieren, indem er jede Körnung untersuchte. Bei der Vergrößerung stellte es sich heraus, daß tatsächlich etwas da war. Mit bloßem Auge konnte man es nicht sehen, aber das Nitrat hatte reagiert.

Dies alles nahm ihn eine gute Woche in Anspruch. Dann aber beschloß er, sich wieder ausschließlich um Thorn zu kümmern. Der Botschafter war zu einer ganzen Reihe von Vorträgen eingeladen worden, und bei solchen Anlässen hatte Jennings leichtes Spiel. Thorn besuchte die Universität. Er war zum Frühstück bei einer Versammlung bedeutender

Geschäftsleute eingeladen. Er inspizierte ein oder zwei Fabriken, und jedermann konnte ihn sehen.

Rhetorik und Diktion des Botschafters waren ausgezeichnet, er sprach lebhaft, und er schien die Gunst der Zuhörer zu gewinnen, wo immer er auftauchte.

Wenn das seine Stärke war, dann war es das Wertvollste, das ein Politiker, der Karriere machen wollte, überhaupt haben konnte. Er sprach die Leute an, und sie glaubten ihm, ob es sich nun um Arbeiter oder um Unterprivilegierte handelte, denn der Botschafter schien sich aufrichtig für ihre Belange zu interessieren.

»Wir sind in so vieler Hinsicht geteilt«, hörten sie ihn sagen. »In Alte und Junge, in Reiche und Arme ... aber was am wichtigsten ist, in diejenigen, die eine Chance haben und diejenigen, die keine haben. Aber die Demokratie gibt jedem die Möglichkeit, etwas zu erreichen. Und ohne eine solche Möglichkeit wäre das Wort Demokratie eine Lüge!«

Wenn er unterwegs war, um solche Reden zu halten, dann stellte er sich dem Publikum zur Verfügung, dann machte er oft große Anstrengungen, um den Kontakt mit Menschen herzustellen, die er in der Menge entdeckte und die auf irgendeine Weise gehandikapt waren. Er schien das Abbild eines Champions zu sein, aber noch viel wichtiger als seine eigenen Fähigkeiten war die Tatsache, daß er den Leuten die Fähigkeit zum *Glauben* einflößte.

In Wahrheit jedoch war es ein wenig anders. Der Eifer, auf den die Leute reagierten, war aus der Verzweiflung geboren. Thorn hatte das Gefühl, unbewußt ständig auf der Flucht zu sein, und er benutzte seine öffentlichen Verpflichtungen, um seinem persönlichen Kummer zu entfliehen, denn ein wachsendes Vorgefühl eines Unheils verfolgte ihn, wohin er auch gehen mochte.

Zweimal hatte er in der Menge, die ihm bei seinen Reden zuhörte, die vertraute schwarze Kutte entdeckt, und er begann zu fühlen, daß der kleine Priester ihn verfolgte. Natürlich sprach er mit niemandem darüber, denn er fürchtete, seine Fantasie spiele ihm einen Streich. Trotzdem begann er sich immer mehr damit zu beschäftigen. Seine Blicke glitten über die Gesichter der Leute, wenn er zu ihnen sprach, und er hatte Angst vor dem Auftauchen des Priesters, wenn er sich irgendwo länger aufhielt.

Tassones Worte bedeuteten ihm nichts mehr. Offensichtlich war der Mann geisteskrank – ein religiöser Eiferer, der sich auf eine Figur der Öffentlichkeit konzentrierte, und die Tatsache, daß seine Besessenheit Thorns Kind einschloß, konnte höchstens Zufall sein. Dennoch aber verfolgten ihn die Worte des Priesters, ob er es nun wollte oder nicht. So unmöglich sie waren, sie tauchten immer wieder in Thorns Kopf auf, und er kämpfte ständig dagegen an, ihnen irgendwelches Gewicht beizumessen.

Er hatte bereits daran gedacht, daß der Priester möglicherweise ein potentieller Attentäter sein könnte, denn in den Fällen Lee Harvey Oswald und Arthur Bremmer hatten die Attentäter versucht, zuvor persönlichen Kontakt mit ihrem Opfer aufzunehmen, so wie es der Priester getan hatte. Aber er verwarf diesen Gedanken wieder. Er konnte sich nicht länger so bewegen wie er sich eigentlich hätte bewegen müssen, wenn er das Gefühl hatte, daß der Tod in der Menge auf ihn lauerte.

Dennoch aber blieb der Priester bei ihm; am Tage und in seinem Schlaf, bis Thorn schließlich erkannte, daß der Mann eine Zwangsvorstellung von ihm geworden war, genauso wie er vielleicht für diesen Mann. Tassone war das Raubtier, Thorn die Beute. Er fühlte sich, wie eine Feldmaus sich fühlen mußte, da sie ständig in der Furcht lebte, daß hoch über ihr ein Raubvogel kreiste.

Nach außen war in Pereford alles ruhig. Aber in den Tiefen unausgesprochener Gefühle loderten die Feuer der Angst. Thorn und Katherine sahen sich nicht oft. Jeder ging seinen Verpflichtungen nach.

Wenn sie zusammen waren, sprachen sie über alltägliche Dinge und vermieden alles, was Kummer verursachen konnte. Katherine widmete Damien mehr Zeit, wie sie es versprochen hatte, aber es vergrößerte nur ihre Distanz, denn das Kind verbrachte die Stunden mit ihr schweigend. Es schien die Zeit nicht abwarten zu können, bis Mrs. Baylock zurückkehrte.

Bei seiner Kinderfrau konnte er lachen und spielen. Katherine gegenüber war er verschlossen. Enttäuscht suchte sie Tag für Tag nach neuen Wegen, um das Schneckenhaus zu durchbrechen, in dem er zu stecken schien. Sie kaufte Malbücher, Farben und Spielzeug aller Art, aber er reagierte auf all das kaum. Eines Nachmittags schien er Interesse für ein Buch zu zeigen, aus dem man Tiere ausschneiden konnte, und da beschloß sie, mit ihm den Zoo zu besuchen.

Während sie verschiedene Sachen in ihren Kombiwagen packte (denn sie wollte den ganzen Tag fortbleiben), wurde ihr mit einem Male klar, wie sehr sich ihr Leben vom Alltag normaler Leute unterschied. Ihr Kind war viereinhalb Jahre alt und noch niemals in einem Zoo gewesen. Dem Botschafter wurde schließlich alles ins Haus gebracht. Nur selten suchten sie die Dinge selbst aus und kauften sie dann. Vielleicht lag es am Fehlen normaler kindlicher Abenteuer, daß Damien sich über nichts freuen konnte?

Aber an diesem Tage waren seine Augen lebhafter, und als er neben ihr im Auto saß, hatte sie das Gefühl, endlich das Richtige getan zu haben. Er sprach sogar. Nicht viel, aber mehr als sonst – er mühte sich mit dem Wort ›Hippopotamus‹ ab und kicherte, als er es schließlich aussprechen konnte.

Wie wenig bedurfte es doch, um Katherine glücklich zu machen: ein Lachen ihres Kindes – und sie blühte auf. Als sie auf die Stadt zufuhren, hörte sie nicht auf zu sprechen, und Damien lauschte aufmerksam. Löwen waren bloß große Katzen, Gorillas nur große Affen und Eichhörnchen waren mit den Ratten, das Pferd mit dem Esel verwandt.

Er war entzückt. Er versuchte alles zu begreifen, immer wieder lachte er, wenn seine Mutter ihm kleine Tiergeschichten erzählte, und sie lachte mit. Den ganzen Weg bis zum Zoo war das Auto von ihrem Lachen erfüllt.

An einem strahlenden Wintersonntag versuchen die Londoner, alles mögliche zu unternehmen. Überall sind Leute, die das Gesicht dem Himmel zurecken, sich von der Sonne bescheinen lassen, frische Luft einatmen. Es war ein ungewöhnlich schöner Tag, und im Zoo drängten sich die Menschen. Sogar die Tiere schienen die Sonne zu genießen. Schon am Eingangstor zum Zoo hörten sie ihr Heulen und Grollen. Katherine mietete einen Kinderwagen, damit Damien nicht zu laufen brauchte und damit er ihnen durch seine Müdigkeit nicht den Tag verdarb.

Zuerst blieben sie bei den Schwänen stehen und beobachteten die schönen Geschöpfe, die sich von den Kindern füttern ließen. Kathy und Damien schoben sich heran bis zum

Wasser, doch in diesem Augenblick verloren die Schwäne jegliches Interesse am Gefüttertwerden. Sie paddelten langsam bis zur Mitte des Teiches und starrten zu den Kindern zurück, welche riefen, lockten und Brot ins Wasser warfen. Doch die Schwäne kehrten nicht zurück. Erst als Katherine und Damien gegangen waren, glitten sie in majestätischer Ruhe zum Ufer, um sich wieder füttern zu lassen.

Es war zur Frühstückszeit, und immer mehr Menschen belebten den Zoo. Katherine suchte nach einem Käfig oder Freigehege, die nicht von Menschen belagert waren. Da entdeckte sie rechts ein Schild mit der Aufschrift ›Präriehunde‹. Sie schob Damiens Wagen dorthin und erzählte ihm unterwegs alles, was sie über Präriehunde wußte. Sie lebten in Höhlen in der Prärie, erklärte sie ihm, und seien sehr anhänglich; die Leute in Amerika fingen sie oft und hielten sie als Haustiere. Als sie sich ihnen näherte, sah Katherine, daß auch dort überall Menschen waren und daß alle in eine Grube hinunterschauten. Sie bahnte sich ihren Weg durch die Leute, aber sie sah die Tiere bloß einen Augenblick, denn urplötzlich verschwanden sie in ihren Höhlen. Die Leute waren enttäuscht und begannen sich zu zerstreuen.

Als Damien den Hals reckte, um nach den Tieren zu schauen, sah er nur einen Erdhügel mit Löchern. Er starrte seine Mutter enttäuscht an.

»Vielleicht ist bei denen auch gerade Frühstückszeit«, sagte Katherine achselzuckend.

Sie fuhren weiter, blieben an einem Stand stehen, kauften Würstchen und setzten sich auf eine Bank.

»Wir werden jetzt mal zu den Affen gehen«, sagte Katherine. »Möchtest du gern die Affen sehen?«

Der Weg zum Affenhaus war deutlich markiert. Als sie den Zeichen folgten, näherten sie sich einer Reihe von Käfigen. Erregt leuchteten Damiens Augen auf, als er das erste Tier entdeckte. Es war ein Bär, der in seinem Käfig unaufhörlich hin und her ging, ohne sich um die Leute zu kümmern, die ihn durch die Stäbe betrachteten.

Aber als Katherine und Damien näherkamen, schien der Bär Notiz von ihnen zu nehmen. Er blieb stehen, starrte sie an und seine Rückenhaare sträubten sich, als sie langsam vorbeigingen.

Im Nachbarkäfig war eine große Katze. Auch sie hörte auf

sich zu bewegen. Ihre gelben Augen verfolgten sie, als sie weitergingen. Plötzlich wurde es Katherine bewußt, welche Wirkung sie auf die Tiere hatten, und sie betrachtete alles sehr aufmerksam, als sie Käfig um Käfig passierten. Es war Damien, den sie beobachteten. Auch er schien es zu fühlen.

»Ich nehme an, du gefällst ihnen, weil du so hübsch bist«, sagte Katherine lachend.

Aber sie lenkte das kleine Gefährt von den Käfigen weg auf einen anderen Weg. Aus einem Gebäude vor ihnen hörten sie Schnattern und helles Geschrei, und Katherine wußte, daß sie gleich bei den Affen sein mußten. Wie in jedem Zoo standen hier die meisten Leute, und sie mußten sich anstellen. Katherine schob den Kinderwagen zur Seite und nahm Damien auf den Arm.

Im Inneren des Affenhauses war es sehr heiß und es stank entsetzlich. Das Quieken der Kinder hallte von den Wänden, und die Enge des Raums schien die Laute zu vervielfachen. Von ihrer Position an der Tür konnten sie nichts sehen, aber Katherine merkte an der Reaktion der Leute, daß in einem der letzten Käfige die Affen vorgeführt wurden. Mit Damien auf dem Arm schob sie sich durch die Leute und bahnte sich einen Weg, bis sie sehen konnte, was geschah. Es war ein Käfig voller Klammeraffen und sie rasten wie verrückt über die künstlichen Stämme. Sie schwangen sich auf Reifen, sausten in alle Richtungen, erfreuten die Menge mit ihren akrobatischen Künsten. Aufgeregt begann Damien zu lachen, und Katherine schob sich noch weiter vor. Sie war entschlossen, ihn bis dicht an den Käfig zu bringen, damit er alles genau sehen konnte.

Die Affen kümmerten sich nicht um die Leute, doch als Katherine und Damien auftauchten, begann sich das Geschehen im Käfig sofort zu verändern. Die spielerische Aktivität hörte sogleich auf. Ein Tier nach dem anderen begann sich umzudrehen, die kleinen Augen zuckten nervös und suchten die Menge.

Auch die Leute waren plötzlich still. Sie wunderten sich, wieso die Affen aufgehört hatten herumzutollen. Aber sie warteten mit dem Lächeln der Vorfreude auf das, was gleich geschehen mußte. Und als es geschah, war es auf irgendeine Weise anders als die Leute dies erwartet hatten. Im Käfig erhob sich ein plötzliches Geheul. Ein Schrei der Angst? Der

Warnung? Als das Geheul lauter wurde, fielen alle Tiere ein. Wie Irre rasten die Klammeraffen durch den Käfig. Sie zerrten an den Gitterstäben und versuchten hinauszugelangen. Dann drückten sie sich im Hintergrund des Käfigs zusammen und versuchten das Fenster mit dem Drahtgitter davor zu zerbrechen. Voller Panik, als ob ein großes wildes Tier plötzlich in ihrer Mitte wäre, klammerten sie sich aneinander. Blut begann über ihre Nägel zu fließen, als sie verzweifelt um einen Fluchtweg rauften.

Schweigend und völlig verblüfft standen die Leute da. Damien lachte. Er deutete auf den blutigen Kampf und quiekte vor Entzücken. In dem Käfig stieg die Panik. Einem großen Affen gelang es, zu dem Drahtnetz hinaufzugelangen, das den Käfig nach oben abschloß. Er versuchte den Kopf hindurchzustecken und er schaffte es. Dann aber zuckte sein Körper, bis er erschlaffte. Entsetzt begannen die Leute zu schreien. Einige rannten zu den Türen, doch ihre Schreie gingen im Geheul der Tiere unter, die mit wilden Augen und speichelnd von Wand zu Wand baumelten – den Ausdruck höchster Angst im Gesicht.

Einer von ihnen schlug immer wieder seinen Körper auf den Zementboden, Blut bedeckte sein Gesicht, dann taumelte er. Er fiel, und sein Körper zuckte konvulsivisch, während die anderen um ihn fürchterliche Schreie ausstießen.

Die Menschen im Affenhaus gerieten ebenfalls in Panik. Verzweifelt erkämpften sie sich den Weg zum Ausgang. Obwohl sie von allen Seiten gestoßen und geschubst wurde, blieb Katherine wie paralysiert stehen. Damien lachte. Er zeigte zum Käfig und lachte, als wolle er die Tiere anspornen, sich umzubringen.

Er war es, der sie in Aufruhr versetzt hatte.

Er war es, der das tat.

Und als immer mehr Tiere starben, begann Katherine zu schreien.

6

Spät an diesem Abend kehrte Katherine nach Hause zurück. Damien war bereits im Auto eingeschlafen. Nach dem Zoobesuch waren sie sofort losgefahren, und das Kind saß schweigend da, verletzt und verwirrt, weil es das Gefühl hatte, etwas Falsches getan zu haben.

Doch dann begann er über Gorilla, Pferd und Esel zu sprechen. Katherine blieb stumm. Sie starrte durch die Windschutzscheibe auf die Straße.

Als es dunkel wurde, sagte Damien, er sei hungrig, aber seine Mutter weigerte sich, ihm eine Antwort zu geben. So krabbelte er auf den Rücksitz, auf dem eine Wolldecke lag, wickelte sich ein und fiel sogleich in einen tiefen Schlaf.

Während sie fuhr, versuchte Katherine die Furcht abzustreifen, die sie zu überwältigen drohte. Es war nicht die Angst vor Damien oder vor Mrs. Baylock – es war die Angst davor, daß sie den Verstand verlieren könnte . . .

In Pereford wartete Jeremy, der hoffte, daß sie gutgelaunt nach Hause käme; er hatte gebeten, das Essen erst nach ihrer Ankunft zu servieren.

Nun saßen sie an einem kleinen Tisch, und Thorn betrachtete Katherine, als sie, ruhig und dennoch aufs äußerste gespannt, zu essen versuchte.

»Bist du in Ordnung, Katherine?«

»Ja.«

»Du bist so schweigsam.«

»Nur müde, denke ich.«

»War es ein schöner Tag?«

»Ja.«

Ihre Antworten waren so kurz, daß er sich nicht damit zufriedengeben wollte.

»Hat's Spaß gemacht?«

»Ja.«

»Du scheinst verstört zu sein.«

»Wirklich?«

»Stimmt etwas nicht?«

»Was könnte nicht stimmen?«

»Ich weiß nicht. Es ist etwas an dir –«

»Ich bin nur müde. Ich möchte mich bald schlafen legen.«

Nur mit Mühe gelang ihr ein Lächeln, doch es war nicht überzeugend. Thorn war besorgt, als er sie betrachtete.

»Ist Damien in Ordnung?« fragte Thorn.

»Ja.«

»Bist du sicher?«

»Ja.«

Thorn beobachtete sie, und sie wich seinem Blick aus.

»Wenn irgend etwas nicht stimmt ... würdest du es mir doch sagen, nicht wahr?« sagte er. »Ich meine ... mit Damien?«

»Mit Damien? Was könnte mit Damien nicht stimmen, Jeremy? Was könnte mit deinem Sohn, mit unserem Sohn nicht stimmen? Wir sind doch gesegnete Leute, nicht wahr?«

Sie sah ihn freundlich an, doch in ihren Augen stand die nackte Angst.

»Ich meine, ins Haus der Thorns kommt doch nur Gutes«, fügte sie hinzu. »Die schwarzen Wolken gibt es nicht.«

»Es stimmt also doch etwas nicht, sag!«

Katherine legte den Kopf in die Hände und rührte sich nicht.

»Kathy ...«, sagte Thorn liebevoll. »Was ist?«

»Ich denke ...«, flüsterte sie und versuchte ihre Stimme zu beherrschen, »... ich möchte zu einem Arzt gehen.« Sie sah ihn mit schmerzerfüllten Augen an. »Ich habe ... Angst«, sagte sie. »Angst, die ein normaler Mensch vermutlich nicht kennt.«

»Kathy ...«, flüsterte Thorn. »Warum hast du Angst?«

»Wenn ich's dir sagte, würdest du mich einsperren lassen.«

»Nein«, beruhigte er sie. »Nein ... ich liebe dich.«

»Dann hilf mir«, flehte sie. »Such einen Arzt für mich.«

Eine Träne rollte über ihre Wange, und Thorn nahm ihre Hände in die seinen.

»Natürlich«, sagte er. »Natürlich.«

Sie weinte.

Die Geschehnisse dieses Tages blieben für immer tief in ihr eingeschlossen.

Es gab in England nicht so viele Psychiater wie in Amerika, und es kostete einige Mühe, einen Spezialisten zu finden, dem man Katherine anvertrauen konnte. Schließlich landeten sie bei einem Amerikaner, der zwar noch ziemlich jung war, aber dafür ausgezeichnete Empfehlungen und nicht zuletzt eine ganze Menge Erfahrung besaß. Er hieß Charles Greer und hatte in Princetown studiert, ein Internat in Bellevue besucht und, was von besonderem Interesse war: er hatte in

Georgetown gewohnt und dort die Frauen einiger Senatoren behandelt.

»Sie werden es vielleicht nicht glauben«, sagte Greer, als Thorn in seiner Praxis vor ihm saß, »aber das allgemeinste Problem unter den Frauen der Politiker ist der Alkoholismus. Ich glaube, es ist das Gefühl der Isolierung. Das Gefühl, nicht gleichwertig zu sein. Die Angst davor, daß sie keine eigene Persönlichkeit haben.«

»Sie verstehen, daß das eine vertrauliche Sache ist«, sagte Thorn.

»Genau das ist es, was ich zu verkaufen habe«, lächelte der Psychiater. »Die Leute vertrauen mir und, ganz offen gesagt, das ist alles, was ich anbieten kann. Meine Patienten diskutieren ihre Probleme nicht mit anderen Leuten, weil sie denken, daß ihr Vertrauen mißbraucht wird und so gewissermaßen wieder auf sie zurückfällt, um ihnen Angst einzujagen. Bei mir sind sie sicher. Ich kann nicht viel versprechen, aber das eine kann ich ihnen versprechen.«

»Soll Katherine Sie anrufen?«

»Geben Sie mir nur Ihre Nummer. Lassen Sie sie nicht anrufen.«

»Aber es ist doch nicht so, daß sie nicht will. Sie hat mich gebeten . . .«

»Gut.«

Da Thorn seine Bedenken nicht verbergen konnte, lächelte der junge Arzt.

»Werden Sie mich anrufen, nachdem Sie sie gesehen haben?« fragte Thorn.

»Ich bezweifle das«, antwortete Greer einfach.

»Ich meine . . . wenn Sie mir etwas zu sagen haben?«

»Was ich zu sagen habe, das werde ich ihrer Frau sagen.«

»Ich meine, falls Sie sich Sorgen um sie machen . . .«

»Hat sie mit Selbstmord gedroht?«

»Nein.«

»Dann werde ich mir um sie auch keine Sorgen machen. Ich bin sicher, daß der Fall nicht so ernst ist, wie Sie glauben.«

Beruhigt ging Thorn zur Tür.

»Mr. Thorn?«

»Ja?«

»Warum sind Sie heute hierhergekommen?«

»Um Sie zu sehen.«

»Aus welchem Grunde?«

Thorn zuckte mit den Schultern. »Wollte mal wissen, wie Sie aussehen, vermute ich.«

»Gibt es irgend etwas Besonderes oder Ungewöhnliches, das Sie mir sagen wollten?«

Wieder überfiel Thorn dieses unbehagliche Gefühl. Aber er schüttelte den Kopf.

»Schlagen Sie mir vielleicht vor, daß *ich* einen Psychiater aufsuchen sollte?«

»Möchten Sie?«

»Sehe ich aus, als ob ich einen nötig hätte?«

»Ich vielleicht?« fragte der Psychiater.

»Nein.«

»Na sehen Sie, ich habe einen«, lächelte Greer. »Bei meiner Arbeit käme ich ganz schön in Schwierigkeiten, wenn ich keinen hätte.«

Die Unterhaltung war unbefriedigend gewesen, und als Thorn wieder in seinem Büro saß, dachte er fast den ganzen Tag darüber nach.

Als er bei Greer gewesen war, da hatte er das Bedürfnis verspürt, mit ihm zu sprechen, ihm alles das zu sagen, was er nie zuvor jemanden gesagt hatte. Aber wozu wäre das gut gewesen? Die Täuschung war etwas, mit der er leben mußte. Eine Tatsache. Und doch sehnte er sich nach jemandem, dem er sich mitteilen konnte.

Der Tag verging langsam und Thorn versuchte, sich auf eine wichtige Rede vorzubereiten. Er sollte am Abend vor einer Gruppe prominenter Geschäftsleute sprechen, und es war durchaus möglich, daß die Vertreter saudiarabischer Ölstaaten unter den Zuhörern sein würden.

Thorn wollte eine eindrucksvolle Rede halten – eine pazifistische Rede! Es war der ständige Konflikt, mit dem Israel zu kämpfen hatte, der den großen Riß zwischen den Vereinigten Staaten und dem arabischen Block verursacht hatte. Thorn wußte, daß die arabisch-israelischen Feindseligkeiten, wenn man etwas von Geschichte verstand, fast natürlich waren, tief verwurzelt in den Schriften. Aus diesem Grunde besaß er die Bibel – nicht nur eine, sondern drei, und er versuchte sein Wissen durch die Weisheit der Alten zu vergrößern. In Wahrheit gab es einen viel praktischeren Grund, denn es gab auf der ganzen Welt keine Zuhörerschaft, die nicht beeindruckt war, wenn man gelegentlich Stellen aus der Heiligen Schrift zitierte.

Er schloß sich den ganzen Nachmittag ein, bestellte seinen Lunch, während er arbeitete und dann, als er Schwierigkeiten hatte, einige wichtige Passagen zu finden, schickte er einen Boten, der ihm eine Bibliographie und einen Interpretationstext besorgte. Danach war es leichter, denn er konnte sich auf bestimmte Passagen beziehen und außerdem deren Bedeutung theologisch untermauern.

Zum erstenmal seit seiner Kindheit durchblätterte Thorn wieder eine Bibel. Er fand sie faszinierend, besonders hinsichtlich der ewigen Zwistigkeiten im Mittleren Osten. Er entdeckte, daß es der Jude Abraham war, dem Gott zuerst versprochen hatte, daß seine Leute das Heilige Land sehen würden.

> *Ich werde aus deinem Volk ein großes Volk machen. Wohlstand werde ich ausbreiten über dieses Land und sie werden es für immer besitzen.*

Das Land, das Gott den Juden gab, war in den Büchern der Genesis und Josua deutlich begrenzt – es war das Land, das sich zwischen dem Fluß Ägyptens, dem Nil, bis zum Libanon und zum Euphrat erstreckte.

Thorn sah auf seinem Atlas nach und fand, daß der Staat Israel nur ein kleiner Streifen zwischen dem Jordan und dem Mittelmeer war. Nur ein winziges Stück Land dessen, was Gott offensichtlich versprochen hatte.

Konnte es sein, daß Israels Expansionsdrang von diesem nicht eingelösten Versprechen herrührte? Hier hakte Thorns Interesse ein, und er begann zu grübeln. Durfte Gott etwas versprechen, das er nicht erfüllen konnte?

> *Wenn ihr den Glauben bewahrt, dann werdet ihr für mich sein ein Königreich der Priester und eine heilige Nation.*

Vielleicht war das der Schlüssel? Die Juden hatten das Bündnis mit Gott nicht gehalten. Es hieß, die Juden hätten Christus getötet. Das ergab sich aus dem fünften Buch Mose, denn nach dem Tode Christi wurde den Juden erklärt: Der Herr wird euch unter die Völker zerstreuen und es werden nur wenige von euch unter den Nationen bleiben, wohin Gott euch schickt. Ihr werdet Gefangene unter allen Nationen sein und Jerusalem wird von den Nichtjuden mit Füßen getreten werden, bis die Zeit der Nichtjuden erfüllt ist.

Das wurde im Buch Lukas wiederholt, hier jedoch war das Wort ›Nichtjuden‹ durch das Wort ›Nationen‹ ersetzt. Ihr werdet mit den Füßen getreten werden, bis sich die Zeit der Nationen erfüllt hat. Es war eine klare Prophezeiung, daß die Juden durch die Geschichte hindurch Verfolgung leiden sollten, und dann würde die Verfolgung enden. Aber was war die Zeit der Nationen? Die Zeit, in der die Verfolgung endete?

Thorn wandte sich den interpretierenden Texten zu und entdeckte, daß dieses eine Beispiel für den Zorn Gottes stand. Eine historische Serie von Verfolgungen, die begonnen hatte, als die Juden aus Israel vertrieben und dann von den Kreuzfahrern abgeschlachtet wurden – auf der Flucht. Im Jahre 1000, so sagen die Dokumente, wurden 12 000 Juden ermordet, dann im Jahre 1200 wurden alle, die Zuflucht in England gesucht hatten, entweder verjagt oder gehängt. Im Jahre 1298 wurden in Franken, Bayern und im heutigen Österreich 100 000 Juden umgebracht; im September 1306 verjagte man weitere 100 000 Juden mit der Androhung, sie anderenfalls zu töten, aus Frankreich. Im Jahre 1348 wurden die Juden beschuldigt, eine weltweite Pestepidemie verursacht zu haben, und mehr als eine Million von ihnen wurde auf dem ganzen Erdball verfolgt und getötet. Im August des Jahres 1492, in jenem Jahr, da Kolumbus Ruhm für sein Land erwarb, da er die Neue Welt entdeckte, vertrieb die spanische Inquisition eine halbe Million Juden und brachte eine weitere halbe Million um.

Und so ging es durch die Zeitläufte weiter bis zu Hitler, der über sechs Millionen Juden umbringen ließ. Schließlich waren nur noch elf Millionen heimatlose arme Juden über den ganzen Erdball verstreut.

War es ein Wunder, daß sie nun mit aller Kraft für ihr Land kämpften, für ein Land, das sie ihr eigen nennen konnten? Und war es ein Wunder, daß sie jeden Krieg so führten, als ob es ihr letzter wäre?

Ich will aus euch eine große Nation machen (hatte Gott versprochen). Und ich werde euch segnen und euren Namen groß machen; ihr sollt die Gesegneten sein ... und alle Familien auf der Erde seien gesegnet in euch.

Wieder wandte sich Thorn seinen interpretierenden Texten zu und fand, daß drei getrennte und gleichermaßen wichtige Faktoren in Gottes Versprechen an Abraham waren. Das Geschenk eines Landes, nämlich Israel. Die Versicherung, daß Abraham und seine Abkömmlinge eine große Nation werden sollten. Und schließlich, vor allem, die Gnade: das Erscheinen des Heilands. Die Rückkehr der Juden nach Zion war verbunden mit dem zweiten Erscheinen Christi, und wenn das stimmte, dann war die Zeit nahe.

Nirgends gab es ein Zeichen, wie und wann dieses Kommen geschehen würde. Die Prophezeiungen drückten sich in Legenden und religiösen Symbolen aus. Konnte Christus bereits auf der Erde sein? War er wieder von einer Frau geboren worden, weilte er jetzt unter uns?

Instinktiv begann Thorn sich gedanklich mit den Möglichkeiten zu beschäftigen. Falls Christus jetzt auf der Erde geboren wurde, dann würde er, wie damals, so bekleidet sein, wie man heutzutage herumlief. Sicher nicht mit Roben oder Dornenkronen, sondern vielleicht chinesisch, oder er trug Blue jeans, vielleicht einen Anzug und einen Schlips. War er jetzt geboren worden? Wenn dem so war, warum schwieg er? Hatte er zu dem Schlamassel, in dem sich die Welt befand, nichts zu sagen?

Noch immer war Thorn mit diesen Überlegungen beschäftigt, als er nach Hause fuhr. Seine Bücher hatte er mitgenommen. Nachdem sich Katherine zurückgezogen hatte, schlug er im Arbeitszimmer die Bücher wieder auf und begann seine Gedanken zu ordnen.

Es war die Rückkehr Christi, mit der sich seine Fantasie beschäftigte, und er suchte die sich auf diesen Vorgang beziehenden Passagen des Textes heraus. Aber all das war ungeheuer kompliziert, denn in der Offenbarung des Johannes wurde prophezeit, daß sich Christus nach der Rückkehr zur Erde seinem Widersacher stellen müsse. Dem Antichrist. Dem Sohn des Bösen. Erbeben würde die Erde, wenn der letzte Kampf zwischen Himmel und Hölle begann. Es wird Harmaggedon sein. Die Apokalypse. Das Ende der Welt.

Plötzlich hob Thorn den Kopf. Er hatte ein Geräusch gehört, das von oben gekommen sein mußte. Ein Stöhnen. Er hörte es zweimal und dann plötzlich nicht mehr.

Leise verließ er sein Arbeitszimmer und ging die Treppe hinauf, um in Katherines Schlafzimmer zu schauen. Sie schlief, allerdings unruhig. Ihr Gesicht war schweißgebadet.

Er beobachtete sie, bis das unruhige Hin- und Herwerfen endete und sie wieder gleichmäßig atmete, dann schloß er leise die Tür und ging zur Treppe zurück.

Während er sich durch den dunklen Flur tastete, kam er an Mrs. Baylocks Zimmer vorbei und bemerkte, daß die Tür ein wenig offen stand. Die korpulente Frau schlief auf dem Rücken – ein massiver Berg aus Fleisch, beschienen vom fahlen Licht des Mondes. Thorn blieb wie gebannt stehen. Er betrachtete das Gesicht dieser Frau. Es war ganz weiß gepudert und bot einen geisterhaften Anblick, zumal die Lippen knallrot geschminkt waren. Das Bild dieser schlafenden Maske jagte dem Betrachter eiskalte Schauer über den Rücken. Es war ein völlig fremdes, entstelltes Gesicht ... doch weshalb diese Maske? Mrs. Baylocks seltsame Bemalung mußte doch einen Grund haben. Die Schlafende sah aus wie eine Dirne.

Leise schloß Jeremy die Tür. Er ging wieder in sein Arbeitszimmer und betrachtete die Bücher, die vor ihm lagen. Er konnte sich nicht konzentrieren; ziellos wanderten seine Augen über die geöffneten Seiten. Die kleine King-James-Bibel war beim Buch Daniels aufgeschlagen, und er begann sogleich zu lesen.

> ... *Und dann wird sich ein Verachtenswerter erheben, dem keine königliche Majestät gegeben wurde. Als Betrüger wird er kommen und sich das Königreich erschmeicheln. Die Heere werden vor ihm hinweggefegt und zerbrochen werden ... und er wird weiter betrügen und stark werden mit einem kleinen Volk. Ohne Warnung wird er die reichsten Länder überfallen; er wird tun, was weder sein Vater noch seines Vaters Vater getan hat, denn er wird die Menschen in alle Winde zer-*

streuen, wird plündern und Verderben bringen. Er wird Mittel und Wege finden, um Festungen zu zerstören, er wird sich selbst verherrlichen und über jeden Gott stellen, und er wird erstaunliche Dinge gegen den Gott der Götter sprechen. Der Erfolg wird auf seiner Seite sein, bis der Unwille so groß ist, daß getan werden muß, was getan werden soll.

Thorn suchte in seinem Schreibtisch und fand eine Zigarette, dann goß er sich ein Glas Wein ein. Er ging im Zimmer auf und ab, während er versuchte, sich mit den Vorbereitungen zu seinem Vortrag zu beschäftigen, um zu vergessen, was er soeben da oben gesehen hatte ...

... wenn die Juden nach Zion zurückkehrten, dann wird der Heiland wiederkommen. Wenn aber Christus kam, dann kam auch der Antichrist ... beide würden getrennt aufwachsen bis zu dem Tage des Jüngsten Gerichts ...

Thorn fing an, seine Bücher durchzublättern.

Kommen wird der Tag des Herrn, ein grausamer Tag, ein Tag des Zornes und heißer Wut und er wird die Menschen auf der Erde auslöschen ... Seltener werden die Menschen sein als feinstes Gold ... seltener als das Gold von Ophir.

Und dann im Buch Zacharias:

Einer wird ergreifen die Hand des anderen und sie werden ihre Schwerter gegeneinander schwingen. Er wird nach einem Schwert rufen, um sich auf allen seinen Bergen gegen sie zu wenden und jedermanns Schwert wird sich gegen seinen Bruder wenden.

Thorn lehnte sich zurück. Er war gepackt von der Urkraft dessen, was da prophezeit wurde.

Gewaltig wird der Zorn sein, mit dem Gott alle Völker bestraft, die Krieg gegen Jerusalem geführt haben. Das Fleisch wird von ihren Knochen fallen, während sie noch auf den Füßen stehen. Ihre Augen werden in ihren Höhlen verrotten, ihre Zungen in ihren Mündern.

Thorn kannte die Probleme des modernen Staates Israel. Die Araber mit ihrem Öl waren jetzt zu mächtig, als daß sich irgendeiner gegen sie auflehnen konnte. Wenn sich Gottes Zorn gegen die Nationen richtete, die Krieg mit Jerusalem machten, dann war prophezeit, daß er sich gegen sie wenden würde. Es wurde auch prophezeit, daß Harmaggedon, die letzte Schlacht, auf dem Territorium der Israelis stattfinden würde, und Jesus würde auf der einen Seite stehen, nämlich auf dem Ölberg, der Antichrist aber auf der anderen Seite.

Wehe dir, o Erde und Meer, denn der Teufel sendet das zornerfüllte Untier, weil er weiß, daß die Zeit kurz ist . . .
Laß ihn, der es weiß, die Zahl des Untiers nennen, denn es ist eine menschliche Zahl; die Zahl heißt 666.

Harmaggedon. Das Ende der Welt. Die Schlacht über Israel.

Der Herr wird erscheinen . . . seine Füße werden an jenem Tag auf dem Ölberg stehen, der auf der östlichen Seite Jerusalem gegenüber liegt . . . und Gott der Herr wird kommen und alle Heiligen mit ihm.

Thorn schloß seine Bücher und schaltete die Schreibtischlampe aus. Schweigend saß er längere Zeit da. Er fragte sich, was das eigentlich für Bücher waren und wer sie geschrieben hatte, warum sie überhaupt geschrieben worden waren. Und er wunderte sich, warum er ihnen glaubte und dennoch von ihnen abgestoßen wurde. Wenn man ihnen glaubte, dann waren alle Bemühungen nichtig. Sie waren dann alle nur Pfandstücke für die größeren Kräfte des Guten und des Bösen. Waren die Menschen nur Puppen, die von oben und von unten manipuliert wurden? Konnte es wirklich einen Himmel geben? War es möglich, daß es eine Hölle gab? Es war ihm klar, daß dies kindliche Fragen waren, aber dennoch mußte er sie stellen. Er hatte sie kürzlich gefühlt, diese gewaltigen Kräfte, die sich jeder Kontrolle entzogen. Nicht um zufällige Kräfte ging es hier, sondern um sinnvolle! Es waren Erlebnisse, die ihn unsicher – nein, hilflos gemacht hatten.

Das war der richtige Ausdruck dafür. Er war hilflos. Alle waren hilflos. Sie hatten nicht darum gebeten, geboren zu werden und sie erflehen den Tod nicht. Sie sind dazu *bestimmt.* Warum nur müssen sie zeitlebens so viele Schmerzen erdulden? Ist's darum, daß dies Erdendasein wenigstens abwechslungsreicher werde auf diese Weise?

Thorn lag auf der Couch und schlief. Seine Träume waren von Angst erfüllt. Er sah sich als Frau verkleidet, dennoch wußte er, daß er ein Mann war. Er befand sich auf einer belebten Straße und hielt einen Polizisten an, dem er zu erklären versuchte, daß er sich verirrt habe und sich fürchtete. Der Polizist weigerte sich ihm zuzuhören. Statt dessen leitete er den Verkehr um ihn herum, bis er ihm so nahe war, daß er den Fahrtwind hören konnte. Und dieser Wind wurde immer stärker, je schneller der Verkehr abrollte. Thorn hatte das Gefühl, in einem Sturm gefangen zu sein, und so stark war der Sturm, daß er nicht mehr atmen konnte. Er keuchte; er klammerte sich an den Polizisten, doch der tat so, als wäre er überhaupt nicht vorhanden. Also schrie er nach Hilfe und keiner hörte ihn, weil das Sturmgeheul ja stärker war als seine Stimme und weil das schwarze Auto auf ihn zugerast kam mit Getöse. Ausweichen unmöglich. Der Sturm packt ihn und hält ihn fest, und es gibt kein Vorwärts, kein Zurück. Je näher das Auto, desto schmerzlicher die Lähmung, und dazu diese Fratze eines Fahrergesichts, das gar kein Gesicht ist – bloß lauter Fleisch und ein großes häßliches Loch, aus dem Gelächter quoll und Blut und Blut und Blut . . .

In diesem Augenblick fuhr Jeremy aus dem Schlaf hoch. Die Kehle schien ihm wie zugeschnürt. Er war in Schweiß gebadet. Es dauerte geraume Zeit, bis er sich von den Schrecken des Traums erholt hatte.

Unbeweglich lag er da. Es war noch früh am Morgen. Im Haus war alles still. Da plötzlich kamen ihm die Tränen, und er weinte wie ein Kind.

7

Thorns Rede vor den Geschäftsleuten fand im *Mayfair Hotel* statt. Gegen 19 Uhr war der Versammlungsraum überfüllt. Er hatte seinen Leuten gesagt, er lege großen Wert auf eine Presseberichterstattung, und so war sein Vortrag in den Nachmittagszeitungen erwähnt worden – mit dem Erfolg, daß man jetzt Leute zurückweisen mußte. Denn es waren nicht nur die erwarteten Geschäftsleute da, sondern auch viele Reporter, sogar Publikum, dem man erlaubt hatte, sich hinter die Sitzreihen zu stellen. Bei früheren Veranstaltungen hatte die Kommunistische Partei Vertreter geschickt, die Thorn unterbrechen und stören sollten, und er hoffte, daß sie ihn an diesem Abend verschonten.

Als er zum Pult ging, entdeckte er im Publikum den Mann, dessen Kamera er vor der Botschaft beschädigt hatte. Der Fotograf lächelte ihm zu und hielt eine nagelneue Kamera hoch. Thorn erwiderte das Lächeln. Er freute sich über diese Geste, mit der etwas bereinigt wurde, das ihm neulich so überaus unangenehm gewesen war.

Er trat hinter das Pult und wartete, bis im großen Saal die Stille einkehrte. Dann begann er seine Rede. Er sprach von der ökonomischen Struktur unserer Erde und von der Bedeutung des Gemeinsamen Marktes. In jeder Gesellschaft, erklärte er, sogar in den Urzeiten, sei der Marktplatz der gemeinschaftliche Grund und Boden gewesen, der Stabilisator des Wohlstandes, der Schmelztiegel sonst unvergleichbarer Kulturen. Wenn jemand kaufen und der andere verkaufen wolle, dann seien das die Grundkomponenten des Friedens. Wenn jemand kaufen wolle und der andere weigere sich, ihm zu verkaufen, dann sei dies gewissermaßen der erste Schritt zum Krieg.

Er sprach von der gemeinsamen Verantwortung der Menschheit, von der Einsicht, daß wir alle Brüder seien, daß die Erde uns allen gehöre und daß die Rohstoffquellen allen zugänglich bleiben müßten.

»Wir sind aneinandergekettet«, fuhr er fort, indem er sich auf Henry Beston bezog, »im Netz des Lebens und der Zeit. Uns allen gehört die Herrlichkeit dieser Erde, uns allen ist die Verpflichtung zur Arbeit auferlegt.«

Es war eine leidenschaftliche Rede, und das Auditorium

hörte gebannt zu. Thorn sprach sodann über politische Unruhen und ihren Einfluß auf die Wirtschaft. Er suchte die Gesichter der Araber unter den Zuhörern und sprach diese direkt an.

»Wir können sehr gut verstehen, daß diese Unruhe von den armen und unterentwickelten Ländern ausgeht«, sagte er, »aber wir dürfen auch niemals vergessen, daß Kulturen, die in allzuviel Luxus lebten, am Ende zerstört wurden.«

Jetzt erreichte Thorn seine beste Form, und Jennings, der Fotograf, richtete die Kamera auf sein Gesicht. Er machte einen Schnappschuß um den anderen.

»Es ist eine traurige und ironische Wahrheit«, fuhr Thorn fort, »die wir bis zu der Zeit des blühenden Ägypten verfolgen können, daß diejenigen, die im Wohlstand geboren wurden . . .«

»Dafür sollten Sie ja nun zuständig sein!« brüllte eine Stimme aus dem Hintergrund.

Thorn machte eine Pause. Er versuchte, im Halbdunkel des Saals den Rufer zu erkennen. Doch dieser schien sein Pulver vorerst verschossen zu haben, und Thorn fuhr fort.

». . . wenn wir bis zu den Zeiten der Pharaonen zurückkehren, sehen wir, daß diejenigen, die Reichtum und Stellung . . .«

»Erzählen Sie uns doch was davon!« rief der Bursche wieder, und dieses Mal gab es Tumult unter den Zuhörern. Indes hatte Thorn den Unruhestifter entdeckt. Es war ein bärtiger Student in Blue jeans, wahrscheinlich ein Kommunist,

»Was wissen Sie denn von Armut, Thorn?« rief er. »Sie haben doch in Ihrem ganzen Leben nicht einen einzigen Tag gearbeitet!«

Die Zuhörer zischten mißbilligend, einige brüllten ihn an, doch Thorn hob die Hände, damit sie sich beruhigten.

»Der junge Mann hat wahrscheinlich etwas zu sagen. Wollen wir ihn uns doch einmal anhören.«

Der junge Mann trat vor, und Thorn wartete darauf, daß er weitersprach. Er würde ihn seine Phrasen dreschen lassen, bis ihm nichts mehr einfiel.

»Wenn Sie so daherreden, daß alle Menschen Anteil am Reichtum haben sollten, warum geben Sie denn dann nicht ein bißchen von Ihrem Reichtum her?« brüllte der Junge. »Wie viele Millionen haben Sie denn eigentlich? Wissen Sie, wie viele Menschen vor Hunger verrecken? Wissen Sie, was das Kleingeld, das Sie in der Tasche haben, für diese Leute bedeuten würde? Mit dem, was Sie Ihrem Chauffeur bezahlen, könnten Sie eine Familie in Indien einen ganzen Monat lang ernähren! Das Gras auf Ihrem Rasen könnte die Hälfte der Bevölkerung von Bangladesch ernähren! Mit dem Geld, das Sie für Partys ausgeben, könnten Sie hier im Süden Londons eine ganze Klinik bauen! Wenn Sie den Leuten erzählen, sie sollten auf ihren Reichtum verzichten, dann geben Sie doch ein Beispiel! Und stehen Sie nicht hier in diesem Vierhundert-Dollar-Anzug herum und erzählen Sie uns nicht das Märchen von der großen Armut.«

Es war ein bewegender Appell. Der Junge hatte ziemlich scharf geschossen. Ein leichter Applaus kam aus der Menge, und nun war Thorn an der Reihe, die richtige Antwort zu geben.

»Sind Sie fertig?« fragte Thorn.

»Was sind Sie wert, Thorn?« rief der Junge. »Soviel wie Rockefeller?«

»Nicht annähernd.«

»Als Rockefeller zum Vizepräsidenten nominiert wurde, da veröffentlichten die Zeitungen, daß er über dreihundert Millionen besitze! Und wissen Sie, was dieses ›über‹ war? Dreiunddreißig Millionen! Nicht wert, daß man es zählt, wie? Das war sein Notgroschen, während die Hälfte der Bevölkerung dieser Welt an Hunger stirbt. Ist das nicht irgendwie obszön? Braucht überhaupt jemand so viel Geld?«

»Ich bin nicht Mr. Rockefeller . . .«

»Zum Teufel, das sind Sie nicht!«

»Würden Sie mich jetzt bitte antworten lassen?«

»Ein Kind! Ein verhungerndes Kind! Tun Sie etwas für ein einziges verhungerndes Kind! Dann werden wir Ihnen glauben! Aber tun Sie es mit der Hand und nicht mit dem Mund, mit Ihrer Hand. Halten Sie diese Hand einem einzigen verhungernden Kind hin!«

»Vielleicht habe ich das getan«, erwiderte Thorn ruhig.

»Wo denn?« fragte der junge Mann. »Wer ist das Kind? Wen haben Sie gerettet, Thorn? Wen haben Sie zu retten versucht?«

»Viele von uns sind für Dinge verantwortlich, welche die gesamte Menschheit angehen.«

»Sie können die Welt nicht retten, Thorn. Erst müssen sie die Hand nach diesem hungernden Kind ausstrecken.«

Die Leute im Zuhörerraum hatten sich jetzt auf die Seite des Störenfrieds gestellt. Plötzlich reagierten sie mit anhaltendem Applaus.

»Ich bin Ihnen gegenüber im Nachteil«, sagte Thorn ruhig. »Sie stehen im Dunkeln und stoßen Beschimpfungen aus . . .«

»Dann macht doch alle Lampen an! Ich werde Sie auch im Hellen angreifen.«

Die Leute lachten, dann gingen die Lichter an. Die Reporter und Fotografen erhoben sich plötzlich und schauten über die Sitzreihen hinweg nach hinten. Jennings fluchte, weil er kein Teleobjektiv mitgebracht hatte. Er richtete den Apparat auf eine Gruppe, in deren Mittelpunkt der wütende junge Mann stand, und stellte ihn sodann ganz scharf ein.

Thorn verhielt sich absolut ruhig, doch als nun alle Lichter im Saal brannten, änderte auch er seine Haltung. Er kümmerte sich um den jungen Kontrahenten nicht mehr, weil er inzwischen ganz in der Nähe eine andere Gestalt entdeckt hatte. Es war ein kleiner Priester. Wie er so dastand, den Hut in der Hand: jeder mußte ihn sofort erkennen. Tassone! Thorn war ganz sicher, und er erstarrte.

»Was ist denn nun los, Thorn?« rief der Junge. »Haben Sie nichts zu sagen?«

Aber Thorn schien plötzlich jede Energie verloren zu haben, eine Welle der Angst stieg in ihm hoch, als er so dastand und nur noch diesen Schatten anstarrte. Unter ihm richtete Jennings seine Kamera auf Thorns ängstliche Augen und drückte unablässig auf den Auslöser.

»Na los, Thorn!« hörte er die Stimme des Zwischenrufers. »Sie können mich jetzt sehen – was haben Sie uns zu sagen?«

»Ich glaube . . .«, sagte Thorn zögernd, ». . . daß Ihr Standpunkt durchaus richtig ist. Wir alle sollten unseren Reichtum teilen. Ich werde versuchen, mehr zu tun.«

Damit war dem Jungen der Wind aus den Segeln genommen, und zugleich waren auch die Zuhörerer besänftigt. Irgendeiner rief, man solle das Licht wieder ausschalten, und Thorn kehrte zum Pult zurück. Er versuchte sich zu konzentrieren, doch immer wieder wanderte sein Blick in die Dunkelheit. Ganz deutlich konnte er die Robe des Priesters sehen, der ihn verfolgte.

Kaum daheim angekommen, entwickelte Jennings sofort die Bilder. Wie so oft hatte ihn der Botschafter auch heute beeindruckt und zugleich verblüfft. Er konnte Angst genausogut erkennen wie eine Ratte Käse riechen konnte, und es war nackte Angst gewesen, die er durch den Sucher seiner Kamera gesehen hatte. Und keine namenlose Angst, denn ganz offensichtlich hatte Thorn irgend etwas oder irgend jemand in der Dunkelheit des Auditoriums entdeckt.

Leider war das Licht zu trübe gewesen und er hatte ein Weitwinkelobjektiv in der Kamera gehabt, doch Jennings hatte ein paar Aufnahmen auch von jener Ecke gemacht, wohin der Blick des Botschafters zuletzt unablässig gewandert war. Nun hoffte er, er würde nach der Entwicklung des Films etwas finden. Während er wartete, wurde ihm bewußt, daß er hungrig war. So machte er sich an die Lebensmittel, die er auf dem Heimweg gekauft hatte. Er nahm ein kleines gegrilltes Huhn und eine große Flasche Bier heraus und legte alles vor sich hin. Das kopflose Huhn sah so lustig aus, daß Jenning sich den Jux erlaubte, den Schmaus aufrecht in einen Behälter zu verpflanzen. Der Spaß hatte nur den einen Fehler, daß er seinem Urheber den Appetit verdarb. Also öffnete Haber Jennings eine Dose Sardinen, wobei ihm sein stummer Gast, das kopflose Brathuhn, zusehen mußte.

Der Wecker klingelte, und Jennings ging in die Dunkelkammer; er nahm den Film heraus, trocknete ihn schnell und begann alsbald mit den ersten Abzügen.

Er hätte beinahe gejauchzt, als er die Abzüge sah. Sofort schaltete er helles Licht ein und schob einen Abzug unter die eingebaute Lupe; vor lauter Freude schüttelte er den Kopf, als er die Bilder nacheinander prüfte. Es waren die Fotos, die er vom Hintergrund des Saals geschossen hatte. Obgleich er kein einziges Gesicht oder einen Körper in der Dunkelheit des Saales deutlich herausholen konnte, sah er, daß – wie eine graue Rauchwolke – dieses speergleiche Ding über den Köpfen der Leute schwebte.

»Mist!« murmelte Jennings, als er etwas anderes entdeckte. Es war ein dicker Mann, der eine Zigarre rauchte. Was über ihnen schwebte, konnte tatsächlich Rauch sein.

Er durchsuchte schnell seine Negative und sonderte die drei aus, die in Frage kamen, dann schob er sie in den Vergrößerungsapparat und wartete eine quälende Viertelstunde, bis die Bilder fertig waren.

Nein, Rauch war es nicht. Farbe und Form waren völlig anders, und das war auch die relative Distanz zur Kamera. Wäre es Zigarrenrauch, dann hätte der dicke Mann eine große Menge gegen die Decke blasen müssen, damit sich eine solche Wolke bildete. Ohne Zweifel hätte es die Leute um ihn herum gestört, aber sie schienen gar nicht auf den Rauch an der Decke und den Mann zu achten, denn sie starrten ungerührt geradeaus.

Das geisterhafte Etwas schien in einiger Entfernung über den Sitzreihen zu schweben, möglicherweise ganz hinten im Saal. Jennings nahm die Vergrößerung und legte sie unter seine Lupe, um jedes Detail genau betrachten zu können.

Plötzlich hob er die Arme und stieß einen wilden Freudenschrei aus: Er hatte die Kutte eines Priesters entdeckt. Da war er wieder, der kleine Priester, und nun war Jennings absolut sicher, daß dieser Mann irgend etwas mit Thorn vorhatte.

»Seht ihn bloß an, den Scheißkerl!« rief er.

Und als ob er seine Entdeckung feiern müßte, kehrte er zum Tisch zurück, riß die Flügel seines kopflosen Beobachters ab und verzehrte ihn bis auf die Knochen.

»Ich werde diesen Scheißkerl finden!« lachte er. »Ich werde ihn so lange jagen, bis ich ihn kriege!«

Am folgenden Morgen verstaute er ein Bild des Priesters – es war eine der Aufnahmen, die er mit dem Soldaten vor dem Botschaftsgebäude gemacht hatte – in seiner Brieftasche. Er besuchte verschiedene Kirchen, schließlich auch Pfarrhäuser. Doch niemand erkannte den Mann auf dem Foto. Man erklärte Jennings, daß, wenn der Priester in diesem Gebiet beschäftigt sei, dann müsse man ihn eigentlich kennen. Er kam also nicht aus der City. Ein völlig fremder Mann? Das bedeutete, daß sein Job schwieriger wurde. Er kam auf den Gedanken, Scotland Yard ins Vertrauen zu ziehen. Dank seiner guten Beziehungen überließ man ihm für eine Weile das Verbrecheralbum, aber er fand natürlich nichts. Es gab nur eines, das ihm noch zu tun übrigblieb.

Er hatte zuerst den Priester gesehen, als dieser aus der Botschaft trat. Wahrscheinlich war er dort also bekannt.

Es war nicht leicht, in die Botschaft hineinzukommen. Die Wachen prüften lange und genau seine Ausweise, aber sie wollten Jennings nicht zum Pförtner lassen.

»Ich möchte den Botschafter sprechen«, erklärte Jennings. »Er sagte, er wolle mir die kaputte Kamera ersetzen.«

Sie riefen oben an, und zu Jennings Überraschung sagten sie ihm, er solle zum Telefon in der Lobby gehen, man würde ihn vom Büro des Botschafters aus anrufen.

Jennings tat, was man ihm gesagt hatte, und einen Augenblick später sprach er mit Thorns Sekretärin, die die Summe wissen wollte, um die es sich handele und wohin man den Scheck schicken könne.

»Ich hätte ihm das gern persönlich erklärt«, sagte Jennings. »Ich möchte ihm zeigen, wofür er sein Geld ausgibt.«

Sie erwiderte, das sei unmöglich, denn der Botschafter befinde sich in einer Besprechung. Jennings beschloß also, die Karten auf den Tisch zu legen.

»Um Ihnen die Wahrheit zu sagen – ich dachte, er könnte mir vielleicht bei einem persönlichen Problem behilflich sein. Aber vielleicht könnten auch Sie mir helfen. Ich suche einen Priester. Er ist ein Verwandter von mir. Soviel ich weiß, hatte er etwas in der Botschaft zu erledigen, und ich dachte, vielleicht hätte ihn hier jemand gesehen und könnte mir behilflich sein.«

Es war eine ziemlich seltsame Bitte, und die Sekretärin zögerte eine Weile.

»Es ist ein sehr kleiner Mann«, fügte Jennings hinzu.

»Ist er Italiener?« fragte se.

»Ich glaube, er hat einige Zeit in Italien verbracht«, erwiderte Jennings. Er war gespannt, was sie nun antworten würde.

»Heißt er vielleicht Tassone?« fragte die Sekretärin.

»Nun, ehrlich gesagt, ich bin nicht ganz sicher. Sehen Sie, ich versuche die Spur eines vermißten Verwandten zu verfolgen. Der Bruder meiner Mutter wurde als Kind von ihr getrennt und er oder irgendeine Behörde änderte seinen Nachnamen. Jetzt ist meine Mutter sehr krank und sie möchte so gern, daß ich ihn finde. Wir kennen seinen Nachnamen nicht, wir haben nur eine vage Beschreibung von ihm. So wissen wir zum Beispiel, daß er genauso klein ist wie meine Mutter, außerdem daß er Priester geworden ist, und ein Freund von mir sah, wie ein Priester vor einer Woche oder so die Botschaft verließ und dieser Freund meinte, der Priester habe genauso ausgesehen wie meine Mutter.«

»Es war ein Priester hier«, antwortete die Sekretärin. »Er sagte, er komme aus Rom, und ich glaube, sein Name ist Tassone.«

»Wissen Sie vielleicht, wo er wohnt?«

»Nein.«

»Hatte er geschäftlich mit dem Botschafter zu tun?«

»Ich denke schon.«

»Vielleicht weiß der Botschafter, wo er wohnt.«

»Das ... das glaube ich nicht.«

»Wäre es möglich, ihn danach zu fragen?«

»Nun ja, vielleicht könnte ich das tun.«

»Wann könnten Sie das tun?«

»Später. Ich kann es nicht genau sagen.«

»Hören Sie, meine Mutter ist sehr krank. Sie ist jetzt im Hospital, und ich fürchte, sie ... sie wird nicht mehr lange am Leben bleiben.«

In Thorns Büro summte die Gegensprechanlage. Die Stimme einer Sekretärin fragte ihn, ob er wisse, wie man Kontakt mit dem Priester aufnehmen könnte, der ihn vor etwa zwei Wochen besucht hatte.

Thorn schob den Brief, den er unterschreiben wollte, schnell beiseite. Plötzlich war ihm kalt.

»Wer fragt danach?«

»Ein Mann, und er sagt, Sie hätten seine Kamera kaputt gemacht. Der Priester ist ein Verwandter von ihm. Oder er meint es wenigstens.«

Nach einer kurzen Pause sagte Thorn: »Schicken Sie ihn herauf!«

Jennings fand den Weg zu Thorns Büro ohne Mühe. Sehr modern eingerichtet, war es das Büro eines Mannes, den der Präsident für eine Weile hierhergeschickt hatte. Das Zimmer lag am Ende eines langen Korridors, an dessen Wänden die Porträts aller bisherigen amerikanischen Botschafter in London hingen.

Als Jennings den Flur hinunterging, entdeckte er, daß auch John Quincy Adams und James Monroe hier Botschaf-

Die folgenden Bilder sind Szenenfotos aus dem Film der 20th Century-Fox: DAS OMEN.

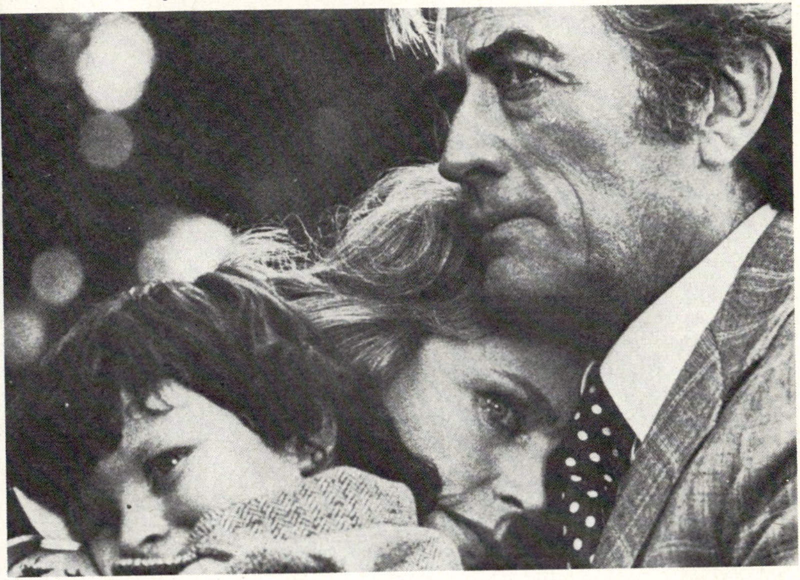

Jeremy Thorn, amerikanischer Botschafter in London (Gregory Peck), seine Frau Katherine (Lee Remick) und ihr Sohn Damien (Harvey Stephens).

Damien mit dem Kindermädchen Chessa (Holly Palance) bei seiner Geburtstagsfeier.

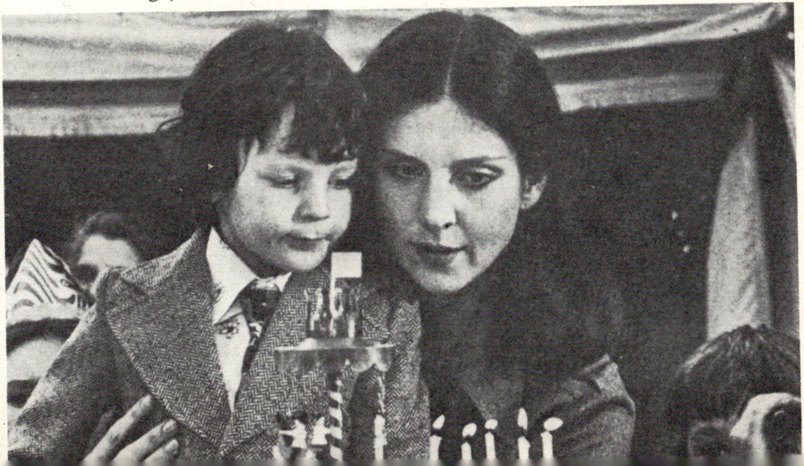

Der mysteriöse Tod des Kindermädchens Chessa.

Starr vor Entsetzen betrachtet Katherine die Leiche des Kindermädchens.

Jeremy und Katherine Thorn versuchen, die rätselhaften Vorfälle in ihrem Haus zu vergessen.

Während sich Pater Tassone vergeblich bemüht, Thorn über die wahre Herkunft seines Sohnes aufzuklären, besuchen Damien und seine Mutter einen Zoo. Doch beim Anblick Damiens brechen alle Tiere in wilde Panik aus.

Der tragische »Unfall« des geheimnisvollen Paters Tassone (Patrick Troughton).

Im Zimmer von Pater Tassone entdecken Thorn und Pressefotograf Keith Jennings (David Warner) unheimliche Aufzeichnungen.

In einem italienischen Kloster versucht Botschafter Thorn von dem durch ein Feuer erblindeten und gelähmten Priester Spilletto (Martin Benson) die wirkliche Herkunft seines Sohnes zu erfahren.

Ein grauenerregendes Geheimnis bergen die beiden Gräber auf dem verlassenen Friedhof in der Nähe von Rom.

Ein weiterer »Unfall«? Oder was verursachte Katherines Sturz vom Treppengeländer?

◀ Der Friedhof wird von unheimlichen schwarzen Hunden bewacht.

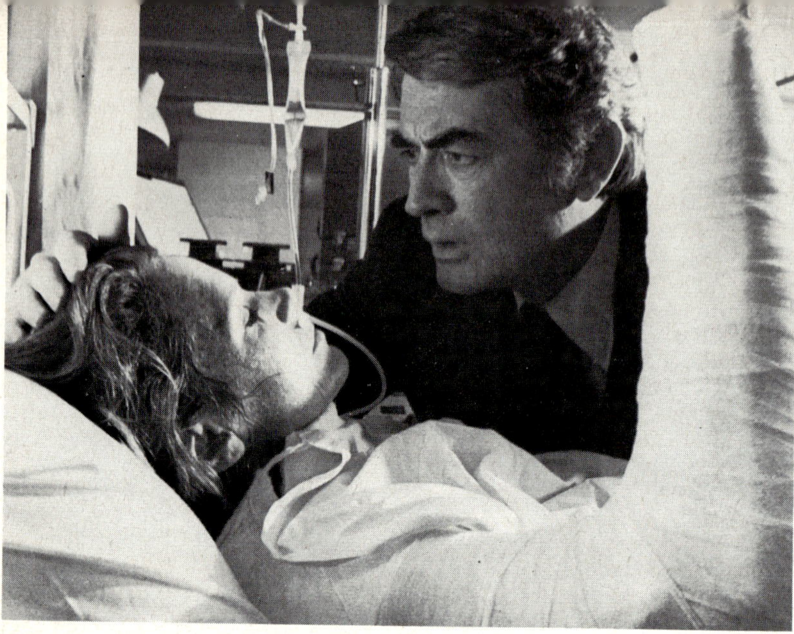

Der völlig verzweifelte Thorn am Krankenbett der schwer verletzten Katherine . . .

. . . die wenig später doch das Opfer eines weiteren »Unfalls« wird.

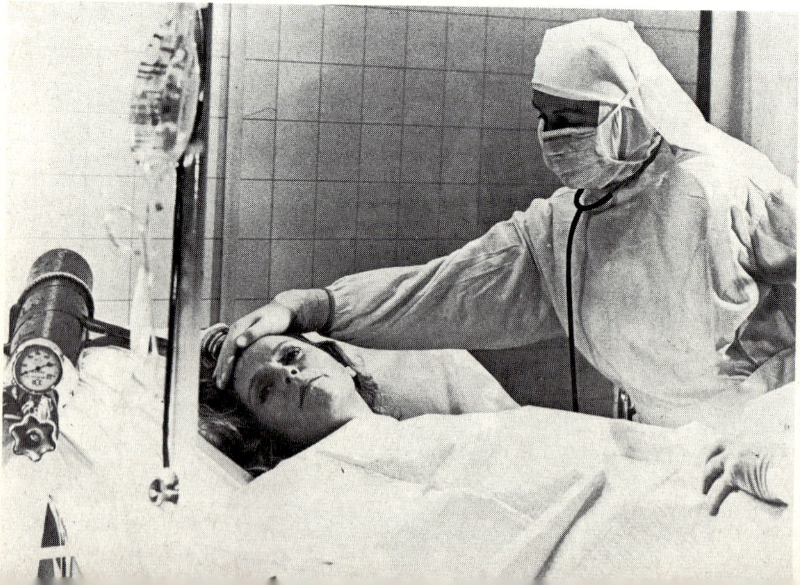

Exorzist Bugenhagen (Leo McKern) versucht Thorn zu überzeugen, daß Damien getötet werden muß, wenn das Böse in der Welt besiegt werden soll.

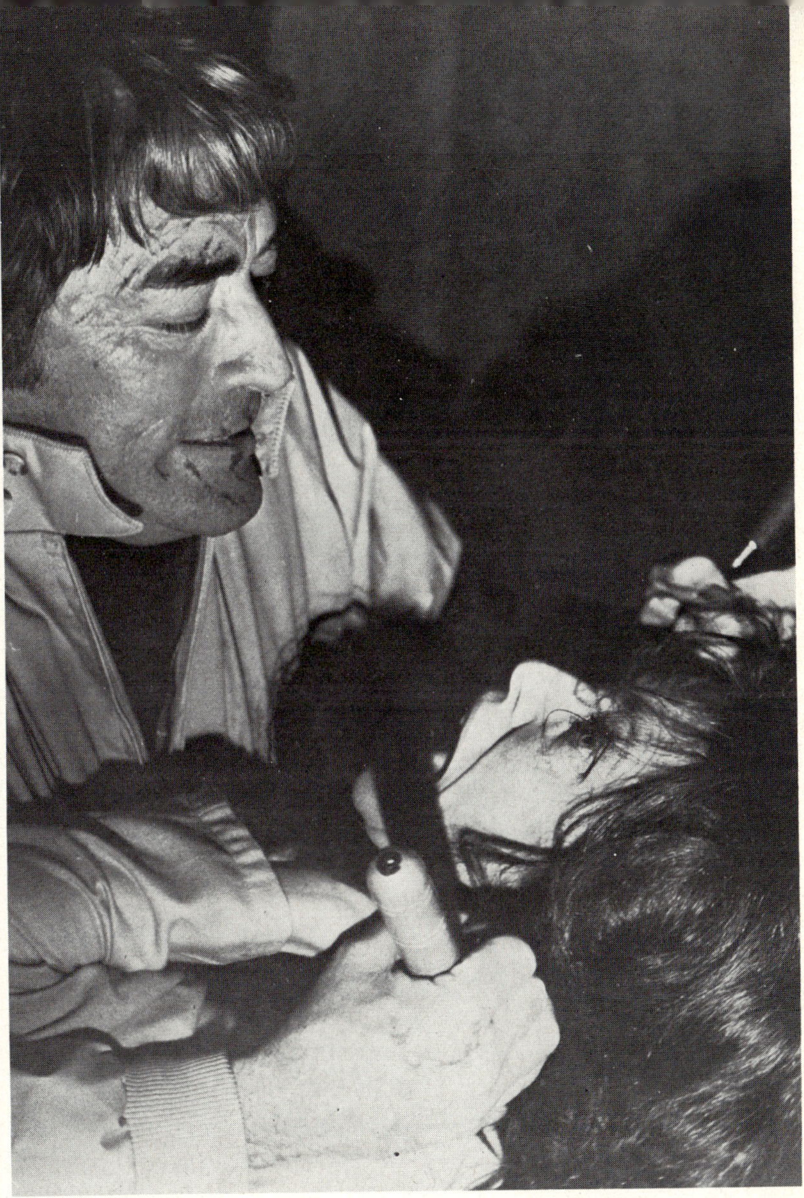

Der verzweifelte Todeskampf zwischen Thorn und dem zweiten Kindermädchen Damiens, Mrs. Baylock (Billie Whitelaw).

◄ *In Jerusalem ist Fotograf Jennings das Opfer eines weiteren grauenvollen »Unfalls«.*

Thorn zerrt den wild um sich schlagenden Damien in eine Kirche.

Wird Botschafter Thorn den Auftrag des Exorzisten Bugenhagen ausführen?

Ehrensalut für den amerikanischen Botschafter.

Sieht so »die Wiedergeburt des Teufels« aus?

ter gewesen waren, ehe sie Präsident wurden. Vielleicht war diese Position hier in London ein erster Schritt dazu. Sieh da, sieh da, dachte er, dem alten Thorn steht noch was Größeres ins Haus.

»Kommen Sie rein«, lächelte Thorn. »Nehmen Sie Platz.«

»Es tut mir leid, wenn ich so . . .«

»Schon gut.«

Der Botschafter winkte Jennings zu sich. Er trat ein und setzte sich auf einen Stuhl. Es war das erstemal, daß er in all den Jahren, da er als Fotograf hinter bestimmten Leuten her war, persönlichen Kontakt mit seinem Opfer aufnahm. So leicht es gewesen war, hier hereinzukommen – nun kam das Problem. Sein Herz begann schneller zu klopfen, er zitterte. Es war genau das Gefühl, das er bei der Entwicklung seines ersten Fotos gehabt hatte. Die Erregung war so groß, daß sie fast einer sexuellen Erregung gleichkam.

»Ich habe mich wegen der Kamera entschuldigen wollen«, sagte Thorn.

»Es war sowieso eine alte.«

»Ich möchte sie Ihnen ersetzen.«

»Nein, nein . . .«

»O doch, ich möchte es wirklich gern tun. Aber ich möchte es natürlich Ihnen überlassen.«

Jennings zuckte mit den Schultern, dann nickte er.

»Warum sagen Sie mir nicht ganz einfach, welche Kamera die beste ist, und dann lasse ich eine für Sie besorgen.«

»Na ja, das ist sehr großzügig . . .«

»Sagen Sie mir, was die beste ist.«

»Es ist eine deutsche. Pentaflex. Dreihundert.«

»Erledigt. Hinterlassen Sie bei meiner Sekretärin, wo wir Sie finden können.«

Wieder nickte Jennings, und einen Augenblick sahen sich die beiden Männer schweigend an. Thorn betrachtete ihn genau, er sah alles, von den ungleichen Socken bis zu den Haarsträhnen, die über den Kragen seines Jacketts hingen. Jennings mochte eine solche Art der Prüfung. Er wußte, daß sein Aussehen die Leute abstieß. Auf eine perverse Art erregte ihn dies.

»Ich hab' Sie schon oft gesehen«, sagte Thorn.

»Sicher. Ich versuche, überall zu sein.«

»Sie sind sehr fleißig.«

»Besten Dank.«

Thorn ging um seinen Schreibtisch herum zu einem kleinen Schränkchen. Dort entkorkte er eine Flasche Brandy. Jennings sah zu, wie er den Kognak in ein Glas füllte. Der Botschafter hielt es ihm hin.

»Mit dem jungen Kerl sind Sie aber gestern abend ganz schön fertiggeworden«, sagte Jennings.

»Meinen Sie?«

»O ja.«

»Ich bin mir nicht so ganz sicher.« Sie schlugen nur die Zeit tot, beide wußte es. Jeder wartete darauf, daß der andere endlich zur Sache kam.

»Ich habe mich auf seine Seite geschlagen«, fügte Thorn hinzu. »Warten Sie mal ab, bald wird mich die Presse einen Kommunisten nennen.«

»Oh ... wir kennen die Presse.«

»Ja.«

»Die tun alles gegen ein gutes Zeilenhonorar.«

»Stimmt.«

Sie tranken ihren Brandy, dann ging Thorn plötzlich zum Fenster und schaute hinaus.

»Sie fahnden nach einem Verwandten?«

»Ja, Sir.«

»Er ist ein Priester namens Tassone?«

»Er ist Priester, aber wie er heißt, weiß ich nicht. Er ist der Bruder meiner Mutter. Sie wurden voneinander getrennt, als sie Kinder waren.«

Thorn sah Jennings an, und Jennings spürte seine Enttäuschung.

»Sie kennen ihn also im Grunde genommen nicht«, sagte der Botschafter.

»Nein, Sir. Ich versuche ihn zu finden.«

Thorn runzelte die Stirn, dann ließ er sich schwer in seinen Sessel fallen.

»Wenn ich fragen dürfte ...«, sagte Jennings vorsichtig. »Vielleicht, wenn ich wüßte, was er geschäftlich mit Ihnen zu tun hatte ...«

»Es ging um ein Hospital. Er wollte ... eine Spende.«

»Was für ein Hospital?«

»Oh, in Rom, glaube ich. Ich bin nicht so ganz sicher.«

»Hat er Ihnen seine Adresse hinterlassen?«

»Nein. Und, ganz offen gesagt, ich fand das reichlich dumm von ihm. Ich hatte versprochen, ihm einen Scheck zu schicken und nun weiß ich nicht, wohin ich ihn schicken soll.«

Jennings nickte. »Dann sitzen wir, vermute ich, im selben Boot.«

»Ja, das ist richtig«, entgegnete Thorn.

»Er kam einfach und ging wieder, nicht wahr?«

»Ja.«

»Und Sie haben ihn nie wiedergesehen?«

Thorn preßte die Zähne aufeinander, und Jennings sah es. Nun war es klar, daß der Botschafter irgend etwas zu verbergen hatte.

»Nie wieder.«

»Ich dachte, er könnte ... vielleicht ... vielleicht könnte er bei einem Ihrer Vorträge anwesend gewesen sein.«

Ihre Blicke begegneten sich. Thorn wußte, daß er nun mitspielen mußte.

»Wie war doch Ihr Name?« fragte Thorn.

»Jennings. Haber Jennings.«

»Mr. Jennings ...«

»Haber ...«

»Haber ...«

Thorn betrachtete das Gesicht des Fotografen, dann glitt sein Blick an ihm vorbei, und er sah wieder zum Fenster hinaus.

»Sir?«

»Ich habe großes Interesse daran, den Mann zu finden. Den Priester, der hier war. Ich fürchte, ich war ziemlich kurz angebunden und ich möchte gern Abbitte leisten.«

»In welcher Weise waren Sie kurz angebunden?«

»Ich habe ihn ziemlich rüde entlassen. Eigentlich habe ich gar nicht richtig gehört, was er mir zu sagen hatte.«

»Ich bin sicher, daß er daran gewöhnt ist. Wenn Leute Sie um Spenden angehen ...«

»Ich möchte ihn zu gern finden. Es ist wichtig für mich.«

Nach dem Gesichtsausdruck Thorns war es bestimmt wichtig für ihn. Jennings wußte, daß er da in irgendeine Sache hineingeschlittert war, doch er hatte keine Ahnung, was es sein könnte.

»Wenn ich ihn entdecke, melde ich mich sofort«, sagte er.

»Würden Sie das bitte tun?«

»Natürlich.«

Thorn nickte ein paarmal und Jennings verstand. Er stand auf, ging zu Thorn und schüttelte ihm die Hand.

»Sie sehen sehr besorgt aus, Herr Botschafter. Ich hoffe nur, die Welt geht nicht gleich jetzt in die Luft.«

»O nein«, erwiderte Thorn lächelnd. »Keine Sorge.«

»Ich bin einer Ihrer Bewunderer. Darum besuche ich möglichst alle Veranstaltungen, bei denen Sie zugegen sind.«

»Vielen Dank.«

Jennings ging auf die Tür zu, doch dann hielt ihn Thorn zurück.

»Mr. Jennings?«

»Sir?«

»Ich wollte nur noch fragen ... Sie haben den Priester persönlich eigentlich nie gesehen?«

»Nein.«

»Sie haben da eine Bemerkung gemacht, daß er bei einem meiner Vorträge gewesen sei. Ich dachte vielleicht ...«

»Bedaure – gesehen hab' ich ihn nicht ...«

»Na schön. Macht nichts.«

Es entstand eine Verlegenheitspause, dann ging Jennings wieder zur Tür.

»Gibt es vielleicht mal eine Möglichkeit, ein paar Bilder von Ihnen zu machen? Ich meine, zu Hause? Mit Ihrer Familie?«

»Ach, das ist im Moment nicht möglich. Leider ...«

»Vielleicht rufe ich Sie mal in ein paar Wochen an.«

»Tun Sie das.«

»Sie werden von mir hören.«

Er ging, und Thorn sah ihm nach. Es war klar, daß der Mann etwas wußte, über das er nicht sprechen wollte. Aber was konnte er möglicherweise von dem Priester wissen?

War es nur ein Zufall, daß ein Mann, mit dem er, Thorn, Kontakt aufgenommen hatte, den Priester suchte, der ihn verfolgte und jagte? Doch so sehr Thorn auch darüber nachdachte – er konnte sich keinen Reim darauf machen. Wie so viele andere Ereignisse in der letzten Zeit, schien auch das wieder nur ein Zufall zu sein, dennoch hatte er das Gefühl, daß in diesen Zufällen irgend etwas Gesetzmäßiges steckte.

8

Für Edgardo Emilio Tassone konnte dieses Leben auf Erden nicht schlimmer sein als das im Fegefeuer. Aus diesem Grunde hatte er, wie so viele andere, bei dem Hexensabbat in Rom mitgemacht. Tassone war portugiesischer Abstammung, Sohn eines Fischers, der auf den großen Bänken vor Neufundland umgekommen war, während die Mannschaft nach Kabeljau fischte. Wenn er an seine Kindheit zurückdachte, stieg ihm der Geruch von Fisch in die Nase. Wie ein Krankheitsgeruch hatte er an seiner Mutter gehangen, und in der Tat war sie an einem Parasiten gestorben, als sie rohen Fisch gegessen hatte, weil sie zu schwach gewesen war, um Holz zum Feuern zu holen.

Mit acht Jahren war Tassone Waise, und man brachte ihn in ein Kloster. Dort, von den Mönchen so lange geschlagen, bis er seine Sünden bekannte, wurde er ›errettet‹. Er hatte sich Christus hingegeben, als er zehn Jahre alt war, aber sein Rücken trug immer noch die Narben von unzähligen Schlägen, denn es hatte lange gedauert, bis ER ihm endlich leibhaftig erschienen war.

So hatte man die Gottesfurcht buchstäblich in ihn hineingeprügelt, und er weihte sein Leben der Kirche, blieb acht Jahre im Seminar und studierte Tag und Nacht die Bibel. Er las von Gottes Liebe und Gottes Zorn, und im Alter von fünfundzwanzig Jahren wagte er den Schritt in die Welt hinaus, um andere vor dem Höllenfeuer zu erretten.

Er wurde Missionar. Er predigte zuerst in Spanien, dann in Marokko das Wort des Herrn. Von Marokko aus ging er in die Südostecke Afrikas, um dort Heiden zu bekehren, und er bekehrte sie auf die gleiche Weise, wie man ihn bekehrt hatte. Er schlug sie, wie er geschlagen worden war, und er entdeckte, daß er in der religiösen Ekstase ein sexuelles Lustgefühl empfand.

Unter den jungen afrikanischen Bekehrten war einer, der zu ihm kam, um ihn anzubeten, und sie teilten die fleischliche Lust miteinander, indem sie die einfachen Gesetze von Mensch und Gott befleckten.

Der Name des Jungen war Tobu. Er war ein Angehöriger des Kikuyu-Stammes.

Als man ihn mit Tassone erwischte, wurde der Junge in

einer Zeremonie verstümmelt, sein Hodensack geöffnet und die Testikel entfernt; der junge Mann wurde gezwungen, sie zu essen, während seine Stammesbrüder zusahen. Tassone selbst war es gerade noch gelungen zu entkommen, aber im Somaliland erfuhr er, daß die Kikuyus einen Mönch der Franziskaner ergriffen und lebend an seiner Stelle gehäutet hatten. Nach der Häutung mußte er laufen, bis er tot umfiel.

Tassone war nach Aden und schließlich nach Djakarta geflohen, aber er spürte Gottes Zorn auf sich, wohin er auch immer ging. Ständig schien der Tod um ihn zu sein. Er traf diejenigen, in deren Gesellschaft oder Begleitung er sich befand, und er fürchtete jeden Augenblick, daß er nun an der Reihe sein müsse. Aus den biblischen Texten wußte er sehr gut, was der Zorn Gottes bedeutete. Er reiste schnell und suchte Schutz vor dem, was, wie er wußte, unvermeidlich kommen mußte. In Nairobi lernte er Pater Spilletto kennen und gestand ihm seine Sünden; Spilletto versprach ihm Schutz und Hilfe, und er nahm ihn sogar mit nach Rom. Und dort, in den Gewölben Roms, wurde er mit dem Dogma der Hölle vertraut gemacht. Die Satanisten hatten sich hier eine Freistätte geschaffen, in der das Urteil Gottes nichts galt. Sie beschäftigten sich mit den Vergnügungen, die ihnen ihr Körper ermöglichte, und Tassone teilte seinen Körper mit anderen, denen dieses verworfene Spiel Vergnügen bereitete. So waren sie eine Gemeinschaft der Ausgestoßenen, die einmütig andere ausstießen. Sie trieben Gotteslästerung und Teufelsanbetung in einem.

In ihrem Geheimbund befanden sich in der Mehrzahl Arbeiter, aber auch einige sehr angesehene Männer. In der Öffentlichkeit führten alle ein respektables Leben, und dies war ihre wertvollste Waffe gegen diejenigen, die Gott anbeteten.

Es war ihre Mission, Furcht und Verwirrung zu stiften, die Männer gegeneinander aufzuhetzen, bis die Zeit des Unheiligen, des Satans, gekommen war. Kleine Gruppen, die *Task Forces* genannt wurden, versuchten wie Terroristen Chaos zu schaffen, wo es nur möglich war. Die Satanisten Roms zogen Vorteile aus den Unruhen in Irland, indem sie die Katholiken und die Protestanten aufeinander hetzten und das Feuer des Religionskrieges schürten. Zwei irische Nonnen, die in dem Geheimbund als B'aalock und B'aalam bekannt waren, hatten sich als Bombenleger in Irland betätigt, aber eine von ihnen, B'aalam, war dann durch eigene Hand umgekommen. Man fand ihre Leiche nach einer Explosion auf dem Marktplatz, schaffte die sterbliche Hülle nach Italien und bestattete sie in dem heiligen Boden von Cerveteri, dem alten etruskischen Friedhof, der heute Cimitero di Sant' Angelo heißt und sich in den Außenbezirken Roms befindet.

Für ihre Ergebenheit dem Satan gegenüber verehrte man B'aalam, indem man sie unter dem Schrein Techulcas, einem etruskischen Teufel-Gott, bestattete. Weit über fünftausend Mitglieder des Bundes waren bei dieser Bestattung anwesend.

Tassone war von der Zeremonie so beeindruckt, daß er alsbald im Geheimbund politisch aktiv wurde. Er versuchte, Ruhm zu erlangen und sich des Vertrauens Spillettos würdig zu erweisen.

Die erste Demonstration dieses Vertrauens geschah im Jahre 1968, als Tassone mit einem anderen Priester von Spilletto nach Südostasien geschickt wurde. Als es ihm dort gelungen war, in dem von den Kommunisten besetzten Teil Kambodschas eine Schar Untergrundkämpfer zu organisieren, ging er mit ihnen nach Südvietnam, um dort den bereits geschlossenen Waffenstillstand zu brechen. Die Nordvietnamesen beschuldigten ihre Brüder aus dem Süden, die Südvietnamesen diejenigen aus Norden, und ein paar Tage, nachdem Tassone aufgetaucht war, schien der so schwer erkämpfte Friede erschüttert.

Der Bund glaubte, durch solche Aktivitäten könnten die Kommunisten ganz Südostasien übernehmen: Kambodscha, Laos, Vietnam, dann Thailand und sogar die Philippinen. Man hoffte, daß bereits in wenigen Jahren die bloße Erwähnung des Wortes ›Gott‹ in der ganzen südöstlichen Hemisphäre als Ketzerei angesehen werden würde.

Die Satanisten feierten ihren Erfolg in Rom, und als Tassone heimgekehrt war, wurde er zu einem Führer seines Kultes. Die Feuer der Unruhe loderten in Afrika, und da Tassone dieses Land gut kannte, schickte ihn Spilletto dorthin, um jede irgendwie revolutionäre Bewegung zu unterstützen. Einer von ihnen brachte sogar Idi Amin, den geistesgestörten afrikanischen Despoten, an die Macht.

Obwohl Amin diesem Tassone, weil er ein Weißer war, nicht über den Weg traute, blieb er so lange dort, bis er es geschafft hatte, daß Amin Präsident der Allafrikanischen Bewegung geworden war.

Es waren größtenteils Tassones Erfolge, die bewirkten, daß die Satanisten in der ganzen Welt auf den Bund in Rom schauten. Tassone hatte schließlich eine Vormachtstellung inne, womit er die politische Richtung und die spiritualen Kräfte lenkte. Geld begann nach Rom zu fließen, und die Stärke der dortigen Satanisten wuchs immer mehr. Rom selbst war eine Stadt, von der ungeheure Wirkungen ausgingen. Es war der Sitz des Katholizismus, der Sitz des westlichen Kommunismus, nun war es auch der Mittelpunkt des Satanismus. Und die Ausstrahlungen über die ganze Welt waren unübersehbar geworden.

Es war zu dieser Zeit, auf der Höhe der satanischen Stärke und der Unruhe in aller Welt, daß die biblischen Symbole ihre Wirkung einzubüßen begannen, daß die inneren Kirchenkämpfe die Menschheit verunsicherten, und so war es eine unausbleibliche Folge, daß sich die Geschicke der Menschheit plötzlich und auf drastische Weise veränderten.

Denn zum dritten Mal seit der Schaffung des Planeten wollte der Böse die Macht auf dieser Erde übernehmen. Die Erfolge seiner Anhänger waren niemals größer gewesen als gerade jetzt. Zweimal war der Versuch gemacht worden, doch die Wachhunde Christi hatten das Untier entdeckt und getötet, ehe es seine Macht entfalten konnte. Diesmal würde es kein Versagen geben. Das Konzept war richtig, der Plan bis zur Perfektion ausgearbeitet.

Es war kein Zufall, daß Spilletto den kleinen, tüchtigen Tassone auserwählte, einer der drei zu sein, der den ungeheuerlichen Plan durchführen sollte. Tassone war loyal, er folgte allen Befehlen ohne das geringste Zögern, ohne Widerspruch. Aus diesem Grunde sollte er die brutalste Rolle übernehmen: die Ermordung jenes Unschuldigen, der in diese Sache verstrickt werden mußte.

Spilletto selbst würde die Ersatzfamilie auswählen, und er sollte auch die Übergabe des Kindes ausführen. Schwester Maria Teresa (die jetzt als Mrs. Baylock auftrat) sollte die Schwängerung überwachen und bei der Geburt behilflich sein. Und Tassone schließlich wurde befohlen, all das Grausige beiseite zu schaffen, das bei diesem Vorgang übrigblieb und in geheiligtem Boden begraben werden mußte.

Mit großer Freude übernahm Tassone seine Aufgabe, denn ihm war klar, daß sein Ruhm nun die Jahrtausende überdauern würde. Man würde sich an ihn erinnern und ihn feiern. Tassone, einst eine ausgestoßene Waise, war jetzt einer der Auserwählten, dem erlaubt wurde, mit dem Teufel selbst in Verbindung zu treten. Doch in den Tagen vor dem Ereignis geschah etwas Seltsames mit ihm: seine körperliche Kraft begann nachzulassen. Die Narben auf dem Rücken begannen wieder zu schmerzen und sie wurden mit jeder zu Ende gehenden Nacht stärker, da er wach im Bett gelegen und verzweifelt Schlaf gesucht hatte. Nächtelang warf er sich im Bett hin und her, und wenn er tatsächlich eine Weile einschlief, dann kamen die Alpträume, die ihn aus dem Schlummer rissen. War er wach, tauchten Fantasiegebilde vor seinen inneren Augen auf, mit denen er sich herumschlug. Oh, es waren grausame Nächte ... grausame Nächte.

Er sah Tobu wieder, den afrikanischen Jungen, der ihn anflehte, der ihn um Hilfe bat. Und er sah den hautlosen Körper eines Mannes ... die Augen hingen aus dem Fleisch heraus, ein lippenloser Mund stieß Schreie aus, doch es ward keine Gnade gewährt.

Tassone sah sich selbst als jungen Burschen, der am Strand sitzend auf die Heimkehr des Vaters wartete; dann sah er seine Mutter auf dem Totenbett, die ihn um Verzeihung bat, weil sie starb und weil sie ihn so jung einem unbekannten Schicksal überlassen mußte.

In jener Nacht erwachte er weinend, als ob er selbst seine Mutter wäre, die um Verzeihung bat, und wenn er wieder in die Abgründe des Schlafes tauchte, dann erschien die Gestalt Christi neben ihm und versicherte, daß ihm vergeben sei. Christus in seiner ganzen jugendlichen Schönheit – der schlanke Körper voller Narben – kniete neben Tassone und sagte ihm, er sei immer noch in der Herrlichkeit des Himmels willkommen. Bereuen ... er müsse nur bereuen.

Diese Alpträume hatten Tassone erschüttert, und Spilletto spürte den Kampf im Innern des Heimgesuchten. Er sprach lange und eindringlich mit ihm, um die Gründe herauszubekommen. Doch Tassone wußte, daß sein Leben in Gefahr war, wenn er Spilletto nur den Hauch eines Zweifels zeigte, und er versicherte ihm, daß er weiterhin bereit sei, das zu tun, was getan werden müsse. Es seien nur die Schmerzen in seinem Rücken, die ihn quälten, sagte er, und Spilletto gab ihm Pillen, die Erleichterung bringen sollten. Von da an bis es geschehen sollte, verbrachte Tassone die Tage und Nächte in einem von Drogen hervorgerufenen Dämmerzustand, und die quälenden Visionen, die ihn gejagt hatten, hörten auf. Christus erschien ihm nicht mehr.

Dann kam die Nacht des sechsten Juni. Der sechste Monat, der sechste Tag, die sechste Stunde. Ein Tag voller Ereignisse, die Tassone bis zum Ende seiner Tage verfolgen würden. Die Ersatzmutter hatte zu heulen begonnen. Schwester Maria Teresa drückte ihr mit Äther getränkte Watte auf die Nase, als die Nachkommenschaft von der Gebärmutter getrennt wurde. Tassone beendete die Arbeit für sie mit dem Stein, den ihm Spilletto gegeben hatte. Er zermalmte den Kopf des Tieres, und diese Tötung bereitete ihn darauf vor, was mit dem menschlichen Kind getan werden mußte.

Aber als das neugeborene Kind zu ihm heruntergebracht wurde, zögerte er, denn es war ein Kind von ungewöhnlicher Schönheit. Er betrachtete beide, die nun Seite an Seite lagen; das blutbedeckte, haarige, und das zarte, weiße, schöne, dessen Augen offen waren und das mit absolutem Vertrauen in seine Augen sah. Er wußte, daß es getan werden mußte, und er tat es auch, aber er tat es nicht gut genug. Noch einmal mußte er es versuchen. Er schluchzte, als er den Deckel des Weidenkorbs öffnete, um das Kind der Thorns noch einmal zu schlagen. Einen Augenblick lang hatte er den Impuls, das Kind in die Arme zu nehmen und mit ihm davonzulaufen. Vielleicht konnte er einen sicheren Platz finden. Doch dann sah er, daß der Schädel des Babys bereits gespalten war, daß es niemals zu einem erwachsenen Menschen werden könne, also schlug er mit dem Stein noch einmal fest zu. Und noch einmal. Und noch einmal. Bis alles still war und der kleine Körper stumm und verstümmelt dalag.

Niemand sah in der Dunkelheit jener Nacht die Tränen, die über Tassones Gesicht strömten; von jener Nacht an sah ihn auch niemals jemand in der Versammlungsstätte oder in der Bruderschaft wieder.

Am frühen Morgen floh er aus Rom. Vier Jahre lang lebte er im Verborgenen. Er ging nach Belgien, wo er unter den

Armen arbeitete, dann gelang es ihm, in einer Klinik angestellt zu werden, wo er Zugang zu den Drogen hatte, die er brauchte – nicht nur, um den Schmerz in seinem Rücken zu stillen, sondern auch, um nicht mehr daran denken zu müssen, was er in Rom getan.

Er lebte allein und sprach mit keinem. Mit der Zeit begann er zu glauben, daß die Schmerzen im Rücken nicht von den Narben stammen konnten. Und als er schließlich in ein Hospital ging, um sich untersuchen zu lassen, wurde das schnell bestätigt. Ein Tumor verursachte die Schmerzen in seinem Rücken; es war eine bösartige, inoperable Geschwulst, die auf sein Rückgrat drückte.

Jetzt war es für Tassone Zeit, sich auf das Sterben vorzubereiten, und jetzt trieb es ihn auch danach, die Vergebung Gottes zu suchen. Christus war die Güte. Christus würde ihm vergeben. Er würde sich dieser Vergebung würdig erweisen, indem er versuchte, alles, was er getan, ungeschehen zu machen.

Er nahm die ganze Kraft zusammen, die ihm noch geblieben war, und reiste nach Israel. In seinem armseligen Gepäck befanden sich acht Violen Morphium, um die grausamen Schmerzen in seinem Rücken zu stillen. Es war ein Mann namens Bugenhagen, der im Jahre 1092 die erste Nachkommenschaft des Satans entdeckte und über die Möglichkeiten berichtete, diesen Abkömmling zu töten. Im Jahre 1710 war es wieder ein Bugenhagen, der das zweite Auftauchen Satans in dieser Welt herausfand und den Abkömmling so zurichtete, daß er keine irdische Macht mehr ausüben konnte. Sie waren religiöse Eiferer, diese ›Wachhunde Christi‹; ihre Mission war es, den Unheiligen davon abzuhalten, Besitz von der Erde zu ergreifen.

Sieben Monate brauchte Tassone, um den letzten der Bugenhagens zu finden, denn er lebte in der Dunkelheit einer unterirdischen Festung. Hier wartete er, genau wie Tassone, auf den Tod, gequält von den Plagen des Alters, verstört durch das Wissen, daß er versagt hatte. Er, wie so viele andere, hatte den Zeitpunkt gekannt, doch er war der Tatsache gegenüber hilflos, daß der Sohn des Satans zur Welt gebracht wurde.

Tassone verbrachte nur sechs Stunden mit dem alten Mann. Er erzählte ihm die ganze Geschichte, vor allem seine

Rolle bei der Geburt. Voller Verzweiflung hörte ihm Bugenhagen zu, als der Priester ihn um Hilfe bat. Aber er mußte sie ihm verweigern. Er war in seiner Festung eingekerkert und unfähig, die Flucht nach draußen zu wagen. Man müsse, sagte er, jemanden zu ihm bringen, der in der Welt des Kindes lebe.

Obwohl Tassone befürchtete, daß seine Zeit nicht mehr ausreichte, machte er sich auf den Weg nach London, um Thorn zu suchen und ihn zu überzeugen, daß etwas getan werden müsse. Er betete, daß Gott mit ihm sei, doch er fürchtete, daß der Satan ihm zuvorkomme.

Aber er wußte, wie der Teufel arbeitet. Und so tat er alles, damit er am Leben blieb, bis er Thorn finden und ihm seine Geschichte erzählen konnte. Erreichte er das, dann würde man ihm Absolution erteilen und ihn in das himmlische Reich aufnehmen.

Zuerst mietete er sich ein Ein-Zimmer-Flat in Soho und machte eine Festung daraus, die so sicher war wie eine Kirche. Seine Waffe war die Heilige Schrift. Jeden Zentimeter der Wand beklebte er damit, sogar die Fenster. Immer wieder riß er Seiten aus der Bibel. Siebzig Bibeln benötigte er dazu, bis alles getan war. Überall hingen Kreuze. Niemals wagte er es, ohne sein Kruzifix auszugehen, das er mit den Partikeln eines zerbrochenen Spiegels beklebt hatte, damit es das Sonnenlicht reflektierte, wenn er das Zeichen Gottes umgehängt hatte.

Doch er entdeckte, daß es schwierig war, Thorn zu erreichen, und der Schmerz in seinem Rücken wurde immer unerträglicher. Die einzige Begegnung mit Thorn hatte zu nichts geführt. Er hatte den Botschafter brüskiert und war gewissermaßen gefeuert worden.

Nun folgte er ihm überall hin, und seine Verzweiflung wuchs. Unlängst beobachtete er den Botschafter, als dieser inmitten einer Gruppe von Würdenträgern den Grundstein zu einem Hause im Armenviertel von Chelsea legte.

»Ich bin stolz darauf, dieses einmalige Projekt fördern zu dürfen . . .«, rief Thorn und der Wind trieb seine Worte über die hundertköpfige Zuschauermenge hinweg. »Weil es den Willen der Gemeinde selbst bekundet, die Lebensqualität dieser Leute zu verbessern!«

Mit diesen Worten stieß er eine Schaufel in die Erde. Eine

Akkordeonband spielte eine Polka, während Thorn mit den Ehrengästen zur Absperrung schritt, hinter der die Leute sich drängten, um ihnen die Hände zu schütteln. Ja, Jeremy Thorn war ein vollendeter Politiker, ein Mann, der die Öffentlichkeit nicht scheute und den Beifall der Menge sehr wohl zu genießen wußte. An der Absperrung angelangt, gab er sich Mühe, jede einzelne Hand – auch wenn sie schmutzig war – zu schütteln, und es machte ihm gar nichts aus, seine Wange dem einen oder andern zum Kuß hinzustrecken.

Aber plötzlich wurde er festgehalten und resolut an den Zaun herangezerrt.

»Morgen«, keuchte Tassone in die erschreckten Augen des Botschafters. »Ein Uhr. Kew Gardens . . .«

»Lassen Sie mich los!« rief Thorn.

»Fünf Minuten. Dann werden Sie mich niemals wiedersehen.«

»Nehmen Sie die Hände . . .«

»Ihre Frau ist in Gefahr. Sie wird sterben, wenn Sie nicht kommen.«

Als Thorn sich losriß, war der Priester plötzlich verschwunden. Wie paralysiert stand der Botschafter da und starrte in lauter fremde Gesichter, während das grelle Licht der Blitzlichter seine Augen blendete.

Lange hatte sich Thorn überlegt, was er mit dem Priester tun sollte. Natürlich konnte er an seiner Stelle die Polizei hinschicken. Er konnte Tassone festnehmen lassen. Aber die Anklage würde auf Belästigung lauten und Thorn würde ohne Zweifel als Zeuge erscheinen müssen. Man würde den Priester verhören. Die Sache konnte an die Öffentlichkeit getragen werden. Die Zeitungen würden sich darauf stürzen und Kapital aus den Aussagen eines offensichtlich geisteskranken Mannes schlagen. Nein, das durfte nicht geschehen! Jetzt nicht und niemals.

Aber er kannte keinen Weg, wie er erfahren sollte, was der Priester zu sagen hatte. Ohne Zweifel stand die Sache in Verbindung mit der Geburt des Kindes. Welch ein makabrer Zufall, daß auch dies ein Geschehen war, das Thorn als das größte Geheimnis seines Lebens zu hüten hatte. Freilich, er konnte einen Boten schicken, gewissermaßen als Alternative zur Polizei. Man konnte diesem Mann Geld zustecken, man konnte ihm aber auch drohen, daß er künftig die Nähe des Botschafters mied. Doch dies bedeutete auch, daß ein Außenstehender in die Affäre verwickelt wurde.

Er dachte an Haber Jennings, und er wäre fast dem ersten Impuls gefolgt, ihn anzurufen und ihm zu sagen, daß er den Mann entdeckt habe, den er suchte.

Aber es war besser, dies nicht zu tun. Denn es gab nichts Gefährlicheres, als sich in einer solchen Angelegenheit an einen Pressemann zu wenden. Er wünschte, es gäbe *irgend jemanden.* Irgend jemanden, dem er sich anvertrauen konnte. Denn in Wahrheit hatte er Angst. Angst vor dem Wissen des Priesters.

Heute hatte Thorn den eigenen Wagen genommen. Er erklärte Horton, er wolle eine Weile allein sein und so fuhr er den ganzen Morgen willkürlich durch die Straßen. Er wagte nicht, in sein Büro zu gehen, weil er befürchtete, jemand könnte ihn fragen, wo er seinen Lunch einnehme. Einmal dachte er daran, den Priester ganz einfach zu ignorieren, denn es war durchaus möglich, daß der Mann mit der Zeit das Interesse an ihm verlor und sich aus dem Staub machte. Aber das war keine befriedigende Lösung, denn Thorn selbst suchte inständig die Konfrontation.

Er wollte dem Mann ins Gesicht sehen und hören, was er zu sagen hatte. Er hatte behauptet, Katherine befinde sich in Gefahr, sie würde sterben, wenn Thorn nicht kam. Natürlich war es möglich, daß sich Katherine in Gefahr befand, aber es schmerzte Thorn, daß dieser Mann auch sie in diese dunkle Geschichte verwickelte.

Thorn kam Punkt 12 Uhr 30 zum Treffpunkt; er parkte am Straßenrand und wartete gespannt in seinem Wagen. Nur langsam verging die Zeit. Er hörte die Nachrichten, ohne sich richtig darauf zu konzentrieren, denn wie immer ging es um Spanien, Libanon, Laos, Belfast, Angola, Zaire, Israel und Thailand. Man konnte buchstäblich mit geschlossenen Augen einen Atlas aufschlagen und mit dem Finger irgendwo hindeuten, um im Umkreis weniger Zentimeter ein Land zu finden, das die Augen der Weltöffentlichkeit auf sich zog. Je länger der Mensch die Erde bevölkerte, so schien es, desto kürzer wurde die Frist ihrer Bewohnbarkeit. Die Zeitbombe tickte. Irgendwann wird es zum Knall kommen. Plutonium war jetzt fast für jeden verfügbar und damit konnten selbst die kleinsten Länder sich für einen Atomkrieg bewaffnen.

Natürlich bedeutete das für viele Selbstmord. Sie hatten nichts zu verlieren, aber sie würden bei ihrem Kampf den Rest der Welt mit in den Tod ziehen. Dann dachte Thorn an die Wüste Sinai, an das Gelobte Land. Er fragte sich, ob Gott wußte, daß es auch dort die Zeitbombe gab, obgleich er dieses Land eigentlich Abraham versprochen hatte.

Er warf einen Blick auf die Uhr am Armaturenbrett. Es war genau 13 Uhr. Er verließ den Wagen und betrat mit festen Schritten den Park. Um nicht erkannt zu werden, hatte er einen Regenmantel angezogen und eine dunkle Brille aufgesetzt, aber diese Tarnung erhöhte nur seine Besorgnis, als er den Priester suchte.

Und dann entdeckte er ihn und blieb wie erstarrt stehen. Er mußte sich zum Weitergehen geradezu zwingen. Tassone saß auf einer Bank. Sein Rücken war ihm zugekehrt. Thorn hätte jetzt leicht davongehen können, ohne gesehen zu werden, und dennoch ging er weiter. Er schlug einen Kreis um den Priester, um sich ihm von vorn zu nähern.

Tassone begann zu zittern, als Thorn plötzlich vor ihm auftauchte. Sein Gesicht war angespannt und Schweiß bedeckte die Stirn, als ob er unerträgliche Schmerzen erlitte. Schweigend standen sie einander gegenüber.

»Ich hätte die Polizei mitbringen sollen«, sagte Thorn kurz angebunden.

»Die könnte Ihnen nicht helfen.«

»Fangen Sie schon an. Sagen Sie, was Sie zu sagen haben.«

Tassones Augenlider flatterten, seine Hände begannen zu zittern. Er stand sichtlich unter hohem Streß. Er schien nicht dagegen ankämpfen zu können.

»Wenn die Juden nach Zion zurückkehren . . .«, flüsterte er.

»Was?«

»Wenn die Juden nach Zion zurückkehren. Ein Komet wird am Himmel erscheinen. Und das Heilige Römische Reich wird auferstehen. Dann müssen wir sterben. Sie und ich.«

Thorn war wie vom Schlag gerührt. Der Mann war wirklich verrückt. Es war irgendeine Stelle aus einem Gedicht, die er zitierte. Sein Gesicht sah aus, als ob er in Trance sei. Seine Stimme klang schrill.

»Aus dem Meer der Ewigkeit wird Er auferstehen. Armeen wird Er an jeder Küste zusammenrufen. Der Mensch wird sich gegen seinen Bruder wenden. Bis keiner mehr existiert!«

Thorn beobachtete, wie der Körper des Priesters zu erbeben begann, wie er darum kämpfte, sich verständlich zu machen.

»In der Offenbarung ist es vorausgesagt worden!« stieß er hervor.

»Ich bin nicht hergekommen, um mir eine religiöse Predigt anzuhören.«

»Wenn Satan eine menschliche Persönlichkeit ganz und gar in seinem Besitz hat, wird er seinen letzten und erfolgreichsten Kampf eröffnen. Das Buch Daniels, das Buch Lukas ...«

»Sie sagten, meine Frau sei in Gefahr?«

»Gehen Sie in die Stadt Meggido«, sagte Tassone. »In die alte Stadt Jesreel. Suchen Sie dort nach dem alten Mann Bugenhagen. Er allein kann Ihnen sagen, wie das Kind sterben muß.«

»Nun hören Sie mal zu ...«

»Er, der nicht vom Lamm errettet werden wird, wird von dem wilden Tier in Stücke gerissen!«

»Hören Sie auf!«

Tassone schwieg, mühsam hob er eine zitternde Hand, um den Schweiß abzuwischen, der sich auf seiner Stirn angesammelt hatte.

»Ich bin hier«, sagte Thorn ruhig, »weil Sie sagten, meine Frau sei in Gefahr.«

»Ich hatte eine Vision, Mr. Thorn.«

»Sie sagten, meine Frau ...«

»Sie ist schwanger!«

Thorn starrte ihn verblüfft an.

»Sie irren sich.«

»Ich glaube, daß sie schwanger ist.«

»Sie ist es nicht.«

»Er wird nicht erlauben, daß das Kind geboren wird. Er wird es umbringen, während es im Mutterleib schlummert.«

Der Priester stöhnte, der Schmerz in seinem Rücken war ungeheuerlich.

»Wovon sprechen Sie eigentlich?« fragte Thorn atemlos.

»Von Ihrem *Sohn,* Mr. Thorn. Dem *Sohn Satans!* Er wird das ungeborene Kind töten und dann wird er Ihre Frau töten! Und wenn er ganz sicher ist, daß er alles erben wird, was Ihnen gehört, dann, Mr. Thorn, wird er auch *Sie* töten!«

»Nun reicht's mir aber!«

»Und mit Ihrem Reichtum und Ihrer Macht wird er hier auf Erden sein falsches Königreich errichten und seine Befehle direkt von Satan erhalten.«

»Sie sind *verrückt«,* zischte Thorn.

»Er muß *sterben,* Mr. Thorn!«

Der Priester keuchte. Eine Träne löste sich aus seinem Auge. Unfähig, sich zu bewegen, starrte Thorn ihn an.

»Bitte, Mr. Thorn . . .«

Der Priester weinte.

»Sie haben um fünf Minuten gebeten . . .«

»Gehen Sie in die Stadt Meggido«, flehte Tassone. »Besuchen Sie Bugenhagen, bevor es zu spät ist!«

Thorn schüttelte den Kopf, er wies mit einem zitternden Finger auf den Priester.

»Ich habe Ihnen zugehört. Und jetzt . . .«, drohte er, »jetzt werden Sie mir zuhören. Sollten Sie mir noch einmal über den Weg laufen . . . dann lasse ich Sie festnehmen.«

Er drehte sich um; er wollte gehen. Aber mit tränenüberströmtem Gesicht lief Tassone hinter ihm her.

»Sie werden mich in der Hölle sehen, Mr. Thorn. Dort werden wir unsere Sünden abbüßen!«

Einen Augenblick später war Thorn verschwunden. Tassone saß allein auf der Bank, er hatte den Kopf auf die Hände gestützt. Eine Weile blieb er so sitzen. Er wartete darauf, daß die Tränen versiegten. Aber er weinte immer noch. Es war vorbei und er hatte versagt.

Langsam erhob er sich. Er sah sich im Park um. Jetzt war er erschöpft und ruhig. Irgendwie war diese Stille schrecklich. Es war, als ob er in einem Vakuum stünde und er hielt den Atem an.

Dann hörte er den Laut. Zuerst ganz in der Ferne, doch allmählich wurde es lauter und lauter, intensiver und intensiver, bis alles ringsum nur noch dröhnte.

Es war der Ruf des Unheiligen, und er wurde noch einmal lauter. Tassone griff nach seinem Kruzifix. Sein Atem ging schnell und kurz, während er sich ängstlich im Park umsah. Der Himmel verdunkelte sich. Ein Wind kam auf. Er wurde stärker und stärker, bis die Bäume stöhnten unter seiner Gewalt.

Mit beiden Händen das Kreuz umfassend, begann Tassone sich zu bewegen. Er suchte den Schutz der Häuser, doch der Sturm kannte kein Erbarmen. Papier und Abfälle wirbelten durch die Luft, während er die Augen schloß und dem Entsetzlichen zu entfliehen versuchte.

Drüben auf der anderen Seite der Straße war eine Kirche zu sehen, wie aber sollte er das Gotteshaus erreichen, da der Sturm zum Orkan anschwoll? Tassone beugte sich vor, er kämpfte sich auf diese Weise vorwärts, um irgendeinen Halt, einen Unterschlupf zu suchen.

Und der Ruf des Satans dröhnte in seinen Ohren – oder war's wirklich nur das Heulen des Windes? Tassone stöhnte vor Erschöpfung, doch kämpfte er weiter – vor sich eine Wolke wirbelnden Staubs, die jede Sicht verschleierte.

Er sah den Lastwagen nicht, der auf ihn zukam, noch hörte er ihn, bis auf ein kurzes Quietschen der schweren Reifen, als der Wagen wenige Zentimeter vor ihm, in die Reihe der parkenden Wagen raste und sich überschlug.

Leute schrien. Leute liefen an Tassone vorbei auf den Lastwagen zu. Gegen das Fenster lehnte der blutüberströmte Kopf des Fahrers. Donner grollte am Himmel, als Tassone mitten auf der Straße stand und vor Angst wimmerte. Ein Blitz zuckte über die Kirche, und Tassone drehte sich um, um wieder in den Park zurückzulaufen.

Plötzlich begann es zu regnen. Verzweifelt lief Tassone weiter, während die Blitze um ihn zuckten. Ein Blitz schlug in einen großen Baum und zerschmetterte ihn ganz und gar.

Tassone fiel in den Dreck. Weinend versuchte er, wieder auf die Beine zu kommen, als ein Blitz in die Parkbank neben ihm fuhr. Feuer loderte auf. Er schlug sich durch die Büsche und gelangte zu einer kleinen Seitenstraße. Aber die Blitze verfolgten ihn. Einer fuhr in einen Briefkasten und schleuderte ihn durch die Luft, bis er schließlich wie eine leere Sardinendose über den Boden schepperte.

Schluchzend taumelte der kleine Priester weiter. Seine

Augen starrten in den zornigen Himmel. Der Regen brannte auf seinem Gesicht. Die Stadt vor ihm lag hinter einem undurchsichtigen Wasserschleier.

Überall suchten die Londoner Schutz. Fest wurden die Fenster geschlossen. Sechs Häuserblocks weiter mühte sich eine Lehrerin mit einem altmodischen Fenster ab, und während der Regen aus den Wolken brach, guckten ihre kleinen Schülerinnen neugierig durch die Scheiben.

Sie hatte niemals von einem Priester Tassone gehört, noch wußte sie, daß ihr Schicksal im nächsten Augenblick mit dem seinen verbunden sein wird. In diesem Augenblick näherte sich Tassone ihr aus einem unverständlichen Grunde. Atemlos taumelte er den schmalen Alleeweg entlang . . . ohne ein Ziel. Er wollte nur dem Strafgericht entfliehen, das ihn verfolgte. Fern am Horizont zuckten noch Blitze, doch Tassone hatte keine Kraft mehr. Sein Herz schmerzte, als er um eine Ecke taumelte und vor einem Gebäude stehenblieb. Sein Mund war geöffnet, verzweifelt versuchte er, seine Lungen mit Luft zu füllen. Seine Augen waren auf den Park gerichtet, der immer wieder von den Blitzen erhellt und vom Donner überrollt wurde. Er dachte nicht daran, nach oben zu sehen, als über ihm sich plötzlich etwas bewegte. Über ihm, im dritten Stock, löste sich eine Fensterschließstange, die Hände einer Frau griffen danach, doch sie konnte sie nicht mehr fassen, und die Stange fiel nach unten, die Metallspitze durchschnitt die Luft wie ein Speer. Und wie ein Speer fuhr diese Stange hinein in den Kopf des Priesters. Sie zerschmetterte seinen Schädel, sie durchschnitt seinen ganzen Körper. Wie von einem Spieß durchbohrt lag Tassone da.

Mit ausgebreiteten Armen lag er am Boden. Kein Mensch mehr, höchstens eine leblose Marionette . . .

Der Sommerregen hatte plötzlich aufgehört.

Aus dem dritten Stockwerk des Schulhauses steckte eine Lehrerin den Kopf aus dem Fenster und begann zu schreien. Und auf der anderen Straßenseite zogen ein paar Leute die Leiche des Fahrers aus einem zerschmetterten Lastwagen. Auf seiner Stirn war der blutige Abdruck des Lenkrades zu sehen, gegen das er geflogen war.

Als die Wolken sich teilten und die strahlende Sonne Häuser und Straßen in gleißendes Licht tauchte, versammelte sich in schweigender Neugier eine kleine Gruppe von Kindern um die Gestalt des toten Priesters, dessen erstarrter Mund noch den Ausdruck völliger Verwirrung trug. Eine Pferdefliege kam dahergesurrt und ließ sich im toten Gesicht Tassones nieder.

Am folgenden Morgen holte Horton die Zeitungen vom Außentor und brachte sie in das Zimmer, in dem Thorn und Katherine frühstückten. Als er wieder ging, bemerkte Horton, daß Mrs. Thorns Gesichtszüge immer noch angespannt waren. So sah sie jetzt seit Wochen aus, und er war sicher, daß es irgend etwas mit ihren regelmäßigen Fahrten nach London zu tun hatte, wo sie ihren Arzt besuchte.

Zuerst hatte er angenommen, daß es sich bei ihren Arztbesuchen um die Behandlung eines körperlichen Leidens handle, doch dann sah er auf den Schildern in der Lobby des Gebäudes, daß dieser Dr. Greer ein Psychiater war. Horton selbst hatte nie das Bedürfnis gehabt, einen Psychiater aufzusuchen, er kannte auch keinen, und irgendwie hatte er das Gefühl, daß diese Ärzte bloß da waren, um die Leute verrückt zu machen. Wenn man in den Zeitungen las, daß Menschen Selbstmord begangen hatten, dann stand in diesen Artikeln oft, daß sie zuvor bei einem Psychiater gewesen waren. Ursache und Wirkung waren ihm völlig klar in solchen Fällen.

Nun, da er Mrs. Thorn beobachtete, schien sich seine Theorie zu bestätigen. Ganz gleich, wie fröhlich sie auf der Fahrt in die Stadt erschien – auf dem Heimweg sprach sie kaum ein Wort, und immer saß sie ganz zusammengesunken da.

Seit die Arztbesuche begonnen hatten, war ihre Stimmung immer düsterer geworden, und jetzt stand sie ganz klar unter Streß. Ihre Beziehungen zu den Angestellten beschränkten sich auf kurze Befehle, und ihre Beziehungen zu ihrem Kind waren noch schwieriger geworden.

Besonders unglücklich war, daß nun das Kind selbst begann, die Gesellschaft der Mutter zu suchen. Jene Wochen, da sie alles getan hatte, um seine Zuneigung zu erwerben, hatten ihre Wirkung gehabt. Jetzt aber, wenn Damien sie suchte, war sie nirgends zu finden.

Die Behandlung, der sich Katherine unterzog, machte sie nur noch unruhiger. Es war, als hätte man bis jetzt nur die

Oberfläche ihrer Ängste angekratzt und darunter eine bodenlose Grube entdeckt, die randvoll mit Sorge und Verzweiflung war. Das Leben, das sie führte, war eine einzige Verwirrung, und sie hatte manchmal das Gefühl, als ob sie nicht mehr wüßte, wer sie eigentlich sei. Sie erinnerte sich, wer sie gewesen war und was sie einst gewollt hatte, doch das war jetzt alles verschwunden, und es schien für sie keine Zukunft mehr zu geben.

Die einfachsten Dinge erfüllten sie mit Angst: das Klingeln des Telefons, die Rufe der Angestellten, ein Lachen oder das Pfeifen des Teekessels ... es war, als ob all das sich in ihr Herz bohrte.

Schließlich hatte sie einen Punkt erreicht, wo der Mensch dem Leben nicht mehr gewachsen war. Jeden Tag brauchte sie mehr Mut, um sich so zu geben, wie man es von ihr erwartete.

Mut brauchte sie auch an diesem Tag – viel, viel mehr Mut als sonst, denn sie hatte eine Entdeckung gemacht, bei der sofort gehandelt werden mußte. Es bedeutete eine Aussprache mit ihrem Mann, und sie hatte Angst davor. Und dann war noch der Junge da. Er hatte es sich zur Gewohnheit gemacht, sich jeden Morgen in ihrem Zimmer herumzutreiben, wobei er versuchte, ihre Aufmerksamkeit zu wecken: gerade heute fuhr er mit einem Plastikautomobil über den Parkettboden in dem sogenannten Sonnenzimmer, bumste ständig gegen ihren Sessel, pfiff und fauchte wie eine Lokomotive, auf die ihn seine Fantasie gesetzt hatte.

»Mrs. Baylock?!!!« rief Katherine.

Thorn, der ihr gegenüber saß und die Zeitung in der Hand hielt, zuckte zusammen, als er die Wut in ihrer Stimme vernahm.

»Ist etwas?« fragte er.

»Damien. Ich kann den Lärm nicht aushalten.«

»Ach, so schlimm ist es doch gar nicht ...«

»Mrs. Baylock!« rief sie.

Das Kindermädchen kam dahergeschnauft.

»Ma'am?«

»Nehmen Sie ihn hier raus!« befahl Katherine.

»Er spielt doch nur«, widersprach Thorn.

»Ich habe gesagt, er soll rausgehen!«

»Ja, Ma'am«, antwortete Mrs. Baylock.

Sie nahm Damien bei der Hand und führte ihn aus dem Zimmer. Der Junge drehte sich um, sah seine Mutter an und seine Augen waren dunkel vor Schmerz. Thorn sah es und wandte sich verzweifelt an Katherine. Sie führte einen Bissen zum Mund. Sie wich seinem Blick aus.

»Warum haben wir eigentlich ein Kind, Katherine?«

»Unser Ebenbild«, entgegnete sie ironisch.

»Was?«

»Wieso könnten wir kein Kind haben, Jeremy? Wer hat jemals davon gehört, daß eine schöne Familie kein schönes Kind haben könnte?«

Einen Augenblick lang sah Thorn sie schweigend an. Ihm gefiel ihr Ton nicht.

»Katherine . . .«

»Stimmt doch, nicht wahr? Wir haben nie daran gedacht, wie es sein würde, einmal ein Kind großzuziehen. Wir haben immer nur daran gedacht, wie – mit Kind – unsere Bilder in den Zeitungen aussehen könnten.«

Thorn war verblüfft, aber diesmal erwiderte sie seinen Blick.

»Es stimmt doch, nicht wahr?« fragte sie.

»Bringt dir vielleicht dein Doktor solche Dinge bei?«

»Ja.«

»Dann halte ich es für besser, wenn ich mal ein Wörtchen mit ihm rede.«

»Ja, er möchte ohnehin mit dir sprechen.«

Ihr Benehmen war direkt und kalt. Instinktiv hatte Thorn Angst davor, was sie nun noch alles sagen könnte.

»Worum geht es denn?« fragte er.

»Wir haben ein Problem, Jeremy«, sagte sie.

»Ja?«

»Ich will keine Kinder mehr. Niemals.«

Thorns Blicke suchten ihr Gesicht, er wartete, daß sie mehr sagte.

»Bist du damit einverstanden?« fragte sie.

»Wenn es bloß das ist, was du willst . . .«, entgegnete er.

»Dann stimmst du also einer Abtreibung zu?«

Thorn war bestürzt. Sein Mund öffnete sich. Wie betäubt saß er da.

»Ich bin schwanger, Jeremy. Ich habe es gestern morgen entdeckt.«

Minutenlange Stille. In Thorns Kopf drehte sich alles.

»Hast du mich verstanden?« fragte Katherine.

»Wie kann denn das möglich sein?« flüsterte Thorn.

»Ich nehme doch nicht die Pille, ich trage eine Spirale. Manchmal passiert halt so etwas.«

»Du bist schwanger?« keuchte er.

»Gerade am Anfang.«

Thorns Hände zitterten, als er auf den Tisch starrte.

»Hast du es jemandem gesagt?« fragte er.

»Nur Dr. Greer.«

»Bist du ganz sicher?«

»Daß ich es nicht behalten möchte?«

»Daß du schwanger bist.«

»Ja.«

Unbeweglich blieb Thorn sitzen. Sein Blick wanderte durchs Zimmer, als ob er eine Antwort suchte. Neben ihm klingelte das Telefon, und automatisch griff er zum Hörer.

»Ja?«

Er schwieg einen Augenblick, er erkannte die Stimme nicht. »Ja, das ist er.« Verstört sah er Katherine an. »Was? Wer ist da? Hallo? Hallo?«

Der Anrufer legte auf. Unbeweglich und mit starrem Blick saß Thorn da.

»Was war denn das?« fragte Katherine.

»Irgend etwas wegen der Zeitungen . . .«

»Wieso irgend etwas wegen der Zeitungen?«

»Jemand hat mich angerufen . . und gesagt . . . ich solle sie heute lesen.«

Er betrachtete die zusammengefalteten Zeitungen auf dem Tisch vor ihm und öffnete sie langsam. Plötzlich fuhr zu zusammen. Er hatte das Foto auf der ersten Seite entdeckt.

»Was ist das?« fragte Katherine. »Was ist los?«

Er war unfähig, ihr zu antworten. Sie nahm ihm die Zeitung aus der Hand, dann betrachtete sie das Foto eines Priesters, dessen Körper von einer Eisenstange durchbohrt war. Unter dem Bild stand: PRIESTER AUF TRAGISCHE WEISE GETÖTET.

Katherine sah Jeremy forschend an. Er zitterte. Verwirrt ergriff sie seine Hand. Sie war kalt.

»Jeremy . . .«

Steifbeinig erhob sich Thorn, dann ging er auf die Tür zu, um das Zimmer zu verlassen.

»Hast du ihn gekannt?« fragte Katherine.

Aber er antwortete nicht. Wieder betrachtete Katherine das Bild, und als sie den Artikel zu lesen begann, hörte sie, wie Thorns Auto ansprang und davonbrauste.

Für Mrs. James Akrevian, Lehrerin in der dritten Klasse der *Bishops Industrial School,* hatte der Tag wie jeder andere begonnen. Es war Freitag, und als es zu regnen anfing, ließ sie gerade ihre Klasse die Bücher aufschlagen, um die Schüler laut vorlesen zu lassen. Obgleich es nicht ins Klassenzimmer hineinregnete, versuchte sie das Fenster zu schließen, weil der prasselnde Regen zuviel Lärm verursachte Sie hatte sich schon etliche Male über die altertümlichen Fenster beschwert, denn sie konnte nicht einmal mit der Fensterschließstange die obersten erreichen, sondern brauchte dazu auch noch einen Stuhl. Da es ihr nicht gelang, den Haken der Stange zwischen den Metallring des Fensters zu bringen, schob sie die Stange nach außen und versuchte, die untere Kante des Fensters zu erreichen, um es heranzuziehen. Aber die Stange entschlüpfte ihrem Griff, fiel aus dem Fenster und traf diesen Passanten, der wahrscheinlich gerade Schutz vor dem Regen suchen wollte.

Der Name des Toten wird wahrscheinlich von der Polizei erst dann veröffentlicht werden, wenn sie Verbindung mit seinen Angehörigen aufgenommen hat.

Katherine wußte nicht, was sie damit anfangen sollte. Sie rief Thorns Büro an und hinterließ, er möchte sie anrufen, sobald er dort auftauchte. Offensichtlich war er aber nicht ins Büro gegangen, denn um die Mittagszeit hatte er immer noch nicht angerufen. Sie telefonierte mit Greer, dem Psychiater, aber dieser war zu beschäftigt und konnte nicht an den Apparat kommen. Schließlich rief sie das Hospital an, um sich für eine Abtreibung anzumelden.

9

Nachdem er das Foto des Priesters gesehen hatte, fuhr Thorn sofort nach London. Seine Gedanken überschlugen sich. Er wußte nicht, wo er zuerst anfangen sollte.

Katherine war tatsächlich schwanger. Der Priester hatte recht gehabt. Nun mußte er auch all das andere ernst nehmen, das Tassone gesagt hatte. Er versuchte sich an ihre Begegnung im Park zu erinnern: – an all die Namen und an die Orte, die er aufsuchen sollte. Er versuchte sich zu beruhigen, sich mit dem zu beschäftigen, was in den letzten Minuten geschehen war. An die Unterhaltung mit Katherine ... an jenen anonymen Anruf.

»Lesen Sie die Zeitungen«, hatte die Stimme gesagt. Diese Stimme war ihm vertraut, doch Thorn wußte nicht, zu wem sie gehörte. Wer um alles in der Welt wußte, daß er etwas mit dem Priester zu tun hatte? Der Fotograf! Es war seine Stimme gewesen. Die Stimme Haber Jennings!

Thorn fuhr ins Büro und sagte, er müsse sich mit wichtigen Arbeiten beschäftigen und wolle ungestört bleiben. Und dann bat er durch die Gegensprechanlage seine Sekretärin, eine Verbindung mit Haber Jennings herzustellen. Sie versuchte es, doch Jennings hatte auf seinem Anrufbeantworter hinterlassen, er sei jetzt nicht zu erreichen. Sie meldete es Thorn und erwähnte den Anrufbeantworter.

Thorn ließ sich die Nummer geben und wählte selbst. Er wollte noch einmal Jennings Stimme hören ... sie war es tatsächlich! Es war die Stimme, die ihn angerufen hatte. Doch warum hatte er sich nicht zu erkennen gegeben? Was für ein Spiel spielte er?

Wenige Minuten später teilte man Thorn mit, Katherine habe angerufen, aber er zögerte den Rückruf hinaus. Sie würde bestimmt mit ihm über die Abtreibung sprechen wollen, und er war nicht bereit, ihr eine Antwort darauf zu geben.

»Er wird es töten.« Ganz deutlich erinnerte sich Thorn an die Worte des Priesters. »Er wird es noch im Mutterleib töten.«

Thorn suchte nach der Telefonnummer von Dr. Charles Greer und erklärte ihm, er komme sofort, denn es handele sich um eine Angelegenheit von höchster Wichtigkeit.

Es war keine Überraschung für Dr. Greer, daß Thorn zu ihm kommen wollte, denn er hatte die Verschlechterung im Zustand Katherines wohl bemerkt. Es gab eine feine Grenze zwischen Angst und Verzweiflung, und ein paarmal hatte er erlebt, daß sie diese Grenze nach dieser oder jener Seite überschritten hatte. Die Angstgefühle konnten so stark werden, daß ein Selbstmordversuch nicht auszuschließen sei.

»Man weiß niemals, wie tief diese Angst geht«, sagte er zu Thorn, als ihm der Botschafter in seiner Praxis gegenübersaß. »Ich will ganz offen zu Ihnen sein. Ich glaube nicht, daß ich hier meine ärztliche Schweigepflicht überschreite, wenn ich Ihnen sage, daß sie sich in einem Zustand befindet, in dem sie durchaus ernsthafte emotionale Schwierigkeiten bekommen könnte.«

Aufrecht und angespannt saß Thorn auf einem hochlehnigen Stuhl, während der junge Psychiater im Zimmer umherging und seine Pfeife rauchte.

»Es ist also schlimmer geworden?« fragte Thorn mit zitternder Stimme.

»Lassen Sie uns sagen, es entwickelt sich in dieser Richtung.«

»Und es gibt nichts, was Sie tun könnten?«

»Ich sehe sie zweimal in der Woche. Ich glaube, sie braucht eine ständige Betreuung.«

»Wollen Sie mir damit sagen, daß sie geisteskrank ist?«

»Ich will's ein wenig anders ausdrücken: Ihre Frau lebt von Fantasievorstellungen, und ihre Fantasien sind weit stärker als die Realität. Leider nährt sie mit ihren Fantasien auch ihre Angstzustände. Kommt hinzu, daß sie auf Angstgefühle leicht reagiert. Sie sehen, eins gibt das andre . . .«

»Was sind das für Fantasien?« fragte Thorn.

Greer schwieg einen Augenblick, während er überlegte, wie weit er in die Einzelheiten gehen sollte. Er ließ sich in seinen Stuhl fallen und gewahrte Thorns verzweifelten Blick.

»Da ist einmal folgendes – sie glaubt, daß ihr Kind in Wirklichkeit nicht ihr eigenes ist.«

Die Feststellung traf Thorn wie ein Keulenschlag.

»Ich deute die Sache so: Es handelt sich nicht so sehr um ein Angstgefühl, sondern eher um einen Wunsch. In ihrem Unterbewußtsein wünscht sie sich, sie hätte kein Kind. Das ist eine Möglichkeit, die Sache zu deuten. Wenigstens auf der emotionellen Basis.«

Noch immer war Thorn nicht imstande, irgend etwas zu sagen.

»Ich möchte in keinem Falle behaupten, daß das Kind nicht wichtig für sie ist«, fuhr Greer fort. »Im Gegenteil. Es ist das Wichtigste in ihrem Leben. Aber aus irgendeinem Grunde fühlt sie sich dadurch bedroht. Ich weiß wirklich nicht, ob es bei dieser Angst um die Mutterschaft geht, um eine emotionelle Bindung oder einfach um den Glauben, daß sie unfähig sei, dem Kind eine richtige Mutter zu sein.«

»Aber sie wollte doch ein Kind«, entgegnete Thorn.

»Ihnen zuliebe!«

»Nein . . .«

»Unbewußt. Sie hatte das Gefühl, sie müßte beweisen, wie wertvoll sie für Sie ist. Was hätte sie Besseres tun können, als Ihnen das durch die Geburt eines Kindes zu beweisen?«

Thorn sah geradeaus, immer noch stand Verzweiflung in seinen Augen.

»Und nun entdeckt sie, daß sie damit nicht fertig wird«, fuhr Greer fort. »Sie sucht also nach einem Grund, um sich nicht selbst vorzuwerfen, sie sei unzulänglich. Sie bildet sich ein, daß das Kind nicht von ihr ist, daß das Kind böse ist . . .«

»Wie? Was?«

»Sie ist einfach nicht imstande, Damien zu lieben«, erklärte Dr. Greer, »also erfindet sie einen Grund, warum er ihrer Liebe nicht würdig ist.«

»Sie glaubt, das Kind sei böse?«

Thorn zuckte heftig zusammen bei diesem Wort. Aber Greer fuhr fort: »Es ist notwendigerweise gerade jetzt richtig für sie, so zu fühlen«, erklärte der Psychiater. »Aber jetzt, in ihrem Zustand, wäre ein weiteres Kind verhängnisvoll für sie.«

»In welcher Weise . . . böse?«

»Das ist doch nur Fantasie. Genau wie sie sich vorstellt, daß das Kind nicht ihr Kind sei.«

Thorn holte tief Luft, er mußte gegen ein Gefühl der Übelkeit ankämpfen.

»Es gibt keinen Grund, deswegen verzweifelt zu sein«, beruhigte ihn Greer.

»Doktor?«

»Ja?«

Aber Thorn konnte nicht weitersprechen. Die beiden Männer saßen schweigend da und sahen sich an.

»Sie wollten etwas sagen?« ermunterte ihn Greer. Der Arzt sah ihn besorgt an, denn der Mann hatte offensichtlich die Sprache verloren.

»Mr. Thorn? Ist alles in Ordnung?«

Thorn flüsterte: »Ich fürchte mich.«

»Natürlich fürchten Sie sich.«

»Ich meine ... ich habe Angst.«

»Das ist ganz natürlich.«

»Irgend etwas ... Schreckliches wird geschehen.«

»Ja. Aber Sie beide werden es durchstehen.«

»Sie verstehen mich nicht.«

»O ja.«

»Nein.«

»Glauben Sie mir. Ich verstehe es.«

Thorn schlug die Hände vors Gesicht.

»Sie befinden sich in einem Streßzustand, Mr. Thorn. Und er ist größer, als Sie es wahrscheinlich wissen.«

»Ich weiß nicht, was ich tun soll«, stöhnte Thorn.

»Erstens einmal sollten Sie einer Abtreibung zustimmen.«

Thorn hob das Gesicht und sah Greer fest in die Augen.

»Nein«, sagte er.

Der Psychiater sah ihn überrascht an.

»Wenn es um Ihre religiösen Prinzipien geht ...«

»Nein.«

»Wahrscheinlich können Sie die Notwendig ...«

»Ich lasse es nicht zu«, erklärte Thorn resolut.

»Sie müssen.«

»Nein.«

Greer lehnte sich im Stuhl zurück und betrachtete den Botschafter bestürzt.

»Ich hätte gern Ihren Grund kennengelernt«, sagte er ruhig.

Unbeweglich starrte Thorn ihn an.

»Es ist vorhergesagt worden, daß dieses Kind im Leib meiner Frau nicht ausgetragen werden würde«, sagte er,

»und ich werde alles tun, daß das Kind doch auf die Welt kommt.«

Verwirrt und besorgt sah ihn der Arzt an.

»Ich weiß, was Sie denken«, sagte Thorn, »und vielleicht bin ich tatsächlich *verrückt.*«

»Warum sagen Sie das?«

Thorn sah ihn an und sagte mit gepreßter Stimme: »Weil diese Schwangerschaft weitergehen muß, um mich davor zu bewahren, zu glauben ...«

»Glauben ...?«

»Wie es meine Frau tut. Daß das Kind ...«

Das Wort blieb ihm im Hals stecken. Er stand auf, plötzlich hatte er es eilig. Eine Vorahnung überkam ihn. Er fürchtete, daß in diesem Augenblick irgend etwas Schlimmes geschah.

»Mr. Thorn?«

»Entschuldigen Sie mich ...«

»Bitte, setzen Sie sich.«

Aber Thorn schüttelte den Kopf. Er lief zur Tür, ging mit schnellen Schritten aufgeregt den Flur hinunter, bis er zu der Treppe kam, die nach unten führte. Auf der Straße begann er zu rennen, die Angst in ihm wurde immer größer; er schaffte es bis zu seinem Wagen und fummelte mit den Schlüsseln herum. Irgend etwas war los. Irgend etwas. Er wollte nach Hause, ganz schnell nach Hause!

Die Reifen quietschten, als er den Wagen auf der Straße wendete und dann mit großer Geschwindigkeit auf den Highway zufuhr. Pereford war eine halbe Stunde entfernt, und er fürchtete, obwohl er nicht wußte warum, daß er zu spät kam. Der Mittagsverkehr in London war stark. Thorn drückte auf die Hupe, überholte Autos, reihte sich wieder ein, überfuhr Kreuzungen bei Rot, indes die Verzweiflung immer stärker von ihm Besitz ergriff.

Im Pereford-Haus erging es Katherine nicht anders; sie beschäftigte sich im Haushalt, was nichts weiter war als ein Versuch, die nagende Angst in ihr zu ersticken.

Nun stand sie auf dem Treppenabsatz im zweiten Stock, die Gießkanne in der Hand und überlegte, wie sie die Pflanzen erreichen könnte, die über die Brüstung hingen. Sie mußten gegossen werden, doch sie hatte Angst, Wasser zu vergießen. Im Spielzimmer fuhr Damien mit seinem kleinen Auto und stieß laute Pfiffe aus – wie eine Dampflokomotive, während er versuchte, immer schneller zu fahren. In einer Ecke des Kinderzimmers, unbemerkt von Katherine, stand Mrs. Baylock. Ihre Augen waren geschlossen, als ob sie betete ...

Das graue Band der Straße schien unter Thorn einfach wegzufliegen, als er auf die M-40 zuraste, die direkte Landstraße, die zu seinem Hause führte. Sein Gesicht war angespannt, die Hände umklammerten das Lenkrad und jede Fiber seines Körpers schien den Wagen vorwärts zu jagen.

Die Geschwindigkeit seines Autos war so groß, daß es dem Beschauer wie ein beigefarbener Blitz vorkommen mußte, und wenn er einen anderen Wagen passierte, war es ihm, als stünde dieser still. Thorn schwitzte. Jedes Auto vor ihm wurde zu einem Ziel, das er überholen mußte. Er drückte unaufhörlich auf die Hupe, und die anderen Wagen machten sofort Platz, als sein Auto an ihnen vorbeischoß. Einen Augenblick dachte er an die Polizei und warf einen Blick in den Rückspiegel. Und so sah er den ominösen Schatten hinter sich. Es war ein anderes Auto, schwarz und massiv. Folgte es ihm? Ein Leichenwagen! Und wie er aufholte! Während Thorn im Rückspiegel sah, daß der Leichenwagen immer näher kam, da wuchs auch seine Furcht ...

Damien fuhr in seinem Spielzeugauto immer schneller, er trieb es an, als ob es ein Rennpferd wäre. Draußen im Flur stellte sich Katherine auf einen Stuhl. In Damiens Zimmer sah Mrs. Baylock das Kind fest an, als ob sie es allein durch ihre Willenskraft dazu bewegen wollte, noch schneller zu fahren. Und der Junge tat es. Mit wilden Augen raste er durch den Raum ...

In seinem Auto bot Thorn die letzte Kraft auf. Er drückte das Gaspedal fest auf den Boden. Der Leichenwagen kam näher. Thorn konnte das kalte Gesicht des Fahrers im Rückspiegel sehen. Thorns Tachometer zeigte 140, 150, aber der Leichenwagen kam näher. Thorn begann zu keuchen. Er wußte, daß das, was er tat, unvernünftig war, aber er konnte nicht anders. Er durfte nicht überholt werden. Der

Motor seines Wagens schien unter ihm wie wütend aufzuheulen, aber der Leichenwagen kam . . . er war neben ihm.

»Nein!« stöhnte Thorn. »Nein . . .!«

Und dann flogen sie nebeneinander her. Der Leichenwagen versuchte, noch schneller zu sein. Mit geballter Faust schlug Thorn auf das Lenkrad, schneller sollte sich sein Wagen bewegen, noch schneller, noch schneller, aber der Leichenwagen überholte ihn, und Thorn sah, wie ein Sarg hinten in dem Wagen sich langsam an ihm vorbeibewegte.

Noch schneller fuhr Damien im Hause der Thorns. Wild quietschte sein Spielzeugauto, als er es durchs Zimmer jagte, während draußen im Flur Katherine sich vorsichtig auf dem Stuhlsitz aufrichtete.

Nun fuhr ihm der Leichenwagen davon; Thorn stieß einen lauten Fluch aus. In diesem Augenblick schoß Damien aus seinem Zimmer. Sein Spielzeuggefährt stieß gegen den Stuhl. Katherine flog vom Sitz, fiel ins Nichts. Sie stieß einen Schrei aus. Verzweifelt versuchte sie sich am Geländer festzuhalten. Sie riß das runde Goldfischglas herunter, das neben ihr in die Tiefe stürzte. Ihr Schrei endete, als sie aufschlug. Den Bruchteil einer Sekunde später zerbarst das Goldfischglas in unzählige Splitter.

Still lag Katherine da. Der kleine Goldfisch zuckte auf dem Kachelboden neben ihr.

Als Thorn ins Hospital kam, waren die Reporter bereits dort. Sie schossen Fragen ab, Blitzlichter blendeten ihn, als er sich verzweifelt den Weg zu einer Tür bahnte, auf der INTENSIVSTATION stand.

Zu Hause hatte er Mrs. Baylock in einem hysterischen Zustand vorgefunden. Schluchzend hatte sie ihm gesagt, daß Katherine gestürzt sei und daß man sie mit einem Rettungswagen ins City Hospital gebracht habe.

»Wissen Sie schon, wie es ihr geht, Mr. Thorn?« rief ein Reporter.

»Gehen Sie mir aus dem Weg.«

»Es heißt, sie sei gestürzt.«

»Lassen Sie mich durch.«

»Geht es ihr gut?«

Er lief durch eine Doppeltüre, und die Stimmen der Reporter hinter ihm wurden leiser, als er den Flur hinunterrannte.

»Botschafter Thorn?«

»Ja.«

Ein Arzt erschien und kam schnell auf ihn zu.

»Mein Name ist Becker«, sagte er.

»Was ist mit ihr?« fragte Thorn keuchend.

»Sie wird wieder in Ordnung kommen. Sie ist ziemlich hart aufgeschlagen. Sie hat eine Gehirnerschütterung, das Schlüsselbein ist gebrochen und da sind einige innere Blutungen.«

»Sie ist schwanger.«

»Ich fürchte, sie ist es nicht mehr.«

»Sie hat es verloren?« keuchte er.

»Auf dem Boden, auf dem sie aufschlug. Ich wollte es noch untersuchen, aber offenbar hatte Ihr Dienstmädchen alles gesäubert, ehe wir hinkamen.«

Thorn schwankte. Er ließ sich gegen die Wand fallen.

»Natürlich«, fuhr der Arzt fort, »werden wir über die Einzelheiten, ich meine, wie es geschehen ist, Stillschweigen bewahren. Je weniger Tratsch, desto besser.«

Thorn starrte ihn an. Der Doktor sah, daß er sehr verwirrt war.

»Sie wissen doch, daß sie gesprungen ist«, sagte er.

»Gesprungen?«

»Vom Treppenabsatz im zweiten Stockwerk Ihres Hauses. Vor den Augen Ihres Sohnes. Im Beisein der Gouvernante.«

Thorn war fassungslos. Er drehte sein Gesicht der Wand zu und ließ seinen Tränen freien Lauf.

»Bei einem derartigen Sturz«, fügte der Arzt hinzu, »schlägt man gewöhnlich mit dem Kopf zuerst auf. In einem gewissen Sinne hat sie Glück gehabt. Könnte man sagen.«

Thorn nickte nur, denn er weinte noch immer.

»Aber, aber! So schlimm ist es doch nicht«, sagte der Arzt. »Sie müssen dem Schicksal dankbar sein. Sie lebt noch, und wenn sie richtig betreut wird, dann wird sie es wahrscheinlich nicht wieder versuchen. Meine eigene Schwägerin machte einen Selbstmordversuch. Sie ließ Badewasser ein, legte sich hinein und nahm den Toaster mit. Als sie den Toaster einschaltete, bekam sie einen Stromschlag.«

Thorn drehte sich um und sah ihn an.

»Aber das Wichtigste ist, sie hat es überstanden. Sie wird's bestimmt nicht noch mal versuchen. Es ist jetzt vier Jahre her, und seitdem haben wir keinen Ärger mehr mit ihr gehabt.«

»Wo ist sie?« fragte Thorn.

»Sie lebt in der Schweiz.«

»Meine Frau.«

»Zimmer 4A. Man wird sie bald verlegen.«

In Katherines Zimmer war es ruhig und dunkel. Eine Krankenschwester saß mit einer Zeitschrift in der Ecke, als Thorn eintrat und stehenblieb. Katherine sah schrecklich aus. Ihr Gesicht war geschwollen und verfärbt. Ein Schlauch führte von ihrem Arm nach oben zu einer Flasche Plasma. Der andere Arm lag in einer Hängeschlinge und war grotesk verkrümmt. Sie schien bewußtlos zu sein.

»Sie schläft«, erklärte die Schwester. Steif bewegte sich Thorn auf das Bett zu. Als ob Katherine seine Anwesenheit spürte, stöhnte sie und begann den Kopf langsam zu bewegen.

»Hat sie Schmerzen?« fragte Thorn mit zitternder Stimme.

»Sie schwebt auf Wolke neun«, antwortete die Schwester. »Sodium Pentothal.«

Thorn setzte sich neben sie, er legte die Stirn auf ihr Bett und weinte. Nach einer Weile spürte er Katherines Hand, die seinen Kopf berührte.

»Jerry . . .«, flüsterte sie.

Er sah, daß sie sich bemühte, die Augen zu öffnen.

»Kathy . . .«, schluchzte er.

»Paß gut auf, Jerry . . . daß ich ihn nicht umbringe.«

Bei diesen Worten schloß sie die Augen. Und schon schlief sie wieder.

Kurz nach Mitternacht kam Thorn nach Hause. Lange hielt er sich im Vorraum auf, um die Stelle zu betrachten, wo Katherine aufgeschlagen sein mußte beim Sturz aus der Höhe des zweiten Stocks. Thorn fühlte sich unendlich müde. Wie sehnte er sich nach Schlaf, nach völligem Vergessen . . .

. . . Ihr Leben hatte sich verändert. Es war, als ob sie beide unter einem Fluch standen.

Thorn schaltete die Lampen aus. Er blieb eine Weile in der Dunkelheit stehen, dann besah er sich das Treppengeländer.

Er versuchte sich Katherine dort oben vorzustellen, wie sie den Sprung überlegte. Warum, wenn sie wirklich aus dem Leben scheiden wollte, hatte sie nicht versucht, vom Dach zu springen? Es gab Pillen im Haus, Rasierklingen. Aber auch ein Dutzend andere Dinge oder Möglichkeiten, wenn jemand sein Leben beenden wollte. Warum also auf diese Weise? Und warum vor Damien und Mrs. Baylock?

Wieder dachte er an des Priesters Warnung: »Er wird das ungeborene Kind töten. Und wenn er dann sicher ist, daß er alles erben wird, was Ihnen gehört . . .« Er schloß die Augen, er versuchte diese Gedanken mit aller Gewalt zu verdrängen.

Er dachte an Tassone und an dessen Tod auf der Stange – an den Anruf von Jennings, an seine unvernünftige Panik, als der Leichenwagen ihn auf dem Highway überholte. Der Psychiater hatte recht. Er befand sich in einem gewaltigen Streß; sein Benehmen bewies es ja. Katherines Ängste waren auf ihn übergesprungen, ihre Fantasiegebilde waren irgendwie ansteckend. So durfte es nicht weitergehen. Gerade jetzt mußte er vernünftig und klar denken.

Langsam stieg er die Treppe hinauf. Er brauchte Schlaf, mußte schlafen, um am Morgen ausgeruht zu sein, erfüllt von neuer Energie, damit er all diese schrecklichen Probleme meisterte.

Als er die Tür seines Zimmers erreichte, blieb er stehen und schaute den verdunkelten Flur hinunter zu Damiens Zimmer. Der sanfte Schimmer der Nachttischlampe war unter der Tür deutlich zu sehen. Thorn stellte sich das Gesicht des Kindes in der friedlichen Unschuld des Schlafens vor.

Plötzlich hatte er Sehnsucht nach ihm. Er mußte ihn sehen. Er ging langsam auf Damiens Zimmer zu; er wollte wissen, daß wenigstens aus diesem Zimmer die Angst verbannt war. Aber als er leise die Tür des Zimmers öffnete, tauchte eine Szene vor ihm auf, die ihn erschauern ließ. Das Kind schlief, doch es war nicht allein. An seinem Bett saß Mrs. Baylock, die Arme gefaltet, während sie resolut ins Zimmer starrte, und auf der anderen Seite sah er die Gestalt eines Hundes. Es war der Hund, den er schon einmal gesehen hatte, und damals hatte er befohlen, ihn aus dem Haus zu schaffen. Doch nun war er wieder da. Er saß mit gespitzten Ohren auf dem Boden, als ob er den schlafenden Jungen bewachen müßte.

Mit angehaltenem Atem schloß Thorn leise die Tür; er ging den Flur hinunter, bis er vor seinem Zimmer war. Einen Augenblick blieb er hier stehen und versuchte, seinen zitternden Körper zu beruhigen. Und dann wurde die Stille plötzlich zerrissen. Das Telefon klingelte. Er lief zu seinem Nachttisch, um den Hörer abzunehmen.

»Hallo . . .«

»Hier ist Jennings«, sagte eine Stimme. »Sie wissen, der Mann, dessen Kamera Sie beschädigt haben?«

»Ja.«

»Ich wohne Ecke Grosvenor und Fifth – und ich halte es für besser, wenn Sie sofort herkommen.«

»Was wollen Sie?«

»Es ist etwas passiert, Mr. Thorn. Etwas, das Sie wissen sollten.«

Jennings' Wohnung befand sich in einem Slumdistrikt, und Thorn hatte Mühe, sie zu finden. Ein leichter Regen fiel. Er wollte das Suchen schon aufgeben, als er noch über der Straße in einem Türmchen einen roten Schimmer entdeckte. Jennings stand am Fenster und winkte ihm zu, dann ging er ins Zimmer zurück. Eigentlich hätte er für einen solch distinguierten Gast ein bißchen aufräumen sollen, überlegte er. Er warf einige Kleidungsstücke in einen Schrank und glättete die Wolldecke auf dem Bett, dann öffnete er die Tür, um Thorn hereinzubitten.

Ein bißchen außer Atem, nachdem er fünf Stockwerke hochgeklettert war, tauchte der Botschafter auf.

»Ich hab' Brandy da, wenn Sie mögen.«

»Bitte.«

»Aber nicht von der Art, wie Sie ihn gewöhnt sind. Bestimmt nicht.«

Jennings schloß die Tür und verschwand in einem Alkoven, während Thorn sich in dem dunklen Zimmer umsah. Nur ein rötliches Glühen, das aus der offenen Tür einer schrankgroßen Dunkelkammer kam, ließ ihn einige Dinge erkennen. An den Wänden hingen Vergrößerungen.

»Hier haben wir's schon«, sagte Jennings, als er mit einer Flasche und Gläsern zurückkam. »Ein bißchen davon, und Sie sind wieder in Ordnung.«

Thorn nahm das Glas, und Jennings goß ihm ein. Dann

setzte sich der Fotograf aufs Bett und wies auf einen Stapel Kissen neben der Tür, doch Jennings blieb stehen.

»Zum Wohl«, sagte Jennings. »Möchten Sie was rauchen?«

Thorn schüttelte den Kopf. Die Lässigkeit des Mannes zerrte an seinen Nerven.

»Sagen Sie – was ist passiert?«

»Fast hätt' ich's vergessen . . .«

»Ich hätte gern gewußt, wie Sie das gemeint haben.«

Jennings musterte ihn sorgfältig.

»Wissen Sie es nicht bereits schon?«

»Nein, keine Ahnung.«

»Warum sind Sie dann hergekommen?«

»Weil Sie's mir am Telefon nicht gesagt haben.«

Jennings nickte. Er stellte das Glas hin.

»Ich konnte es nicht erklären, weil es etwas ist, was Sie sehen müssen.«

»Was ist es denn?«

»Es sind Fotos.« Er stand auf, ging in die Dunkelkammer und Thorn folgte ihm. »Ich dachte nur, wir sollten uns zuerst ein wenig unterhalten.«

»Ich bin sehr müde.«

»Na schön, aber hier wird Ihr Herz gleich schneller schlagen.«

Er schaltete eine kleine Lampe ein, und ein heller Strahl beleuchtete die Fotos. Thorn setzte sich auf einen Stuhl neben Jennings.

»Erkennen Sie die da?«

Es waren Bilder der Party. Der Party zu Damiens Geburtstag; Schnappschüsse von Kindern auf dem Karussell, von Katherine, die in die Menge schaute.

»Ja«, antwortete Thorn.

»Und nun sehen Sie sich mal dies da an.«

Jennings schob die oberen Fotos zur Seite und dann lag das Bild von Chessa, Damiens erstem Kindermädchen, da. Sie stand in ihrem Clownskostüm auf der Wiese, im Hintergrund war das Haus.

»Sehen Sie irgend etwas Ungewöhnliches?« fragte Jennings.

»Nein.«

Jennings streckte den Zeigefinger aus und wies auf den vagen Schleier, der über ihrem Hals und dem Kopf hing.

»Ich dachte zuerst, es ist bloß ein Fleck«, sagte Jennings, »aber sehen Sie sich das mal bei dem nächsten Bild an.«

Er griff nach einem Bild von Chessa, als sie vom Dach herunterhing.

»Ich verstehe nicht«, sagte Thorn.

»Haben Sie Nachsicht mit mir.«

Jennings schob einen Stapel Fotos beiseite und legte ein anderes Bild vor. Es war eine Aufnahme des Priesters Tassone, der sich gerade von der Botschaft entfernte.

»Wie wär's mit dem da?«

Verblüfft sah ihn Thorn von der Seite an.

»Wo haben Sie das her?«

»Aufgenommen.«

»Ich dachte, Sie *suchten* nach diesem Mann. Sie haben gesagt, Sie seien mit ihm verwandt.«

»Ich hab' Sie angelogen. Sehen Sie sich jetzt erst einmal das Bild an.«

Jennings berührte das Bild und legte seinen Finger auf den ›Speer‹, der über dem Kopf des Priesters schwebte.

»Meinen Sie diesen Schatten über dem Kopf?« fragte Thorn.

»Ja. Und dann sehen Sie sich dieses Bild an. Das habe ich zehn Tage später aufgenommen.«

Er legte ein anderes Foto in den Lichtkreis. Es war die Vergrößerung einer Gruppe von Menschen, die am Ende eines Saales stand. Man konnte Tassones Gesicht nicht sehen, nur das Priestergewand, aber dort, wo der Kopf sein mußte, befand sich der gleiche speerähnliche Schatten.

»Ich nehme an, es ist derselbe Mann. Sie können sein Gesicht nicht sehen, aber Sie können sehen, was über ihm ist.«

Verwirrt betrachtete Thorn das Bild.

»Diesmal ist es ein bißchen ausgeprägter«, fuhr Jennings fort. »Wenn Sie sich die Größe seines Gesichtes vorstellen, dann werden Sie sich auch vorstellen können, daß es gerade seinen Kopf berührt. In den zehn Tagen zwischen dem ersten Bild und diesem ist dieses speerähnliche Gebilde tiefer gegangen. Was immer es auch ist, es kam dem Kopf näher.«

Verblüfft betrachtete Thorn die Vergrößerung. Jennings schob sie weg und legte dann das Foto hin, das auf der Vorderseite der Zeitungen gewesen war: Der Priester lag da, von einer speerähnlichen Stange aufgespießt.

»Dämmert Ihnen was? Merken Sie, daß hier irgendeine Verbindung bestehen muß?« fragte Jennings.

Wie betäubt saß Thorn da. Hinter ihm lief der automatische Wecker ab, und Jennings drückte auf den Knopf einer zweiten Lampe, dann drehte er sich um und sah Thorn in die Augen.

»Ich kann's auch nicht erklären«, sagte er. »Und deswegen habe ich angefangen, mich um die Sache zu kümmern.«

Er nahm zwei Pinzetten, dann ging er zu einer Schale, holte eine Vergrößerung heraus, ließ das Wasser abtropfen, brachte sie zum Tisch und schob sie unters Licht.

»Ich hab' ein paar Freunde bei der Polizei. Sie haben mir Negative gegeben, und ich hab' Vergrößerungen davon gemacht. Nach dem Bericht des Leichenbeschauers hatte er Krebs. Die meiste Zeit mußte er sich Morphium spritzen, er tat es selbst. Zwei- oder dreimal am Tag.«

Als Thorn die Vergrößerungen betrachtete, zog sich sein Magen zusammen. Drei verschiedene Bilder waren auf der Vergrößerung, und jedes zeigte den nackten Körper des Priesters in einer anderen Stellung.

»So gesehen, von außen, sieht sein Körper völlig normal aus«, fuhr Jennings fort. »Bis auf das kleine Ding da auf der Innenseite seines linken Oberschenkels.«

Er gab Thorn eine Lupe und führte seine Hand zu dem letzten Foto. Mit grotesk gespreizten Beinen lag der Priester da, seine Genitalien und die Oberschenkel waren deutlich zu erkennen. Thorn sah die Stelle, die Jennings gemeint hatte. Es sah aus wie eine Tätowierung.

»Was ist denn das?« fragte Thorn.

»Das sind drei Sechsen. Sechshundertsechsundsechzig.«

»War er vielleicht in einem Konzentrationslager?«

»Daran habe ich zuerst auch gedacht, aber eine Untersuchung hat ergeben, daß es buchstäblich in die Haut geritzt wurde. Und so was hat man in den Konzentrationslagern nicht gemacht. Wahrscheinlich hat er sich das selbst auf den Leib geschrieben.«

Thorn sah Jennings fassungslos an. Er hatte keine Ahnung, worum es ging.

»Noch einmal: Haben Sie Geduld mit mir«, sagte Jennings, während er ein weiteres Foto in den Lichtkegel schob. »Das ist das Zimmer, in dem er wohnte. Eine ganz einfache Bude in Soho. Mit Ratten übrigens. Er hatte nämlich ein Stück Fleisch auf dem Tisch liegenlassen.«

Thorn betrachtete das Foto. Es zeigte einen kleinen Raum mit Tisch, Schrank und Bett, an den Wänden merkwürdige Tapeten, die aussahen wie zerknülltes Papier, und große Kreuze überall.

»So sah es im ganzen Zimmer aus. Ob Sie es nun glauben oder nicht: Die Tapeten an den Wänden sind Seiten aus der Bibel. Tausende. Jeder Zentimeter an der Wand – Bibel. Sogar die Fenster. Als ob er versuchen wollte, irgend etwas abzuwehren.«

Noch immer starrte Thorn auf das merkwürdige Foto.

»Auch Kreuze. Siebenundvierzig Stück hat er allein an die Vordertür genagelt.«

»War er ... verrückt?« flüsterte Thorn.

Jennings sah ihm direkt in die Augen.

»Das sollten Sie besser wissen.«

Der Fotograf drehte sich auf seinem Stuhl herum, öffnete eine Schublade und nahm einen halbzerrissenen Aktendeckel heraus.

»Die Polizei hat sich nicht übermäßig für ihn interessiert«, erklärte er, »sie hat mich alles durchsuchen lassen, und ich konnte mir nehmen, was ich wollte. So bin ich zu diesem Zeug gekommen.«

Jennings stand auf und ging ins Wohnzimmer. Thorn folgte ihm. Dort öffnete der Fotograf den Ordner und breitete den Inhalt auf dem Tisch aus.

»Da hätten wir zuerst einmal ein Tagebuch«, sagte er, indem er ein zerfleddertes Buch aus dem Haufen nahm. »Da steht nicht viel über *ihn* drin, aber eine ganze Menge über *Sie.* Was Sie so getan haben. Wann Sie Ihr Büro verließen, wohin Sie gingen, in welchem Restaurant Sie frühstückten, wo Sie einen Vortrag hielten und ...«

»Darf ich sehen?«

»Nehmen Sie's nur.«

Mit zitternden Händen nahm Thorn das Notizbuch.

»Die letzte Eintragung besagt, daß Sie mit ihm verabredet waren«, fuhr Jennings fort. »In Kew Gardens. Das Datum stammt vom Tage seines tödlichen Unfalls. Ich hab' das Gefühl, die Polizei hätte sich weit mehr für den Fall interessiert, wenn sie das gewußt hätte.«

Thorn hob den Kopf und sah Jennings an.

»Er war geisteskrank.«

»Wirklich?«

Jennings Stimme klang drohend, und Thorn wußte, daß er diesem Mann Rechenschaft schuldete.

»Was wollen Sie?«

»Haben Sie sich mit ihm getroffen?«

»Nein.«

»Ich habe noch ein paar Informationen mehr, Herr Botschafter, aber ich werde Ihnen diese erst mitteilen, wenn Sie die Wahrheit sagen.«

»Warum interessieren Sie sich eigentlich dafür?« fauchte Thorn.

»Ich möchte Ihnen helfen«, antwortete Jennings. »Ich bin Ihr Freund.«

Thorn fixierte den Fotografen, ohne sich zu bewegen.

»Die wirklich wichtigen Dinge sind nämlich hier«, sagte Jennings und deutete auf den Tisch. »Wollen Sie sprechen oder möchten Sie lieber gehen?«

Thorn biß sich auf die Zähne.

»Was wollen Sie wissen?«

»Haben Sie ihn im Park getroffen?«

»Ja.«

»Was hat er gesagt?«

»Er hat mich gewarnt.«

»Wovor?«

»Er sagte, mein Leben sei in Gefahr.«

»In was für einer Gefahr?«

»Er drückte sich nicht klar aus.«

»Versuchen Sie nicht, mich aufs Kreuz zu legen.«

»Ich tu das nicht. Ich konnte nichts mit seinen Geschichten anfangen.«

Jennings trat zurück und sah Thorn ungläubig an.

»Es war eine Stelle aus der Bibel«, fügte Thorn hinzu. »Ein paar Verse – an den Text kann ich mich nicht erinnern. Ich hielt diesen Priester einfach für verrückt. Ich begriff sein Benehmen, seine Worte nicht. Das ist die Wahrheit. Die ganze Geschichte ist mir schleierhaft.«

Jennings schien immer noch skeptisch zu sein. Thorn senkte den Kopf.

»Ich glaube, Sie sollten ein bißchen mehr Vertrauen zu mir haben«, sagte Haber Jennings.

»Sie sagten, Sie hätten weitere Informationen?«

»Nicht, bis ich mehr von Ihnen gehört habe.«

»Aber mehr habe ich nicht zu sagen.«

Jennings nickte. Er beschäftigte sich wieder mit den Gegenständen auf dem Tisch. Dann fand er einen Zeitungsausschnitt und gab ihn Thorn.

»Er stammt aus einem Magazin. Es heißt *Astrologer's Monthly.* Da drin steht der Bericht eines Astrologen oder Astronomen über das, was man ein ungewöhnliches Phänomen nennt. Ein Komet nimmt die Gestalt eines leuchtenden Sterns an, so ungefähr wie der Stern von Bethlehem dazumal ...«

Thorn las diesen Artikel. Er wischte sich den Schweiß ab, der sich auf seiner Oberlippe gebildet hatte.

»Nur hat sich dies hier auf der *anderen Seite* der Welt ereignet«, fuhr Jennings fort. »Auf dem europäischen Kontinent. Genau vor vier Jahren. Um noch genauer zu sein: am *6. Juni.* Läutet bei Ihnen da nicht ein Glöckchen, wenn Sie dieses Datum hören?«

»Gewiß.« Thorns Stimme klang heiser.

»Dann sollten Sie sich mal diesen zweiten Zeitungsausschnitt hier ansehen«, sagte Jennings und nahm ein Stück Zeitung aus dem Stapel. »Er stammt von der Rückseite einer römischen Zeitung.«

Thorn nahm den Ausschnitt. Er erkannte ihn sofort wieder. Katherine hatte ebenfalls einen solchen Ausschnitt. Sie bewahrte ihn zu Hause in einem Sammelalbum auf.

»Es ist die Geburtsanzeige Ihres Sohnes. Und auch sie stammt vom 6. Juni – vor vier Jahren. Ich würde das einen Zufall nennen, nicht wahr?«

Jetzt zitterten Thorns Hände.

»Wurde Ihr Sohn um sechs Uhr morgens geboren?«

Mit zusammengezogenen Brauen wandte sich Thorn Jennings zu.

»Ich versuche bloß, dieses Zeichen auf dem Oberschenkel des Priesters herauszukriegen. Diese drei Sechsen. Ich glaube nämlich, sie beziehen sich auf Ihren Sohn. Der sechste Monat, der sechste Tag ...«

»Mein Sohn ist *tot*!« stammelte Thorn. »Mein Sohn ist *tot*. Ich weiß nicht, welches Kind ich aufziehe!«

Er schlug die Hände vors Gesicht, wandte sich ab und starrte in die Dunkelheit. Schwer ging sein Atem. Jennings beobachtete ihn.

»Wenn es Ihnen nichts ausmacht, Mr. Thorn«, sagte Jennings ruhig, »dann möchte ich Ihnen gern helfen, es herauszufinden.«

»Nein«, stöhnte Thorn. »Das ist *mein* Problem.«

»Sie irren sich, Sir«, entgegnete Jennings traurig. »Es ist auch mein Problem.«

Thorn wandte sich ihm zu, und ihre Blicke trafen sich. Langsam ging Jennings in die Dunkelkammer, und als er wieder zurückkam, hatte er ein Foto in der Hand. Er gab es Thorn.

»In der Ecke dieses Zimmers, wo der Priester hauste, war ein kleiner Spiegel«, sagte Jennings düster. »Zufälligerweise schaute ich hinein und sah mein eigenes Spiegelbild, als ich eine Aufnahme machte.«

Thorn betrachtete das Foto, dann sah er Jennings an.

»Ein ziemlich ungewöhnlicher Effekt«, sagte Jennings. »Meinen Sie nicht auch?«

Er zog die Glühbirne tiefer, so daß Thorn das Bild deutlicher sehen konnte. Es war die Aufnahme von Tassones Zimmer; in einer Ecke hing ein kleiner Spiegel. Man konnte sehen, daß Jennings die Kamera vor sein Gesicht hielt und durch den Sucher schaute. Es war nichts Ungewöhnliches daran, wenn ein Fotograf sein eigenes Spiegelbild fotografierte, doch in diesem Falle fehlte etwas. Es war Jennings Hals! Er war durch ein schleierhaftes Gebilde von seinem Körper getrennt.

10

Am folgenden Morgen, nachdem sich die Nachricht von Katherines Unfall verbreitet hatte, war es leicht für Thorn, sich für ein paar Tage in seinem Büro zu entschuldigen. Er erzählte seinem Stab, er wolle nach Rom fliegen, um einen

Spezialisten für Katherine zu besorgen. In Wahrheit reiste er aus einem ganz anderen Grunde in die italienische Hauptstadt.

Nachdem er dem Fotografen die ganze Geschichte erzählt hatte, konnte ihn Jennings davon überzeugen, daß es am besten wäre, am Ausgangspunkt zu beginnen, also zu dem Hospital zu gehen, in dem Damien geboren worden war. Danach würden sie versuchen, alles Stück für Stück zusammenzusetzen.

Die Reise war schnell und ohne großes Tamtam arrangiert. Thorn benutzte einen Privat-Jet, um London zu verlassen und um auf einer Piste in Rom zu landen, die für den öffentlichen Flugverkehr gesperrt war. In den Stunden vor ihrer Abreise beschäftigte sich Jennings damit, Untersuchungsmaterial zu sammeln, darunter einige Ausgaben der Bibel und drei Bücher über okkulte Themen. Thorn fuhr nach Pereford, um seine Sachen zu packen. Er nahm einen Hut mit, um möglichst unerkannt zu bleiben.

In Pereford war es ungewöhnlich ruhig. Als Thorn durch das leere Haus wanderte, merkte er, daß Mrs. Horton nirgends zu sehen war. Auch Mister Horton nicht. Die Wagen standen nebeneinander in der Garage.

»Sie haben alle beide gekündigt«, sagte Mrs. Baylock, als Thorn in die Küche kam.

Die Frau stand über dem Spülbecken und schnitt Gemüse, und sie tat es genauso, wie es Mrs. Horton immer getan hatte.

»Sie sind nicht mehr da?« fragte Thorn.

»Weg. Auf und davon. Sie haben eine Adresse hinterlassen, wohin Sie ihnen ihr letztes Monatsgehalt überweisen sollen.«

Thorn war schockiert.

»Haben Sie gesagt, warum?« fragte er.

»Das ist doch egal, Sir. Ich schaffe es schon.«

»Aber sie müssen doch einen Grund genannt haben.«

»Mir nicht. Mir haben sie nichts gesagt. Aber mit mir haben sie auch sonst nicht viel geredet. Der Mann war's, der darauf bestanden hat, daß sie weggehen sollten. Ich glaube, Mrs. Horton wäre ganz gern geblieben.«

Thorn sah sie mit verstörten Augen an. Er hatte Angst

davor, sie allein mit Damien im Haus zu lassen. Aber was sollte er tun? Er mußte nach Rom.

»Ich muß für ein paar Tage verreisen ... kommen Sie alleine zurecht?«

»Ich denke schon, Sir. Sie haben genug Lebensmittel für ein paar Wochen hier, und ich meine, dem Jungen werden Ruhe und Frieden im Haus recht gut tun.«

Thorn nickte. Beim Verlassen der Küche sagte er: »Mrs. Baylock?«

»Sir?«

»Dieser Hund!«

»Oh, ich weiß. Er wird noch heute verschwinden.«

»Warum ist er überhaupt noch hier?«

»Wir brachten ihn raus aufs Land und ließen ihn frei, aber er kam wieder zurück. Gestern abend, nach ... nun, nach dem Unfall, war er an der Tür, und der Junge war ganz aufgeregt, er fragte mich sofort, ob er nicht in seinem Zimmer bleiben könnte. Ich sagte ihm gleich, Sie würden das bestimmt gar nicht mögen, aber unter diesen Umständen, dachte ich ...«

»Ich will, daß der Hund sofort verschwindet.«

»Ja, Sir. Ich werde noch heute das Tierasyl anrufen.«

Thorn war schon an der Tür.

»Mr. Thorn?«

»Ja?«

»Wie geht es Ihrer Frau?«

»Ach, danke, recht gut.«

»Wenn Sie nicht da sind, könnte ich Ihre Frau mal mit dem Jungen besuchen?«

Schweigend betrachtete Thorn die Frau, als sie nach einem Küchenhandtuch griff und ihre Hände abzutrocknen begann. Sie sah wirklich aus wie eine gute Haushälterin, und jetzt hätte er nicht sagen können, weshalb er sie nicht mochte.

»Es ist mir lieber, Sie lassen das. Ich bringe Damien dann hin, wenn ich wieder zurück bin.«

»Na schön, Sir.«

Sie nickten einander zu, und Thorn ging hinaus. Er fuhr mit seinem eigenen Wagen zum Krankenhaus. Dort ließ er sich bei Dr. Becker melden, der ihm mitteilte, daß Katherine wach sei und sich ausgeruht fühle. Er fragte, ob nicht ein

Psychiater sie besuchen könne, und Thorn gab ihm die Telefonnummer von Dr. Greer.

Dann ging er hinein zu Katherine. Ein schwaches Lächeln erhellte ihre Züge, als er eintrat.

»Hey«, sagte er.

»Hey«, hauchte sie.

»Fühlst du dich besser?«

»Ein wenig.«

»Der Arzt sagt, du wirst schnell wieder in Ordnung kommen.«

»Ich bin ganz sicher.«

Thorn holte sich einen Stuhl und setzte sich ans Bett. Er war beeindruckt von ihrer Schönheit – selbst in diesem Zustand. Das Sonnenlicht strömte durch das Fenster und ihre Haare leuchteten.

»Eine merkwürdige Zeit«, sagte sie ruhig.

Er nahm ihre Hand und hielt sie fest. Sie sahen sich in die Augen.

»Du siehst prima aus«, sagte sie.

»Ich denke an dich«, antwortete er.

»Ich bin sicher, ich war eine Vision«, scherzte sie.

Er nahm ihre Hand und hielt sie fest. Sie sahen sich in die Augen.

»Eine merkwürdige Zeit«, sagte sie ruhig.

»Ja.«

»Glaubst du, daß es jemals anders kommen wird?«

»Ich denke schon.«

Sie lächelte traurig, dann strich sie eine Strähne aus den Augen.

»Wir sind gute Menschen, nicht wahr, Jerry?« fragte sie.

»Ja. Sicher.«

»Warum geht denn dann alles schief?«

Er schüttelte den Kopf. Er konnte ihre Frage nicht beantworten.

»Wenn wir böse Leute wären«, sagte sie ruhig, »dann würde ich sagen ›okay ... vielleicht habt ihr das verdient‹. Aber was haben wir denn falsch gemacht? Haben wir überhaupt jemals etwas falsch gemacht?«

»Ich weiß es nicht«, flüsterte er heiser.

Sie sah so begehrenswert, so unschuldig aus. Am liebsten hätte er sie ganz fest in seine Arme geschlossen.

»Hier wirst du sicher sein«, flüsterte er. »Ich muß ein paar Tage verreisen.«

Sie zeigte keine Reaktion. Sie fragte ihn nicht einmal, wohin er fahren müsse.

»Es ist geschäftlich«, betonte er. »Etwas, das ich einfach tun muß.«

»Wie lange?«

»Drei Tage. Ich werde dich jeden Tag anrufen.«

Sie nickte. Langsam erhob er sich, dann beugte er sich über sie und drückte einen Kuß auf ihre Wange.

»Jerry?«

»Hm?«

»Sie haben gesagt, ich sei gesprungen!«

Sie sah zu ihm auf, ihre Augen waren fragend wie die eines Kindes.

»Haben Sie dir das auch gesagt?« fragte sie.

»Ja.«

»Warum hätte ich das tun sollen?«

»Ich weiß es nicht«, sagte Thorn leise. »Das müssen wir irgendwie herausfinden.«

»Bin ich verrückt?« fragte sie schlicht.

Thorn starrte sie an, dann schüttelte er langsam den Kopf. Er antwortete: »Vielleicht sind wir es alle.«

Sie streckte die Hände nach ihm aus, und er beugte sich zu ihr hinunter, um sie zu küssen.

»Ich bin nicht gesprungen«, erklärte sie flüsternd. »Damien hat mich gestoßen.«

Es dauerte eine ganze Weile, bis Thorn sich fassen konnte.

Wortlos und schweren Schrittes verließ Jeremy Thorn das Krankenzimmer.

Der sechssitzige *Lear Jet* war unbesetzt bis auf Thorn und Jennings, und als er unter dem dunklen Himmel auf Rom zuraste, lag Spannung in der Luft.

Jennings hatte die Bücher um sich herum aufgebaut und Thorn ersucht, sich an alles zu erinnern, was Tassone ihm gesagt hatte.

»Ich kann es nicht«, sagte Thorn fast ärgerlich. »Es ist alles so vage . . . als ob es überhaupt nicht geschehen wäre.«

»Fangen wir ganz vorne an. Sagen Sie mir alles, was Sie mir sagen können.«

Thorn erzählte ihm von seiner ersten Begegnung mit Tassone. Einmal, wie der Priester ihn tagelang verfolgte, wie er ihn dann angesprochen und zu der Begegnung im Park eingeladen hatte. Bei dieser Zusammenkunft hatte er ein Gedicht rezitiert oder so etwas ... aber Thorn wußte nicht, was es war. Er hatte mit so merkwürdiger Betonung gesprochen.

»Es war irgend etwas wie ... aus dem Meer erheben ...«, murmelte Thorn, während er sich verzweifelt zu erinnern versuchte, »... über Tod ... und Armeen ... das Römische Reich ...«

»Es wäre besser gewesen, wenn Sie genau zugehört hätten.«

»Ach, ich war sehr aufgeregt. Ich hielt ihn doch für verrückt! Ich habe überhaupt nicht richtig zugehört.«

»Aber Sie haben zugehört. Sie haben es *gehört.* Der Schlüssel zu der ganzen Geschichte liegt in Ihrer Hand, versuchen Sie doch endlich, sich zu erinnern.«

»Ich kann nicht!«

»Versuchen Sie es ... versuchen Sie es!«

Enttäuschung tauchte auf Thorns Gesicht auf. Er schloß die Augen und versuchte seinen Verstand in eine Richtung zu zwingen, in die zu bewegen er sich weigerte.

»Ich erinnere mich ... o ja, er bat mich, die Kommunion zu nehmen, das Blut Christi zu trinken. Genau das hat er gesagt. Trinken Sie das Blut Christi ...«

»Wozu?«

»Um den Sohn des Teufels zu besiegen. Er sagte: Trinken Sie das Blut Christi, um den Sohn des Teufels zu besiegen.«

»Was sonst?«

»Ein alter Mann. Er sagte irgend etwas über einen alten Mann ...«

»Was für ein alter Mann?«

»Er sagte, ich solle einen alten Mann aufsuchen.«

»Weiter ... weiter.«

»Ich kann mich nicht erinnern ...!«

»Hat er Ihnen einen Namen genannt?«

»M ... Magdo. Meggido. Nein, das war die Stadt.«

»Was für eine Stadt?« drängte Jennings.

»Die Stadt, wohin ich gehen sollte. Ja, das stimmt. Meggido. Ich bin ganz sicher, daß sie so hieß. Er hat gesagt, dorthin solle ich gehen.«

Aufgeregt suchte Jennings in seiner Aktentasche herum, dann holte er eine Landkarte heraus.

»Meggido . . .«, murmelte er, »Meggido . . .«

»Haben Sie diesen Namen jemals gehört?« fragte Thorn. »Ich möchte wetten, daß es eine italienische Stadt ist.«

Aber es war keine italienische Stadt. Sie war nirgends verzeichnet, es gab sie in keinem Land auf dem europäischen Kontinent. Jennings studierte seine Landkarte fast eine halbe Stunde lang, dann faltete er sie wieder zusammen und schüttelte enttäuscht den Kopf.

Er warf einen Blick auf Thorn und sah, daß der Botschafter eingeschlafen war. Er weckte ihn nicht, statt dessen nahm er sich die okkulten Bücher vor. Als die kleine Maschine durch den mitternächtlichen Himmel raste, verlor er sich in den Prophezeiungen des zweiten Kommens Christi. Dieses Kommen war verbunden mit dem Erscheinen des Antichrist, des Unheiligen, des Untiers, des Wilden Messias:

> *. . . und auf diese Erde wird kommen der Wilde Messias, der Abkömmling Satans in menschlicher Form, geboren durch die Vergewaltigung eines vierbeinigen Tieres. Als junger Christus wird er Liebe und Freundlichkeit verbreiten, als Antichrist aber Haß und Furcht . . . er wird seine Befehle direkt von der Hölle erhalten.*

Das Flugzeug setzte auf. Haber Jennings sammelte seine Bücher zusammen. Sie waren am Ziel. In Rom regnete es. Über ihnen grollte der Himmel.

Mit raschen Schritten überquerten sie den vereinsamten Platz des Flughafens, an dessen Ausgang ein Taxi auf sie wartete. Sie stiegen ein, und Jennings schlief, kaum daß der Wagen sich in Bewegung gesetzt hatte. Ein Regenschauer ging über Rom nieder, doch Thorn erinnerte sich plötzlich daran, wie er mit Katherine – beide jung und voller Hoffnung – durch die römischen Straßen flaniert war. Wie naiv, wie verliebt waren sie gewesen. Ganz genau erinnerte er sich an ihr Parfüm und an ihr helles wundervolles Lachen. Sie hatten damals ihr Glück, ihr ganz privates Glück nach Rom gebracht, und deshalb war es ihre Stadt, ihre eigene Stadt, die sie erkundeten. Nur manchmal ... manchmal blieben sie am Nachmittag im Hotel, blieben im Bett und liebten sich. Beteten ihre nackten Körper an. Gaben sich der wundervollen Lust hin, die sie zu verzehren schien.

Nun, da Thorn in die Nacht hinausstarrte, fragte er sich, ob sie dieses Glück jemals wiederfinden konnten.

»Ospedale Generale«, sagte der Taxifahrer und hielt den Wagen an.

Jennings erwachte, und Thorn blinzelte in die Nacht hinaus, Enttäuschung machte sich auf seinem Gesicht breit.

»Das ist es nicht«, sagte Thorn.

»*Si*. Ospedale Generale.«

»Nein, es war alt. Ein Gebäude aus Ziegelsteinen. Ich erinnere mich genau.«

»Ist das nicht die richtige Adresse?« fragte Jennings.

»Ospedale Generale«, wiederholte der Fahrer.

»*E differente*«, sagte Thorn.

»Ah«, antwortete der Fahrer. »*Fuoco. Tre anni più omeno.*«

»Was hat er gesagt?« fragte Jennings.

»Feuer«, erwiderte Thorn. »*Fuoco* heißt Feuer.«

»*Si*«, sagte der Fahrer wieder. »*Tre anni.*«

»Was ist mit Feuer?« fragte Jennings.

»Offensichtlich ist das alte Hospital abgebrannt. Man hat ein neues gebaut.«

»*Tre anni più omeno. Multo morte.*«

Thorn sah Jennings an. »Vor drei Jahren. *Multo morte.* Viele Tote.«

Sie bezahlten den Taxifahrer und baten ihn zu warten. Zuerst weigerte er sich, aber als er dann sah, wieviel Geld sie ihm gegeben hatten, war er dazu bereit. In gebrochenem Italienisch sagte ihm Thorn, er solle sie die ganze Zeit über, bis sie Rom wieder verließen, fahren. Der Fahrer nickte, er sagte, er müsse seine Frau anrufen, aber er versprach, wieder hierherzukommen.

Im Hospital wurden sie sofort enttäuscht. Da es spät war, erklärte man ihnen, die leitenden Ärzte würden erst am Morgen wieder da sein. Jennings ließ sich nicht ohne weiteres abspeisen, er suchte jemanden, der etwas zu sagen hatte, während Thorn eine englisch sprechende Nonne fand, die ihm bestätigte, daß das alte Hospital vor drei Jahren durch ein Feuer völlig zerstört worden sei.

»Sicherlich ist nicht *alles* vernichtet worden«, meinte Thorn. »Es müßte doch Aufzeichnungen geben ...«

»Ich war damals nicht hier«, erwiderte sie in gebrochenem Englisch. »Aber sie sagen, es sei alles verbrannt.«

»Ist es möglich, daß Papiere anderswo aufbewahrt werden?«

»Ich weiß es nicht.«

Thorn zog eine Grimasse, als die Nonne mit den Schultern zuckte. Mehr konnte sie ihm nicht sagen.

»Hören Sie«, sagte Thorn. »Dies ist sehr wichtig für mich. Ich habe hier ein Kind adoptiert und ich suche nach einer Beurkundung seiner Geburt.«

»Hier fanden niemals Adoptionen statt.«

»Doch. Eine bestimmt. Es war eine Adoption, die hier erledigt wurde.«

»Sie irren sich. Unsere Adoptionen werden vom Sozialamt durchgeführt.«

»Gibt es Aufzeichnungen über Geburten? Ich meine, bewahren Sie Aufzeichnungen auf, wenn hier Kinder geboren werden?«

»Ja, natürlich.«

»Vielleicht, wenn ich Ihnen ein Datum sagen würde –«

»Es hat keinen Zweck«, unterbrach Jennings.

Thorn warf ihm einen verzweifelten Blick zu.

»Das Feuer ist in dem Raum, in dem die Aufzeichnungen aufbewahrt wurden, ausgebrochen. Unten im Keller. Dort lagen alle Papiere. Natürlich brannte das ganze Zeug wie eine Fackel. Das Feuer schoß die Treppen hinauf ... und im dritten Stock war das reinste Inferno.«

»Im dritten Stock?«

»Ja. Da war die Geburtsstation«, nickte Jennings. »Nichts übriggeblieben außer Asche.«

Thorn lehnte sich müde gegen die Wand.

»Wenn Sie mich entschuldigen wollen«, sagte die Nonne.

»Warten Sie«, bat Thorn. »Und was war mit den Angestellten? Mit den Ärzten, den Pflegern, den Nonnen? Sicherlich haben doch einige überlebt.«

»Ja. Einige.«

»Hören Sie, da war ein großer Mann. Ein Priester. Ein Riese von einem Mann.«

»Hieß er vielleicht Spilletto?«

»Ja, ja«, sagte Thorn aufgeregt. »Spilletto.«

»Er war Verwaltungschef«, antwortete die Nonne.

»Ja. Er hatte Dienst. Ist er ...«

»Er hat überlebt.«

Thorns Herz schlug schneller. »Ist er hier?«

»Nein.«

»Wo?«

»In einem Kloster in Subiaco. Viele der Überlebenden kamen dorthin. Viele sind auch dort gestorben. Vielleicht ist er auch gestorben. Aber diese Feuersbrunst hat er überlebt. Ich erinnere mich noch, daß sie sagten, es sei ein Wunder, daß er überlebte. Er war nämlich zur Zeit des Brandes da droben im dritten Stock.«

»Subiaco?« fragte Jennings.

Die Nonne nickte. »Das Kloster von San Benedetto.«

Sie rannten so schnell sie konnten zum Taxi und studierten die Landkarte. Subiaco war weit weg, ganz unten im Süden Italiens. Sie müßten die Nacht opfern für die Fahrt.

Der Taxifahrer wollte zuerst nicht mitmachen. Als sie ihm dann aber eine verlockende Summe boten, ging's plötzlich. Jennings zeichnete mit dem Rotstift die Route in die Karte. Danach konnte sich der Fahrer orientieren, während sie im Fond zu schlafen gedachten.

Aber sie waren viel zu aufgeregt, um zu schlafen. Statt dessen nahmen sie sich die Bücher vor und suchten im trüben Licht des Wagens die Textstellen des Paters.

»Ich will verdammt sein ...«, flüsterte Jennings aufgeregt. »Hier haben wir's.«

»Was?«

»Hier steht's doch! Buch der Offenbarung. Wenn die Juden nach Zion zurückkehren –«

»Das war's«, unterbrach ihn Thorn erregt. »Das Gedicht. Wenn die Juden nach Zion zurückkehren. Und dann war etwas über einen Kometen ...«

»Das steht auch hier«, sagte Jennings und wies auf ein anderes Buch. »Ein Schauer von Sternen, der Aufstieg des Heiligen Römischen Reiches. Man vermutete, daß das die Signale waren, als der Antichrist geboren wurde. Des Teufels Kind.«

Während das Taxi über die Landstraßen fuhr, lasen sie ununterbrochen. Thorn holte aus seiner Aktentasche den interpretierenden Text, den er einmal benutzt hatte, um eine Rede vorzubereiten, in welcher er aus der Bibel zitiert hatte. Hier fanden sie mit klaren Worten erläutert, was die Symbole in den Schriften bedeuteten.

»Also: Die Juden sind nach Zion zurückgekehrt«, meinte Jennings, als die erste Morgenhelle am Horizont erschien, »und es gab einen Kometen. Und was den Aufstieg des Heiligen Römischen Reiches betrifft, so gibt es Wissenschaftler, die meinen, man könne dies als die Bildung des Gemeinsamen Marktes interpretieren.«

»Ein bißchen weit hergeholt . . .«, lächelte Thorn.

»Und was halten Sie davon?« fragte Jennings, während er eines seiner Bücher aufschlug. »In der Offenbarung heißt es: Er wird kommen aus dem Ewigen Meer.«

»Das ist doch wieder das Gedicht. Tassones Gedicht.«

Thorn schloß die Augen und versuchte sich zu erinnern. »Aus dem Ewigen Meer. Er erhebt sich . . . mit Armeen an jeder Küste. Ja, so hat es begonnen.«

»Er hat nichts anderes getan, als sich auf die Offenbarung bezogen. Er hat diese Verse dem Buch der Offenbarung entnommen.«

»Aus dem Ewigen Meer wird er aufsteigen und sich erheben . . .«, weiter kam Thorn nicht. Die anderen Textzeilen hatte er vergessen.

»Das ist der springende Punkt, Thorn«, sagte Jennings und deutete auf sein Buch. »Und er besagt, daß die Versammlung der internationalen theologischen Wissenschaften dieses ›Ewige Meer‹ so interpretiert hat, daß es sich dabei um die Welt der *Politik* handelt. Das Meer ist in ständiger Bewegung, erschüttert von Unruhe und von Revolutionen und Kriegen und so weiter . . .«

Jennings hörte Thorn aufmerksam zu. »Das Kind des Teufels wird auferstehen aus der Welt der Politik«, fügte er nach einer Weile bedeutungsvoll hinzu.

Thorn gab ihm keine Antwort. Er schaute zum Fenster hinaus. Das Morgenlicht enthüllte die Landschaft mehr und mehr.

Das Kloster von San Benedetto war in einem erbärmlichen Zustand, aber die gewaltige steinerne Festung hatte sich ihre Stärke und Würde selbst dann noch bewahrt, als die Elemente an den Mauern zu nagen begannen. Seit Jahrhunderten stand es auf diesem Fels, und es hatte vielen Belagerungen widerstanden.

Im Zweiten Weltkrieg waren die Mönche dieses Klosters von deutschen Streitkräften erschossen worden. Das Kloster wurde zum Hauptquartier gemacht. Im Jahre 1946 wurde es von den Italienern selbst beschossen – gewissermaßen aus Rache für das, was hinter den dicken Mauern in den letzten Jahren vorgegangen war.

Aber keiner dieser irdischen Angriffe hatte dem Kloster wirklich etwas anhaben können. San Benedetto ist ein heiliger Ort geblieben. Gewaltig erhebt sich das gotische Bauwerk gen Himmel, und wie in den Jahrhunderten vorher erklingen auch jetzt wieder die alten Gebete in seinen Mauern. Das Kloster hat alle Zeiten überdauert – auch die schrecklichen ...

Das kleine, schmutzbedeckte Taxi, das an der schweren Steinmauer entlangfuhr, hatte die Passagiere endlich ans Ziel gebracht. Der Fahrer mußte sie wachrütteln.

»Signori?«

Als Thorn sich bewegte, kurbelte Jennings bereits sein Fenster herunter und ließ die Morgenluft herein, während er die grüne, taufeuchte Landschaft betrachtete.

»San Benedetto«, murmelte der müde Fahrer.

Thorn rieb sich die Augen, er blickte zu der Silhouette des Klosters hinüber, die sich von dem rötlichen Morgenhimmel abhob.

»Schaut euch mal das an ...«, flüsterte Jennings.

»Können wir nicht näher ranfahren?« fragte Thorn.

Der Fahrer schüttelte den Kopf.

»Offensichtlich nicht«, meinte Jennings.

Sie rieten dem Fahrer, irgendwo in der Nähe zu parken und ein bißchen zu schlafen; dann stiegen sie aus und marschierten auf das Kloster zu. Nach wenigen Augenblicken standen sie mitten im hohen Gras, das ihre Hosen bis zu den Oberschenkeln näßte. Es war ein schwieriger Weg, und sie waren dafür nicht gerüstet. Die Kleider schienen an ihnen zu kleben, als sie sich mühsam durchs Feld arbeiteten. Keuchend blieb Jennings stehen. Diese wunderbare Landschaft faszinierte ihn so sehr, daß er fast eine halbe Filmrolle verschoß.

»Unglaublich«, flüsterte er. »So was habe ich noch nie gesehen.«

Ungeduldig feuerte Thorn ihn zum Weitergehen an, und Jennings beeilte sich, seinen Begleiter einzuholen. Stumm und keuchend stiegen sie bergan, und da plötzlich konnte man in der Stille den feierlichen Mönchsgesang im Kloster vernehmen. Klang dies nicht beinahe wie ein Stöhnen?

»Eigentlich sieht es hier sehr traurig aus«, meinte Jennings, als sie den Eingang erreicht hatten. »Hören Sie sich das an. Klingt es nicht wie ein Wehklagen?«

Es war furchterregend und ehrfurchtsvoll zugleich; der monotone Singsang schien aus den Wänden der steinernen Korridore und Bögen aufzusteigen, als sie langsam hineingingen und sich in der Leere umschauten, während sie versuchten, den Schauplatz der Bittgesänge zu entdecken.

»Vielleicht diesen Weg«, meinte Jennings und deutete auf einen langen Korridor. »Sehen Sie sich bloß mal diesen Dreck an!«

Der Boden vor ihnen sah aus wie ein schmutziger Pfad. Die Füße, die seit Jahrhunderten über diesen Pfad geschritten waren, hatten die Steine abgewetzt und eine Rinne geschaffen, durch die bei schwerem Regen Wasser floß. Der Weg führte zu einer riesigen steinernen Rundhalle, die durch schwere hölzerne Türen verschlossen war.

Als sie langsam näherkamen, hörten sie den Gesang deutlicher. Sie öffneten die Tür. Scheu blieben sie stehen: Es war, als wären sie direkt ins Mittelalter zurückgekehrt. Die Gegenwart Gottes und des Heiligen Geistes war spürbar, fast greifbar wie ein körperliches, lebendiges Wesen. Vor ihnen ein gewaltiger alter Raum. Steinstufen führten zu einem breiten Altar, auf dem ein mächtiges Holzkreuz stand, das den Leib Christi trug – eine Skulptur aus Meisterhand.

Die Rundhalle selbst bestand aus steinernen Blöcken, auf denen Kletterpflanzen nach oben wuchsen und sich im Mittelpunkt der kuppelartigen Decke vereinten, deren Spitze offen war. In einer Stunde etwa würden die Sonnenstrahlen durch diese Öffnung strömen und die Gestalt Christi beleuchten.

»Das ist aber ein Ding, Mann«, flüsterte Jennings. »Hier muß man ja beten.«

Thorn nickte. Seine Blicke fielen auf eine Gruppe von Mönchen, die Kapuzen trugen und zwischen den Bänken knieten, während sie beteten. Es war ein inbrünstiger, eintöniger Singsang. Bald hoben sich die Stimmen, bald wurden sie leiser, gleich einem ewigen Hinscheiden und Sicherneuern, und diese Stimmen schienen alle Kraft aus sich selbst zu schöpfen.

Im Halbdunkel fummelte Jennings an seinem Lichtmesser herum. Offenbar war die Belichtungszeit ein Problem.

»Stecken Sie das Ding weg«, flüsterte Thorn.

»Ich hätte mein Blitzlichtgerät mitbringen sollen.«

»Ich habe gesagt – stecken Sie das weg.«

Jennings warf Thorn einen wütenden Blick zu, doch er gehorchte. Thorn war tief erregt, seine Knie zitterten, am liebsten hätte er sich hingekniet und ebenfalls gebetet.

»Sind Sie in Ordnung?« flüsterte Jennings.

»Ich bin Katholik«, antwortete Thorn mit ruhiger Stimme. Und dann stutzte er. Die Augen sahen irgend etwas in der Dunkelheit. Jennings folgte seinem Blick, und er sah es ebenfalls. Es war ein Rollstuhl. Und in dem Rollstuhl saß ein Riese von einem Mann. Anders als die Mönche, die mit gesenkten Köpfen zwischen den Bänken knieten, saß der Mann steif und kerzengerade im Rollstuhl. Er hatte den Kopf geneigt und die Arme gebeugt, als ob er paralysiert wäre.

»Ist er das?« flüsterte Jennings.

Thorn nickte. Seine Augen waren groß vor Spannung. Langsam gingen die Männer weiter nach vorne, damit sie besser sehen konnten. Jennings' Herz klopfte schneller, als er die Gesichtszüge des Priesters betrachtete. Die eine Hälfte dieses Gesichtes war völlig deformiert, das eine Auge starrte blind nach oben. Die rechte Hand war verkrüppelt. Aus dem Ärmel des sackartigen Gewandes ragte lediglich ein glatter Stumpf heraus.

»Wir wissen nicht, ob er sehen und hören kann«, sagte der Mönch, der im Hof des Klosters über Spilletto stand. »Seit dem Feuer hat er nicht einen einzigen Laut von sich gegeben.«

Sie befanden sich auf einem Platz, der einstmals ein Garten gewesen sein mochte, nun aber lagen zersplitterte Steine und zerbrochene Statuen herum. Der Mönch hatte am Ende des Gottesdienstes Spillettos Rollstuhl aus der Rotunda herausgeschoben. Die beiden Männer waren ihm gefolgt und hatten sich ihm erst genähert, als sie außer Hörweite waren.

»Die Brüder müssen ihn pflegen und warten«, fuhr der Mönch fort, »und wir beten für seine Genesung, wenn seine Bestrafung beendet ist.«

»Bestrafung?« fragte Thorn.

Der Mönch nickte.

»Wehe dem Hirten, der sein Schaf verläßt. Möge sein rechter Arm verdorren und möge sein rechtes Auge das Licht verlieren.«

»Er ist in Gottes Ungnade gefallen?« fragte Thorn.

»Ja.«

»Darf ich fragen warum?«

»Weil er Christus verlassen hat.«

Thorn und Jennings wechselten einen fragenden Blick.

»Woher wissen Sie, daß er Christus verlassen hat?« fragte Thorn den Mönch.

»Durch eine Beichte.«

»Aber er kann nicht sprechen.«

»Durch eine geschriebene Beichte. Er kann seine linke Hand noch ein wenig bewegen.«

»Was war das für eine Beichte?« drängte Thorn.

Der Mönch schwieg einen Augenblick. »Darf ich fragen, warum Sie diese Fragen stellen?«

»Weil es ungeheuer wichtig ist«, antwortete Thorn ernst. »Ich möchte Sie bitten, uns zu helfen. Ein Leben steht auf dem Spiel.«

Lange betrachtete der Mönch Thorns Gesicht, dann nickte er.

»Kommen Sie mit.«

Spillettos Zelle war völlig kahl. Sie enthielt nur eine Strohmatratze und einen steinernen Tisch. Wie die Rundhalle war sie oben geöffnet. Licht und Regen hatten Zugang. Vom Regen der vergangenen Nacht war eine Wasserpfütze geblieben. Thorn sah, daß die Matratze naß war, und er fragte sich, ob alle so unbequem schliefen oder ob es ein Teil der Bestrafung Spillettos war.

»Es steht auf dem Tisch«, sagte der Mönch, als sie eintraten. »Er hat es mit Kohle hingeschrieben.«

Spillettos Rollstuhl klapperte, als er über die unebenen Steine geschoben wurde. Sie versammelten sich um den kleinen Tisch und betrachteten die seltsamen Symbole, die der Priester gezeichnet hatte.

»Er tat es, als er hierherkam«, erklärte der Priester. »Wir ließen die Kohle hier auf dem Tisch liegen, aber er hat danach nichts mehr gezeichnet.«

Es war eine groteske, schmale Figur, wie von Kinderhand hingekritzelt. Sie stand gebeugt und war mißgestaltet, ihr Kopf umgeben von einer halbkreisförmigen Linie. Was Jennings geschultem Auge sofort auffiel, waren die drei Zahlen, die der Halbkreis über dem Kopf der Figur einschloß. Es war die Zahl Sechs. Dreimal! Wie jenes Zeichen auf Tassones Oberschenkel.

»Sie werden die geschwungene Linie über dem Kopf sehen«, sagte der Mönch. »Das soll die Kapuze des Mönchs sein. Seine eigene Kapuze.«

»Ist es ein Selbstporträt?« fragte Jennings.

»Vermutlich.«

»Was bedeutet diese Sechs?«

»Sechs ist das Zeichen des Teufels«, erwiderte der Mönch. »Sieben ist die vollkommene Zahl, die Zahl unseres Herrn Jesus. Aber die Sechs ist das Zeichen des Satans.«

»Warum aber dreimal die Sechs?«

»Wir glauben, daß damit die diabolische Dreieinigkeit gemeint ist: der Teufel, der Antichrist und der falsche Prophet.«

»Vater, Sohn und Heiliger Geist«, bemerkte Thorn.

Der Mönch nickte. »Für jeden Heiligen gibt es etwas Unheiliges. Das ist von entscheidender Bedeutung bei der Versuchung.«

»Warum bezeichnen Sie das da als eine Beichte?« fragte Jennings.

»Es ist, wie Sie sagen, ein Selbstporträt. Wenigstens glauben wir dies. Und hier ist, symbolisch angedeutet, das Triumvirat der Hölle.«

»Dann wissen Sie also nicht genau, worauf sich seine Beichte bezieht?«

»Die Einzelheiten sind unwichtig«, entgegnete der Mönch.

»Alles, was wichtig ist, das ist die Tatsache, daß er zu bereuen wünscht.«

Jennings und Thorn sahen sich lange an. Enttäuschung stand auf Thorns Gesicht zu lesen.

»Kann ich mit ihm sprechen?« fragte Thorn.

»Es würde gar keinen Sinn haben.«

Thorn warf einen Blick auf Spilletto und erschauerte beim Anblick dieser unheimlichen Fratze.

»Pater Spilletto«, sagte er entschlossen, »mein Name ist Thorn.«

Stumm starrte der Priester ins Leer. Er verharrte reglos, als ob er nichts gehört hätte.

»Es hat keinen Zweck«, sagte der Mönch.

Aber Thorn ließ sich nicht abhalten.

»Pater Spilletto«, wiederholte Thorn. »Es geht um mein *Kind.* Ich will wissen, woher es stammt.«

»Bitte, Signore«, flüsterte der Mönch.

»Sie haben *ihnen* gebeichtet!« schrie Thorn. »Nun beichten Sie *mir!* Ich will wissen, woher das Kind stammt!«

»Ich muß Sie dringend bitten . . .«

»Pater Spilletto! Hören Sie mich! Sprechen Sie!«

Der Mönch versuchte an Spillettos Rollstuhl heranzukommen, aber Jennings stellte sich ihm in den Weg.

»Pater Spilletto!« rief Thorn in das stumme totengleiche Antlitz. »Ich bitte Sie! Wo ist sie?! Wer war sie?! Bitte! Geben Sie mir endlich Antwort!«

Und plötzlich zitterte der Boden, ein Beben erhob sich, und die Glocken im Kirchturm begannen zu läuten.

Es war unheimlich. Wie erstarrt standen Thorn und Jennings, als dieses Geläute von den Steinmauern des Klosters widerhallte. Dann geschah es. Die Hand des Priesters zitterte. Langsam hob sie sich.

»Die Kohle! Schnell!« flüsterte Thorn. »Gib ihm die Kohle!«

Jennings hatte sofort begriffen. Er nahm die Kohle vom Tisch und drückte sie in Spillettos zitternde Hand. Während die Glocken dröhnten, zuckte die Hand des Priesters ungelenk über die Steinplatte, doch seine Zeichen nahmen mehr und mehr die Form von Buchstaben an, und es entstanden Wellenlinien . . .

»Es ist ein Wort!« rief Jennings erregt. »C . . . E . . . R . . .«

Jede Fiber im Körper des Priesters schien zu erbeben, während er sich bemühte, mehr zu schreiben, sein mißgestalteter Mund öffnete sich weit, stieß ein tierähnliches Stöhnen aus.

»Weiter!« drängte Thorn.

». . . V . . .«, las Jennings, ». . . E . . . T . . .«

Und plötzlich schwiegen die Glocken. Die Kohle entglitt den spasmisch zuckenden Fingern des Priesters, während sein Kopf auf den Stuhl zurückfiel. Erschöpft starrte er nach oben, sein Gesicht war schweißbedeckt.

Als das Echo verklang, standen sie schweigend da und starrten auf das Wort, das er auf den Tisch gekritzelt hatte.

»Cervet . . .?« fragte Thorn.

»Cervet«, wiederholte Jennings.

»Ist das italienisch?«

Sie wandten sich an den Mönch, der auf das Wort schaute, und dann sahen sie Spilletto an, Verwirrung war in ihren Augen.

»Bedeutet das irgend etwas für Sie?« fragte Thorn.

»Cerveteri«, antwortete der Mönch. »Ich glaube, Cerveteri.«

»Was ist das?« fragte Jennings.

»Das ist ein alter Friedhof. Aus der Zeit der Etrusker. *Cimitero di Sant' Angelo.*«

Der steife Körper des Priesters hatte wieder zu zittern begonnen, und er stöhnte, als ob er zu sprechen versuchte. Doch dann beruhigte er sich, der Körper entspannte sich, als ob er sich bewußt würde, daß jedem Ton Grenzen gesetzt waren.

Thorn und Jennings betrachteten den Mönch, der enttäuscht den Kopf schüttelte.

»Cerveteri . . . das sind nichts als Ruinen. Die Überbleibsel des Schreins von Techulca.«

»Techulca?« fragte Jennings.

»Der etruskische Teufel-Gott. Die Etrusker waren Anbeter des Teufels. Ihre Begräbnisstätte war heiliger Boden.«

»Warum schreibt er gerade diesen Namen?« fragte Thorn.

»Ich habe keine Ahnung.«

»Wo ist dieser Ort?« fragte Jennings.

»Es gibt ihn eigentlich nicht mehr, Signore, abgesehen von

einigen Gräbern ... und vielleicht ein paar wilden Schweinen.«

»Wo ist das?« wiederholte Jennings drängend.

»Ihr Taxifahrer wird es wissen. Ungefähr fünfzig Kilometer nördlich von Rom.«

Es war nicht leicht, den Taxifahrer zu wecken. Und dann mußten Thorn und Jennings warten, bis er seine Notdurft im Feld neben der Straße verrichtet hatte. Er war jetzt ziemlich unfreundlich und es tat ihm leid, daß er den Job angenommen hatte, besonders als er hörte, wohin sie nun fahren wollten.

Cerveteri war ein Ort, den gottesfürchtige Menschen mieden, und sie würden sicherlich erst spät in der Nacht dort sein.

Das Unwetter, das in Rom geherrscht hatte, war nun auch hier ausgebrochen, und der prasselnde Regen machte ihnen sehr zu schaffen, als sie in der Dunkelheit die Fernstraße verließen und in eine Landstraße einbogen, die voller Schlamm und Schlaglöcher war. Das Taxi rumpelte und polterte. Es rutschte mit dem linken Hinterrad in einen Graben, und die Männer mußten aussteigen und schieben. Als sie wieder im Auto saßen, waren sie durchnäßt, und sie froren. Jennings warf einen Blick auf seine Uhr. Es war fast Mitternacht. Und das war alles, was sein Verstand registrierte, ehe er einschlief.

Als er einige Stunden später erwachte, merkte er, daß das Taxi stand. In eine Wolldecke gehüllt schlief Thorn neben ihm; alles, was er von dem Fahrer sehen konnte, waren die lehmverkrusteten Schuhe. Schnarchend lag der Mann auf dem Vordersitz.

Jennings fummelte am Türgriff herum, öffnete die Tür, trat dann steifbeinig in die Nacht hinaus und stolperte auf die Büsche zu, um zu urinieren. Es begann nun zu dämmern. Die ersten Lichtzeichen zeigten sich am Himmel. Jennings sah sich um. Er versuchte herauszufinden, wo sie waren. Allmählich begriff er, daß sie Cerveteri erreicht hatten. Vor ihm befand sich ein schmiedeeiserner Zaun, und dahinter hoben sich Grabsteine vom schwach erleuchteten Himmel ab.

Er ging zum Wagen zurück und schaute hinein. Er sah den schlafenden Thorn, dann schaute er auf die Uhr. Es war zehn Minuten vor fünf. Ruhig ging er zu der Tür des Fahrers, griff durch das Fenster und zog die Schlüssel aus der Zündung, dann ging er zum Kofferraum, schloß ihn vorsichtig auf und schob den Deckel hoch. Das Quietschen war nicht laut genug, um die beiden Männer im Auto zu wecken.

Jennings suchte in der Dunkelheit nach seinem Kameraetui, dann nahm er die Kamera heraus und legte eine neue Filmrolle ein. Vorsichtshalber prüfte er sein Blitzgerät. Das helle Licht blendete ihn einen Augenblick und er taumelte. Als er wieder klar sehen konnte, zog er die Riemen der Kamera und des Blitzgerätes über die Schultern. Plötzlich entdeckte er ein Montiereisen, das unter öligen Putzlappen in einer Ecke des Kofferraums lag. Er nahm es heraus und steckte es in den Gürtel, dann schloß er vorsichtig den Deckel und ging auf die Umfriedung zu.

Der Boden war naß, und Jennings begann zu frieren. Er schlotterte, als er am Zaun entlangschlich und eine Stelle suchte, wo er hineinschlüpfen konnte. Er fand keine, und so mußte er oben drüber klettern. Am Zaun oben angelangt, ließ er sich einfach fallen. Dabei streifte er mit dem Mantel einen scharfen Gegenstand. Sein Mantel hatte einen Riß bekommen, sonst aber hatte er, bis auf einen kleinen Ausrutscher, den Sprung gut überstanden. Jetzt machte er seine Kamera schußbereit. Langsam ging er in den Friedhof hinein. Der Himmel war heller geworden und er konnte nun die Grabsteine und die verwitterten Statuen besser erkennen. Sie waren kunstvoll gearbeitet, aber der Zahn der Zeit hatte an ihnen genagt und sie entstellt. Ihre scheußlichen, zum Teil arg verwitterten Gesichter schienen dunkle Geheimnisse zu bergen. Einige waren halb umgekippt und boten den Nagetieren, die sich um Jennings Anwesenheit nicht kümmerten, Zuflucht. Sie huschten an seinen Füßen vorbei, hier in die dunklen Löcher und tauchten dort wieder auf.

Trotz der Kälte war Jennings in Schweiß gebadet. Unsicher sah er sich um, während er über den regennassen Boden ging. Er hatte das Gefühl, beobachtet zu werden. Die leeren Augenhöhlen der Statuen schienen ihn zu verfolgen, wo immer er ging. Er blieb stehen und versuchte sich zu beruhigen, immer wieder sah er sich um. Auf einmal entdeckte er das riesige steinerne Götzenbild, das auf ihn heruntersah, das Gesicht wie in Wut verzerrt, als ob es ihm zürne.

Sein Atem ging schneller. Die Augen des Götzenbildes schienen zu fordern, daß er wieder zurückging. Das Gesicht besaß menschliche Züge, der Ausdruck war tierisch. Es hatte eine tief gefurchte Stirn, eine Knollennase, einen klaffenden, breiten und wutverzerrten Mund.

Jennings mußte gegen ein Angstgefühl ankämpfen, aber es gelang ihm, die Kamera vors Gesicht zu heben und drei Aufnahmen zu machen. Die Blitze aus seinem Gerät waren wie eine Waffe gegen das steinerne Gesicht, das vielleicht vor Jahrhunderten oder vor Jahrtausenden geschaffen worden war.

Thorn schlug die Augen auf. Er streckte sich, und da mußte er feststellen, daß Jennings fort war. Er stieg aus. Vor ihm lag der Friedhof, über dessen Gitter hinweg die Köpfe der Grabfiguren schauten – ein merkwürdiger Anblick im ersten Zwielicht.

»Jennings ...«

Keine Antwort. Thorn näherte sich dem Friedhof. Er versuchte es noch einmal mit Rufen, und diesmal meinte er ganz aus der Ferne eine Antwort gehört zu haben. Irgend etwas bewegte sich doch da drinnen! Und zwar schien es direkt auf ihn zuzukommen ...

Thorn kletterte über den Zaun. »Jennings?«

Kein Laut. Kein Geräusch. Thorn musterte jede einzelne Statue, indem er ganz langsam weiterging. Bei jedem Schritt durch den Schlamm gurgelte es in seinen Schuhen. Und auch er erschrak, als er dieses Ungeheuer aus Stein erblickte.

Eine merkwürdige Ruhe lag über allem. Es war eine gespannte Ruhe, es war, als hielte die Welt den Atem an. Er hatte Ähnliches zuvor in Pereford einmal erlebt – an jenem Abend, als er das Gefühl gehabt hatte, zwei Augen starrten ihn vom Wald her an. Er betrachtete immer wieder die Statuen, dann sah er ein mächtiges Kreuz, das kopfüber über dem regennassen Boden stand. Er hielt den Atem an. Von irgendwo hinter dem Kreuz kam noch einmal dieser seltsame Laut. Wieder war es, als ob sich jemand bewegte, doch diesmal kam es schnell und direkt auf ihn zu. Am liebsten wäre Thorn weggelaufen, doch er blieb wie angewurzelt stehen.

»Thorn!«

Es war Jennings, der atemlos und mit wilden Augen durch

die Büsche gerannt kam. Thorn vermochte das Zittern seines Körpers kaum zu bändigen. Schnell bewegte sich Jennings auf ihn zu. Er hatte das Montiereisen in der Hand.

»Ich hab's gefunden!« keuchte er. »Ich hab's gefunden!«

»Was haben Sie gefunden?«

»Kommen Sie mit. Schnell, kommen Sie mit!«

Jennings drehte sich um und lief voraus. Schlamm und Erde spritzten hoch, als er wie ein Hürdenläufer über die Grabsteine sprang. Thorn hatte Mühe, hinter ihm zu bleiben.

»Dort!« rief Jennings, während er in einer Lichtung stehenblieb. »Sehen Sie. Das sind sie!«

Vor ihm lagen zwei Gräber dicht nebeneinander. Im Gegensatz zu den anderen Gräbern auf diesem Friedhof waren sie verhältnismäßig neu. Das eine hatte die Größe eines erwachsenen Menschen, das andere war klein. Die Grabsteine waren schmucklos, sie trugen nur Namen und Daten.

»Sehen Sie die Daten?« fragte Jennings erregt. »Sechster Juni. *Sechster Juni!* Vor vier Jahren. Hier die Mutter. Hier das Kind.«

Langsam kam Thorn näher und betrachtete die Inschriften.

»Das sind die einzigen neueren Gräber auf dem ganzen Friedhof«, erklärte Jennings stolz. »Die anderen sind so alt, daß man nicht mal die Namen lesen kann.«

Jennings ließ sich auf die Knie nieder. Er wischte Staub und Schmutz von den Steinen, damit er besser sehen konnte, was da geschrieben stand.

»... Maria Aredici Santora ...«, las er. »Bambino Santora ... In Morte et in Nate Amplexarantur Generationes.«

»Was soll das bedeuten?«

»Es ist lateinisch.«

»Und was heißt das?«

»... im Tod ... und Geburt ... Umarmung von Generationen.«

»Das ist vielleicht ein Fund, was?«

Jennings bemerkte erst in diesem Augenblick, daß sein Begleiter weinte. Thorn senkte den Kopf, aber er verbarg seine Tränen nicht. Jennings schwieg.

»Das ist es«, stöhnte Thorn. »Ich weiß es. Hier liegt mein Kind begraben.«

»Und wahrscheinlich die Frau, die das Geschöpf zur Welt gebracht hat, das Sie nun aufziehen.«

Thorn machte ein entsetztes Gesicht.

»Maria Santora«, sagte Jennings und wies auf den Grabstein. »Eine Mutter und ein Kind.«

Thorn schüttelte den Kopf. Noch war ihm nicht alles klar.

»Sehen Sie«, sagte Jennings. »Sie haben von Spilletto verlangt, daß er Ihnen sage, wo die Mutter war. Dies ist die Mutter. Und dies ist wahrscheinlich Ihr Kind.«

»Aber warum hier? Warum auf diesem Friedhof?«

»Das weiß ich auch nicht.«

»Warum an diesem schrecklichen Ort?«

Jennings beobachtete Thorn. Er war genauso bestürzt wie sein Begleiter.

»Es gibt nur einen einzigen Weg, um es herauszufinden, Thorn. Wir haben es bis hierher geschafft, nun können wir die Sache auch zu Ende bringen.«

Er hob sein Eisen und stieß es kräftig in die Erde. Ein dumpfer Laut ertönte. Es war fast völlig in die Erde eingedrungen.

»Das schaffen wir leicht. Sie liegen höchstens einen Fuß tief begraben.«

Er begann mit dem Montiereisen zu graben und die Erde zu lockern. Dann nahm er seine Hände zu Hilfe.

»Wollen Sie mir nicht dabei helfen?« sagte er, und Thorn tat es höchst widerwillig. Seine Finger wurden taub vor Kälte, als er half, die Erde beiseite zu schaffen.

Eine halbe Stunde später waren sie verdreckt von oben bis unten. Beide schwitzten. Immerhin hatten sie die ganze Erdschicht beseitigt und zwei Zementplatten freigelegt. Jetzt überlegten sie, was nun getan werden mußte.

»Riechen Sie's?« fragte Jennings.

»Ja.«

»Muß ein gräßlicher Job sein. Nicht gerade gesund, könnt ich mir denken.«

Thorn antwortete nicht. Er sah bedrückt aus.

»Welche zuerst?« fragte Jennings.

»Müssen wir denn das tun?«

»Ja.«

»Ich habe ein ungutes Gefühl.«

»Wenn Sie wollen, werde ich den Taxifahrer holen.«

Thorn biß die Zähne aufeinander, dann schüttelte er den Kopf.

»Also dann los«, mahnte Jennings. »Nehmen wir das große zuerst.«

Jennings schlug mit dem Eisen ein paarmal fest zu, dann versuchte er damit unter die Seite der großen Zementplatte zu gelangen. Schließlich gelang es ihm, mit den Fingern die Kante der Zementplatte zu fassen.

»Los, verdammt noch mal!« brüllte er. Thorn reagierte schnell. Seine Arme zitterten, als er Jennings half, den schweren Zementblock hochzuheben und zur Seite zu schieben.

»Das Ding wiegt mindestens 'ne Tonne!« stöhnte Jennings. Er bot seine letzte Kraft auf, und langsam hob sich der Deckel. Die beiden Männer versuchten ihn hochzuhalten, während sie in das dunkle Loch starrten.

»Mein Gott!« keuchte Jennings.

Es war der Kadaver eines Schakals! Würmer und anderes Geschmeiß hatten der Verwesung nachgeholfen, aber noch hing etwas Fleisch an den Knochen.

Mit aufgerissenem Mund warf sich Thorn zurück; die Zementplatte entschlüpfte seinen Händen, fiel krachend herunter und zerbrach in zwei Teile.

Ein erboster Fliegenschwarm kam aus dem Grab und stürzte sich auf sie. Plötzlich war Jennings von Panik ergriffen, er rutschte im Schlamm aus, als er Thorn vom Grab wegzuziehen versuchte.

»Nein!« schrie Thorn.

»Lassen Sie uns gehen!«

»Nein!« keuchte der Botschafter. »Das andere ... das andere!«

»Wozu? Wir haben doch gesehen, was wir sehen wollten!«

»Nein, das *andere*«, stöhnte Thorn verzweifelt. »Vielleicht ist es auch ein Tier!«

»Na und?«

»Dann lebt vielleicht mein Kind irgendwo hier in der Gegend!«

Die Trostlosigkeit in Thorns Augen hieß Jennings bleiben. Er holte sein Eisen und versuchte, die kleinere Platte hochzuheben. Schnell hatte Thorn zugegriffen. Er schob die

Finger unter den Deckel, als es Jennings gelang, ihn ein wenig hochzuschieben.

Im nächsten Augenblick rutschte er zur Seite, und Thorn erstarrte. In einem kleinen Weidenkorb lagen die Überreste einer Kindesleiche, deren Schädel zerschmettert war.

»Der Kopf . . .«, schluchzte Thorn.

»O mein Gott!«

»Sie haben es umgebracht!«

»Raus hier! Nur weg von hier!«

»Sie haben meinen Sohn ermordet!« schrie Thorn und schlug den Deckel wieder zu. Dann sahen sich die beiden Männer ratlos an.

»Sie haben ihn umgebracht«, jammerte Thorn. »Sie haben meinen Sohn umgebracht!«

Jennings zog Thorn hoch. Er bot ihm seinen ganzen Beistand. Doch dann blieb er stehen, und er stand da wie gelähmt.

»Thorn.«

Thorn drehte sich um; er schaute dorthin, wo sein Begleiter hinstarrte, und da entdeckte er den Kopf eines schwarzen deutschen Schäferhundes. Die Augen waren halb geschlossen und glänzten; Speichel lief aus seinem Maul und dann entrang sich seiner Kehle ein dumpfes Heulen.

Bewegungslos standen Thorn und Jennings da, während das Tier geduckt und langsam auf sie zukroch, bis sie seinen ganzen Körper sehen konnten. Der Hund war abgemagert bis auf die Knochen, und eine offene Wunde klaffte unter den vom Blut verklebten Haaren an seiner Seite. In den Büschen begann es zu rascheln. Ein weiterer Hund kam heran. Er war grau, die Schnauze mißgestaltet, Speichel tropfte von den Lefzen. Und der nächste Hund kam. Dann wieder einer. Der ganze Friedhof schien lebendig zu werden – lauter dunkle Gestalten, die aus dem Nichts auftauchten – ein ganzes Rudel tollwütiger und heißhungriger Bestien.

Wie betäubt standen Jennings und Thorn da. Sie hatten Angst, sich zu bewegen. Sie wagten nicht, einander anzusehen, während die heulenden Tiere sie nicht aus den Augen ließen.

»Sie riechen . . . die Kadaver«, flüsterte Jennings. »Wir müssen uns . . . ganz langsam . . . absetzen . . .«

Mit angehaltenem Atem begannen die beiden Männer zurückzuweichen. Sogleich kamen die Hunde näher, geduckt, die Köpfe kaum über dem Boden, als ob sie sich jeden Augenblick auf ihre Beute stürzen wollten. Thorns Magen zog sich zusammen, und unwillkürlich mußte er rülpsen. Sofort griff Jennings nach ihm und versuchte ihn zu beruhigen.

»Nicht rennen . . . sie wollen bloß . . . die Leichen . . .«

Aber als sie an den beiden geöffneten Gräbern vorbeigingen, folgten ihnen die Hunde; tief geduckt schlichen sie hinter ihnen her, ihre Augen waren nur auf die Männer gerichtet.

Nun waren sie ganz nahe. Verzweifelt suchte Jennings nach dem Zaun, aber bis dahin waren es mindestens noch dreißig Meter.

Wieder taumelte Thorn. Er mußte sich an Jennings festhalten. Die beiden Männer zitterten, während sie sich auf staksigen Beinen davonmachten.

Und dann stießen sie mit den Rücken gegen etwas Festes. Thorn zitterte. Sie standen an der Säule des großen steinernen Götzenbildes, umringt von den Hunden, die ihnen jeden Fluchtweg versperrten. So blieben sie wie erstarrt stehen – Jäger und Beute. Der Kreis der speichelnden Hunde hatte sich geschlossen. Sie waren gefangen.

Die Sonne war jetzt aufgegangen und warf ihren rötlichen Schein über den Friedhof. Thorn taumelte wieder und hielt sich an einem Grabstein fest. Still standen die Hunde, starr die Männer. Jeder schien auf ein Signal zu warten, um sich in Bewegung zu setzen. Die Sekunden vergingen, und sie drängten sich enger aneinander. Die Männer steif und aufrecht, die Hunde geduckt, sprungbereit.

Plötzlich stieß Jennings einen gellenden Schrei aus und schleuderte sein Eisenstück in die Meute. Er wollte den Rudelführer treffen. Auf einmal war der ganze Haufen in Aufruhr. Wie auf ein Zeichen sprangen die Hunde los, um sich auf die fliehenden Männer zu stürzen. Doch schon im nächsten Augenblick lag Jennings am Boden. Die Tiere warfen sich auf ihn. Er rollte beiseite, und dabei verwickelten sich die Riemen seiner Kamera. Sie schnürten ihm schier die Kehle zu. Sie schnitten ins Fleisch seines Halses. Jetzt umtanzten ihn die Ungeheuer wie besessen. Gleich würden sie nach einem fetten Bissen schnappen.

Jennings schlug wild um sich. Er spürte die Kamera unterm Kinn ... die Linsen waren beim Angriff der wütenden Meute zerbrochen.

Thorn hatte inzwischen fast den Zaun erreicht, aber auf einmal war das Tier dicht hinter ihm. Das geifernde Maul biß ins Fleisch seines Rückens. Thorn versuchte sich zu wehren, indem er mit aller Gewalt dem Ausgang zustrebte, aber das Tier heftete sich an ihn, sprang mit erhobenen Vorderbeinen an ihm hoch, so daß er fiel. Ein kleines Stück kroch er so weiter, um sich alsbald wieder aufzurichten, doch die andern Hunde waren schon da – wie viele Hunde eigentlich? Er konnte kaum noch etwas sehen außer diesen Zähnen, die dicht vor seinen Augen aufblitzten ... Speichel traf ihn, ekliger Hundespeichel, und noch einmal kämpfte er in wilder Wut gegen diese höllische Meute, nur um den Zaun zu erreichen. Es schien unmöglich.

Eine Weile lag er da und spürte nur noch den brennenden Schmerz der Bisse in seinem Rücken. Nicht weit von ihm kauerte Jennings am Boden – ebenfalls von diesen Bestien umringt, die fortwährend nach seinem Hals schnappten. Auf einmal spürte Thorn keinen Schmerz mehr. Sein Körper spannte sich. Es gab jetzt nur eines: laufen, laufen, laufen! Er stützte sich auf die Hände, auf die Knie, er kroch auf allen vieren. Die Hunde ihm nach. Da berührte er etwas Kaltes: das Eisen, welches Jennings geworfen hatte! Mit diesem Eisen schlug er um sich – blindlings, und mit einem Mal sah er, daß er getroffen hatte, denn Blut floß, ein Hund vollführte einen irren Tanz; ein Augapfel baumelte an blutigen Sehnen aus seiner Höhle ... und das war Thorns große Chance. Noch einmal stieß er zu. Noch einmal schwang er das Eisen im Kreis. Endlich stand er auf den Beinen.

Jennings rollte am Boden, bis er einen Baum erreicht hatte. Er tastete nach einem Ast. Er versuchte sich hochzuziehen, während die Hunde sich an ihm festbissen und an den Riemen seiner Fototasche zerrten. Und während er mit ihnen kämpfte, löste irgendeine Bewegung das Blitzgerät aus. Die Tiere duckten sich, als das grelle Licht sie blendete.

Nun war Thorn auf den Füßen. Immer noch schlug er wild mit dem Eisen zu. Er traf Köpfe und Mäuler, während er rückwärts dem Zaum entgegentaumelte.

Jennings war nicht weit vom Baum. Er hielt sein Blitzgerät

vor sich und löste es jedesmal aus, wenn die Hunde herankamen. Er trieb sie zurück, bis er endlich die Einfriedung erreicht hatte.

Sofort rannte er zu Thorn. Immer noch hielt er mit seinen Blitzen die Hunde in Schach, während Thorn hinüberzuklettern begann. Seine Kleider waren zerrissen, sein Gesicht blutete. Mühsam zog er sich hoch, dann ließ er sich einfach fallen. Er hatte es geschafft, als er jenseits des Zauns hart auf die Erde fiel. Jennings folgte ihm, und immer wieder flammte sein Blitzlicht auf. Schließlich warf er es gegen die heulenden Hunde, während er mit einem Satz hinuntersprang.

Thorn taumelte. Jennings hielt ihn fest und zog ihn zum Auto, in dem der Fahrer ihnen müde entgegensah und dann erschrocken aufstöhnte. Er griff nach der Zündung, aber die Schlüssel waren nicht da. Dann riß er die Tür auf und half Jennings, Thorn auf den Rücksitz des Wagens zu schaffen.

Als Thorn im Wagen lag und Jennings zum Kofferraum rannte, um die Wagenschlüssel zu holen, schaute er zu den Hunden zurück, die sich wie wahnsinnig gebärdeten. Heulend vor Wut rasten sie immer wieder gegen das Tor. Einer versuchte darüber zu springen, und er hätte es beinahe geschafft, doch er wurde am Hals aufgepfählt und das Blut spritzte wie eine Fontäne aus der Wunde. In ihrer wilden Wut warfen sich die anderen Hunde auf ihn und zerfleischten ihn. Seine Beine zuckten wild. Sein Heulen war markerschütternd.

Die Hintertür des Taxis war noch geöffnet, als der Wagen bereits davonraste. Fassungslos schaute der Fahrer in den Rückspiegel. Thorn und Jennings sahen nicht mehr wie Menschen aus, sie lagen da wie eine unförmige Masse aus Blut und Kleidern. Sie hielten sich umklammert und weinten wie Kinder.

11

Der Taxifahrer hatte sie zu einer Unfallstation in einem Krankenhaus gebracht. Danach hatte er ihr Gepäck aus dem Wagen geladen und war davongefahren. Thorn war wie in Trance, aber Jennings beantwortete alle Fragen. Er nannte falsche Namen und erzählte eine Geschichte, die die Leute im Hospital ihm sogar glaubten.

Er berichtete ihnen, sie seien betrunken gewesen und über ein Privatgrundstück gegangen. Gewiß – Warnschilder habe es gegeben, daß die Schuppen von bissigen Hunden bewacht wurden. Irgendwo in den Außenbezirken Roms sei's gewesen, doch er könne sich nicht mehr daran erinnern, wo ... nur daß es dort auch einen hohen Zaun mit spitzen Gittern gegeben habe – ja, auf die sei sein Freund gefallen ...

Die Wunden der beiden Männer wurden behandelt, man gab ihnen eine Tetanusspritze, man sagte, sie sollten in einer Woche wiederkommen und sich einer Blutuntersuchung unterziehen, damit man sicher sei, daß die Spritzen gewirkt hätten. Sie zogen sich um und gingen. Irgendwo fanden sie ein kleines Hotel, in dem sie sich unter falschen Namen eintrugen. Der Pförtner bestand darauf, sie sollten im voraus bezahlen, und dann gab er ihnen den Schlüssel zu einem Einzelzimmer.

Sofort ging Thorn ans Telefon. Er versuchte verzweifelt, Katherine zu erreichen, während Jennings im Zimmer auf und ab ging.

»Die Biester hätten Sie umbringen können, und sie taten es nicht«, sagte Jennings, und deutlich war die ausgestandene Angst in seiner Stimme zu hören. »*Ich* war es, hinter dem sie her waren; sie haben immer versucht, *meinen* Hals zu erwischen.«

Thorn hob die Hand, damit Jennings schwieg. Ein dunkler Blutfleck war auf seinem Hemd.

»Haben Sie mitgekriegt, was ich Ihnen gesagt habe, Thorn? Hinter mir waren sie her, nach meinem Hals haben sie geschnappt.«

»Ist dort das Krankenhaus?« fragte Thorn.

»Ja, sie liegt in Zimmer 4A.«

»Mein Gott, wenn ich das Blitzlicht nicht mitgehabt hätte ...«, fuhr Jennings fort.

»Würden Sie es, bitte, versuchen?« bat Thorn. »Es ist sehr, sehr dringend.«

»Wir müssen irgend etwas tun, Thorn.«

Thorn drehte sich um und betrachtete die dunklen Stellen, welche die Riemen an seinem Hals hinterlassen hatten.

»Suchen Sie die Stadt Meggido«, sagte er ruhig.

»Wie, zum Teufel, soll ich denn das machen? Wo soll ich sie denn suchen?«

»Ich weiß nicht. Gehen Sie in eine Bibliothek.«

»Eine Bibliothek! Du lieber Himmel!«

»Hallo?« rief Thorn ins Telefon. »Katherine?«

In ihrem Klinikbett setzte sich Katherine auf, als sie hörte, daß die Stimme ihres Mannes bebte. In ihrer unverletzten Hand hielt sie den Hörer, die andere lag unbeweglich auf der weißen Stützplatte.

»Ist bei dir alles in Ordnung?« fragte Thorn.

»Ja. Bei dir auch?«

»Ja. Ich wollte mich nur vergewissern . . .«

»Wo bist du?«

»Ich bin in Rom. In einem Hotel, das Imperatore heißt.«

»Was ist los?«

»Nichts.«

»Bist du krank?«

»Nein, ich war besorgt . . .«

»Komm zurück, Jerry.«

»Ich kann jetzt noch nicht zurückkommen.«

»Ich fürchte mich.«

»Du brauchst dich vor nichts zu fürchten.«

»Ich habe im Haus angerufen und keine Antwort gekriegt.«

In seinem Hotelzimmer beobachtete Thorn den Fotografen, der sein Hemd wechselte und sich darauf vorbereitete, auszugehen.

»Jerry?« sagte Katherine. »Ich würde es für besser halten, wenn ich nach Hause ginge.«

»Bleib, wo du bist«, meinte Thorn.

»Ich mach mir wegen Damien Sorgen.«

»Nähere dich nicht dem Haus, Katherine!«

»Aber ich muß . . . ich muß . . .«

»Hör mir genau zu, Katherine. Geh nicht in die Nähe des Hauses.«

Katherine schwieg einen Augenblick, weil seine Stimme so aufgeregt klang.

»Wenn du Angst hast, daß ich irgend etwas tun könnte«, sagte sie, »dann irrst du dich sehr. Ich habe mit dem Psychiater gesprochen, und ich sehe die Dinge jetzt viel klarer. Es ist nicht Damien, der schuld an all dem ist, ich bin's.«

»Katherine . . .«

»Hör mir zu. Ich nehme ein Medikament, das Librium heißt. Es ist ein Medikament gegen Depressionen. Und es wirkt. Ich will nach Hause. Und ich möchte, daß du zurückkommst.«

Sie schwieg. Als sie wieder sprach, klang ihre Stimme heiser. »Ich wünsche mir so sehr, es käme alles wieder in Ordnung.«

»Wer hat dir das Medikament gegeben?« fragte Thorn.

»Dr. Greer.«

»Bleib in diesem Krankenhaus, Katherine. Verlaß dein Bett nicht, bis ich dich hole! Hörst du!«

»Ich möchte so gern nach Hause, Jerry.«

»Um Himmels willen . . .«

»Aber es geht mir gut!«

»Es geht dir noch nicht gut!«

»Du brauchst dir wirklich keine Sorgen zu machen um mich.«

»Katherine!«

»Ich fahre nach Hause, Jeremy.«

»Du bleibst, bis ich komme!«

»Wann?«

»Morgen früh.«

»Aber was ist, wenn irgend etwas zu Hause nicht stimmt? Ich habe dort angerufen . . .«

»Ich weiß, daß zu Hause irgend etwas nicht stimmt, Katherine.«

Es überlief sie kalt, als sie seine Worte hörte.

»Jerry?« fragte sie ruhig. »Was meinst du? Was stimmt nicht?«

»Ich kann dir das nicht durchs Telefon sagen«, antwortete Thorn verzweifelt.

»Was ist passiert? Was ist zu Hause los? Was ist nicht in Ordnung?«

»Warte doch, bis ich zu dir komme. Aber bleib, bitte, im Krankenhaus. Ich bin morgen früh bei dir und erkläre dir alles.«

»Bitte, tu mir das nicht an . . .«

»*Du* bist es nicht, Katherine. Mit dir ist alles in Ordnung.«

»Was sagst du da?«

Im Hotelzimmer warf Jennings Thorn einen verzweifelten Blick zu und schüttelte den Kopf.

»Jerry?«

»Er ist nicht unser Kind«, sagte Thorn. »Katherine, Damien gehört jemand anders.«

»Was?«

»Geh nicht nach Hause«, warnte Thorn noch einmal. »Warte in der Klinik auf mich.«

Er legte auf. Katherine blieb wie betäubt sitzen, bis sie hörte, daß die Verbindung unterbrochen war. Langsam legte sie den Hörer auf die Gabel, dann starrte sie auf die Schatten, die an den Wänden spielten. Draußen, vor ihrem Zimmer im sechsten Stock, ging der Sommer dahin ...

Sie hatte Angst, aber sie merkte, daß das Gefühl der Panik, das sonst ihre Angst immer begleitet hatte, verschwunden war. Das Medikament wirkte, sie war nun wieder imstande, klar zu denken.

Einen Augenblick nur zögerte sie, dann nahm sie den Hörer ab und wählte die Nummer ihres Hauses. Und wieder antwortete niemand. Dann reckte sie sich mühevoll hoch und drückte auf den Knopf der Gegensprechanlage über ihrem Bett.

»Ja, Ma'am?« antwortete eine Stimme.

»Ich muß das Krankenhaus verlassen. An wen kann ich mich wenden?«

»Sie brauchen die Erlaubnis Ihres Arztes.«

»Würden Sie, bitte, einmal sehen, ob Sie ihn finden können?«

»Ich will es versuchen.«

Es klickte. Katherine wartete. Eine Krankenschwester brachte ihr den Lunch, doch sie hatte keinen Appetit. Auf dem Tablett stand ein kleiner Teller Pudding. Sie berührte ihn. Wie kühl, wie beruhigend! Sie nahm ein wenig Pudding zwischen die Finger ...

Einige hundert Meilen entfernt, auf dem Friedhof von Cerveteri, war alles ruhig. Schwere Wolken hingen am Himmel, nur ein kaum hörbares Scharren durchbrach die Stille. Neben den beiden offenen Gräbern bewegten zwei Hunde mechanisch ihre Beine, während sie Schmutz in die offenen Gräber schaufelten, Schmutz, Sand, Lehm und Erde, die langsam die Überreste des Schakals und des Kindes bedeckten.

In einiger Entfernung hingen die angefressenen Überreste eines Hundes am eisernen Gittertor, während ein einsamer Hund den Kopf hob und einen klagenden Laut ausstieß. Der Laut wurde zu einem Gebell, das weithin hallte, das lauter und lauter wurde, als die anderen Tiere einfielen, bis die Luft von dem mißtönenden Chor des Todes erfüllt war.

In ihrem Hospitalzimmer drückte Katherine wieder auf den Knopf, und ihre Stimme klang ungeduldig.

»Ist jemand da?« fragte sie.

»Ja?« antwortete eine Stimme.

»Ich meine ... ich habe Sie gebeten, meinen Arzt zu suchen.«

»Ich fürchte, ich kann es nicht. Er soll im Operationssaal sein.«

Katherine wurde ungehalten.

»Könnten Sie herkommen und mir behilflich sein?«

»Ich werde versuchen, jemanden zu Ihnen zu schicken.«

»Bitte, beeilen Sie sich.«

»Ich werde tun, was ich kann.«

Sie schaffte es, aus dem Bett zu kommen, dann ging sie zum Schrank, in dem ihre Kleider hingen. Das Jackenkleid war leicht anzuziehen, aber das Nachthemd, das sie trug, war hoch bis zum Hals zugeknöpft, und als sie sich im Spiegel betrachtete, fragte sie sich, ob es überhaupt möglich war, daß sie das Ding loswurde ... mit dem Gips am Arm!

Dieses fürchterliche Ding. Es war purpurfarben, hauchdünn und einfach lachhaft in den Augen einer Frau, deren Arm festgegipst auf einer Stütze lag. Katherine zerrte an den Knöpfen, und ihre Enttäuschung wuchs, als sie diese Knöpfe nicht öffnen konnte. Dann verlor sie vollends die Geduld. Sie zerrte am Verschluß. Die Knöpfe sprangen ab. Katherine versuchte, das Ding über den Kopf zu ziehen, doch Gesicht und Haare wurden dieses fürchterliche Gewirr aus dünnem, purpurfarbenem Stoff nie und nimmer los ...

Auf dem Friedhof wuchs das Geheul der Hunde zum Wutgeheul; im Hospital kämpfte Katherine gegen den Zugriff dieses Stoffungeheuers, das sich immer enger um ihren

Kopf und ihren Hals schlang. Panische Angst kam über sie. Sie begann zu keuchen, aber dann öffnete sich eine Tür und sie entspannte sich, weil sie wußte, daß endlich Hilfe gekommen war.

Das schaurige Geheul der Hunde dröhnte über den Cimitero di Sant' Angelo. Es wurde von Augenblick zu Augenblick stärker.

»Hallo«, sagte Katherine und versuchte zu sehen, wer hereingekommen war.

Aber als ihr niemand antwortete, wirbelte sie herum. Aber sie sah nichts als den schleierartigen Stoff.

»Ist jemand hier?«

Und dann sah sie die Frau.

Es war Mrs. Baylock. Ihr Gesicht war weiß gepudert, der grinsende Mund dick mit einem roten Lippenstift bemalt. Sprachlos starrte Katherine die Frau an, die langsam an ihr vorbeiging, die Fenster öffnete und dann auf die Straße hinuntersah.

»Könnten Sie mir helfen . . .«, flüsterte Katherine. »Ich scheine . . . ich scheine hier alles verdreht zu haben.«

Mrs. Baylock grinste. Katherine lachte beim Anblick dieses komischen Gesichtes.

»Es ist ein schöner Tag, Katherine«, sagte die Frau. »Ein schöner Tag zum Fliegen.«

Und dann machte sie ein paar Schritte und ihre Hände griffen fest in das rote Nachthemd.

»Bitte . . .«, sagte Katherine.

Einen langen letzten Augenblick sahen sie sich in die Augen.

»Sie sind eine wunderschöne Frau«, sagte Mrs. Baylock. »Geben wir uns einen Kuß?«

Sie beugte sich vor, und Katherine wich zurück, aber die Frau zog sie mit einer heftigen Bewegung zum Fenster.

Am Eingang der Notstation fuhr mit heulender Sirene und Rotlicht ein Krankenwagen vor, als hoch über ihm in einem Fenster des sechsten Stocks die Gestalt einer Frau auftauchte – ein purpurfarbenes Nachthemd überm Kopf, als sie graziös hinabzuschweben begann.

Wie in Zeitlupe schien die Gestalt sich zu senken. Es war, als hinterließe sie ein Zeichen in der Luft. Niemand sah es, bis der Körper auf dem Dach des Krankenwagens landete, noch einmal hochflog, ehe er zur Ruhe kam... ehe er schließlich wie tot in der Einfahrt zur Unfallstation liegenblieb.

Ruhe war nun eingekehrt in Cerveteri. Die Gräber waren zugedeckt, die Hunde im Dickicht verschwunden.

Das Telefon weckte Thorn, der in einem todesähnlichen Schlaf lag. Nun war es dunkel geworden. Jennings war nicht da.

»Ja?« fragte Thorn schlaftrunken.

Es war Dr. Becker, und schon als Thorn seine Stimme hörte, wußte er, daß etwas geschehen war.

»Ich bin froh, daß ich Sie gefunden habe«, sagte der Arzt. »Der Name Ihres Hotels war auf Katherines Nachttisch geschrieben worden, aber ich hatte Mühe, Sie trotzdem aufzutreiben...«

»Was ist los?« fragte Thorn.

»Es tut mir leid, daß ich Ihnen das so mitteilen muß... durch ein Ferngespräch.«

»Was ist passiert?«

»Katherine ist aus dem Krankenhausfenster gesprungen.«

»Was...?« keuchte Thorn.

»Sie ist tot, Mr. Thorn. Wir haben getan, was wir nur tun konnten.«

Thorns Kehle war wie zugeschnürt. Er konnte nicht mehr sprechen.

»Wir wissen nicht genau, wie es passiert ist. Sie hat gebeten, das Krankenhaus verlassen zu können, und dann fanden wir sie draußen auf der Straße.«

»Sie ist tot?«

»Ja. Der Tod trat auf der Stelle ein. Bei dem Aufprall wurde ihr Schädel gespalten.«

Thorn begann zu stöhnen, er drückte den Hörer gegen die Brust.

»Mr. Thorn?« fragte der Arzt.

Aber er bekam keine Antwort mehr.

In der Dunkelheit seines Zimmers saß Thorn und weinte. Sein Schluchzen war draußen auf dem Korridor zu hören. Ein Nachtportier lief zu seinem Zimmer und klopfte, aber es kam keine Antwort, und so blieb es für viele Stunden.

Gegen Mitternacht kam Jennings zurück. Er ging gebückt,

so müde war er. Im Zimmer sah er, daß Thorn auf dem Bett lag.

»Thorn?«

»Ja?«

»Ich war in der Bibliothek und dann im Autoklub und schließlich habe ich die *Royal Geographic Society* angerufen.«

Thorn antwortete nicht. Jennings setzte sich schwer auf die andere Seite des Bettes. Er konnte sehen, daß der Blutfleck auf Thorns Hemd größer geworden war; die Wunde unter seiner Armhöhle leuchtete dunkel und naß.

»Etwas habe ich über diese Stadt Meggido herausgekriegt. Der Name stammt von dem Wort Harmaggedon. Das Ende der Welt.«

»Wo ist sie?« fragte Thorn ausdruckslos.

»Ungefähr fünfzig Fuß unter der Erde, fürchte ich. Außerhalb Jerusalems. Man macht gerade dort Ausgrabungen. Irgendeine amerikanische Universität.«

Wieder bekam er keine Antwort, und Jennings ging zu seinem Bett. Erschöpft legte er sich hin.

»Ich will dorthin«, flüsterte Thorn.

Jennings nickte, er stieß einen Seufzer aus.

»Wenn Sie sich nur an den Namen des alten Mannes erinnern könnten ...«

»Bugenhagen.«

Jennings schaute zum anderen Bett hinüber, doch er konnte Thorns Augen nicht sehen.

»Bugenhagen?«

»Ja. Ich habe mich auch an das Gedicht erinnert.«

Verwirrt sah ihn Jennings an. »Der Name des Mannes, den Sie besuchen sollen, heißt Bugenhagen?«

»Ja.«

»Bugenhagen war ein Exorzist, der im siebzehnten Jahrhundert lebte. In einem unserer Bücher ist er erwähnt.«

»Das war der Name«, sagte Thorn ausdruckslos. »Ich habe mich an alles erinnert. An alles, was er gesagt hat.«

»Halleluja«, murmelte Jennings.

»Wenn die Juden nach Zion zurückkehren ...«, deklamierte Thorn leise, » ... und wenn der Komet am Himmel erscheint ... wenn das Heilige Römische Reich aufersteht ... dann werden wir alle sterben.«

Jennings hörte ihm in der Dunkelheit zu; aber plötzlich fiel ihm die tonlose Stimme auf, und es war ihm klar, daß sich irgend etwas bei Thorn verändert hatte.

»Aus dem Ewigen Meer wird er aufsteigen ...«, fuhr Thorn fort, »... mit Heeren an jeder Küste ... der Mann wird sich gegen seinen Bruder wenden ... bis keiner mehr existiert.«

Er schwieg; Jennings wartete, während ein Streifenwagen mit heulender Sirene näher und näher kam und dann am Fenster vorbeiraste.

»Ist etwas passiert?« fragte er.

»Katherine ist tot«, antwortete Thorn ohne jedes Gefühl. »Ich will, daß das Kind auch stirbt.«

Von der Straße klang der Lärm in ihr Zimmer, und beide blieben wach, bis es ruhig geworden war.

Um acht Uhr rief Jennings El-Al an und buchte den Nachmittagsflug nach Isreal.

Thorn war noch nie in Israel gewesen. Sein Wissen über Land und Leute, über Kriege und Kämpfe, Attentate und Aufstände stammte aus den Zeitungen und natürlich aus seinen letzten Forschungen in der Bibel. Er war verblüfft, wie modern dieser Staat war. Er sah ein Land, von dem man sich bereits in den Zeiten der Pharaonen eine Vorstellung gemacht hatte, aber geboren wurde dieses Land erst im Zeitalter des Asphalts und des Betons.

Der Himmel hatte über dem Exodus auf Kamelrücken gewacht, nun erhoben sich riesige Wolkenkratzer und turmhohe Hotels. Der Lärm von Bauplätzen hallte von den Wänden wider. Gigantische Krane bewegten sich wie mechanische Elefanten, schwangen die mächtigen Ladungen des Baumaterials dorthin, wo es gebraucht wurde. Die ganze Stadt schien entschlossen zu sein, sich so weit auszudehnen, wie es nur möglich war.

Preßlufthämmer rissen Bürgersteige und Straßen wieder auf, die erst vor wenigen Jahren asphaltiert worden waren; überall hingen Schilder, die Ausflüge ins Gelobte Land anboten; und die Polizisten, die Gepäckstücke oder Handtaschen überprüften und ständig Ausschau nach möglichen Saboteuren hielten, waren überall.

Thorn und Jennings wurden am Flughafen angehalten,

weil ihre Gesichtsverletzungen Argwohn erweckten. Thorn benutzte seinen Zivilpaß und wurde durchgelassen, aber keiner hatte gemerkt, daß er ein Beamter der amerikanischen Regierung war. Auf dem Flug nach Rom hatte der private Jet, obwohl er weniger Sicherheit bot, seinen Zweck erfüllt, aber hier war es wichtig, anonym zu reisen und so auszusehen wie Herr Jedermann.

Sie fuhren mit einem Taxi zum *Hilton,* dann kauften sie sich leichte Bekleidung im Herrenausstattungsgeschäft. Heiß war es in der Stadt, und das Pflaster machte alles noch viel heißer. Thorns Schweiß drang durch die Bandage, und die Wunde unter dem Arm begann wieder zu schmerzen. Als Jennings die Wunde sah, schlug er dem Botschafter vor, zu einem Arzt zu gehen. Aber Thorn wollte nicht. Er wollte nur eines: er wollte diesen Bugenhagen finden.

Als sie fertig waren, war es bereits dunkel. Sie gingen durch die Straßen der City, bis die Suche beginnen konnte. Thorn fühlte sich schwach, er schwitzte stark. Sie blieben an einem Straßencafé stehen und bestellten sich Tee, denn sie hofften, er würde sich ein wenig erholen. Jetzt hatten sie einander wenig zu sagen. Jennings war nervös, er fühlte sich unbehaglich, weil sein Begleiter kaum sprach. Während er das geschäftliche Leben in der Straße beobachtete, entdeckte er zwei Frauen, die sie aus der Nähe beobachteten.

»Wissen Sie, was wir brauchen«, sagte er zu Thorn, »damit unser Verstand wieder funktionstüchtig wird?«

Thorns Augen folgten Jennings' Blicken, und er entdeckte die Frauen, die nun auf den Tisch zukamen.

»Ich schnappe mir die mit den Leberflecken«, sagte Jennings.

Angeekelt betrachtete Thorn seinen Gefährten. Der Fotograf stand höflich auf und bot den Frauen einen Platz an ihrem Tisch an.

»Sprechen Sie Englisch?« fragte Jennings, als die Schönen sich's bequem gemacht hatten.

Sie lächelten nur, ein Hinweis, daß sie kein Englisch konnten.

»Auf diese Weise ist es noch viel netter«, sagte Jennings zu Thorn. »Sie brauchen nur mit den Händen zu sprechen.«

Thorn verzog angewidert das Gesicht.

»Ich gehe ins Hotel zurück«, sagte er.

»Warum warten Sie nicht und sehen erst mal zu, was auf der Speisekarte steht?«

»Ich bin nicht hungrig.«

»Könnte aber recht gut schmecken«, lächelte Jennings.

Plötzlich merkte Thorn, was er meinte. Er stand auf und ging.

»Kümmern Sie sich nicht um ihn«, sagte Jennings zu den Mädchen. »Er ist Antisemit.«

Auf der Straße blickte Thorn noch einmal zurück. Er sah, daß Jennings die Frauen bereits befühlte; er drehte sich um und verschwand schnell in der Nacht.

Ziellos wanderte er umher, während er versuchte, nicht daran zu denken, was mit Katherine geschehen war. Er spürte das schmerzhafte Klopfen unter seinem Arm. Die nächtlichen Laute waren ihm fremd. Wenn nun der Tod ihn plötzlich rief, so würde er nicht unwillkommen sein.

Er ging an einem Nachtklub vorbei. Der Portier griff nach seinem Arm. Er versuchte ihn zu überreden: Mensch, komm doch rein. Doch Thorn ging weiter. Er schien nichts mehr zu hören, nichts mehr zu fühlen. Nicht einmal die Straßenlampen sah er durch die verschleierten Augen. Da in der Ferne strömten Leute aus einer Synagoge. Als Thorn sich ihr näherte, sah er, daß die Türen geöffnet waren. Er trat ein. Der Davidstern auf dem Altar war erleuchtet. Biblische Schriftrollen lagen unter Glas; Thorn näherte sich dem Altar, bis er vor ihm stand. Er allein, ein einsamer Mensch in der Stille der Synagoge.

»Kann ich Ihnen behilflich sein?« hörte er eine Stimme aus dem Schatten. Thorn drehte sich um. Ein alter Rabbi kam auf ihn zu.

Er war ganz in Schwarz gekleidet und ging gebeugt, als ob er Arthritis hätte; der kleine, runde schwarze Hut saß fest auf seinem Kopf.

»Dies ist die älteste Thora in Israel«, sagte er und zeigte auf die Schriftrollen. »Man hat sie am Ufer des Roten Meeres ausgegraben.«

Thorn betrachtete den Mann. Die alten wässerigen Augen leuchteten voller Stolz.

»Der Boden Israels ist geschichtlicher Boden«, flüsterte der alte Mann. »Schade, daß wir darauf gehen müssen.«

Dann wandte er sich an Thorn und lächelte.

»Sie sind Tourist?«

»Ja.«

»Was führt Sie hierher?«

»Ich suche jemanden.«

»Sehen Sie, deswegen bin ich auch hergekommen. Ich habe meine Schwester gesucht. Aber ich fand sie nicht.« Der Mann lächelte.

»Vielleicht gehen wir auch auf ihr.«

Einen Augenblick war alles still, dann hob der Mann die Hand und löschte eine Kerze.

»Haben Sie jemals den Namen Bugenhagen gehört?« fragte Thorn.

»Ist er Pole?«

»Ich weiß es nicht.«

»Er lebt in Israel?«

»Ich denke schon.«

»Was macht er hier?«

Thorn kam sich närrisch vor. Er schüttelte den Kopf.

»Ich weiß es nicht.«

»Es ist ein bekannter Name.«

Sie standen eine Weile in der Dunkelheit, und der Rabbi schien nachzudenken – vielleicht, daß er versuchte, sich an diesen Namen zu erinnern.

»Wissen Sie, was ein Exorzist ist?« fragte Thorn.

»Ein Exorzist?« lächelte der alte Mann. »Sie meinen ... mit dem Teufel?«

»Ja.«

Der Rabbi lächelte und machte eine wegwerfende Handbewegung.

»Warum lachen Sie?« fragte Thorn.

»So etwas gibt es nicht.«

»Nein?«

»Den Teufel. Den gibt es nicht.«

Er verschwand in der Dunkelheit, und Thorn hörte den Mann kichern, als ob er einen Witz gehört hätte. Wieder betrachtete Thorn die Schriftrollen, dann drehte er sich um und ging in die Nacht hinaus.

Jennings kehrte erst am folgenden Morgen zurück und ersparte es Thorn, Einzelheiten über sein Abenteuer in der vergangenen Nacht zu berichten. Die einzige Geste, daß er was mit den Frauen gehabt hatte, war, daß er bei geöffneter Tür im Badezimmer in die Hände urinierte und seine Genitalien mit dem Urin wusch.

Als er Thorns Gesichtsausdruck sah, der dieses merkwürdige und abstoßende Ritual beobachtete, sagte er: »Das habe ich in der RAF gelernt. Es ist so gut wie Penicillin.«

Thorn schloß die Tür und wartete ungeduldig darauf, daß Jennings sich anzog. Plötzlich widerte ihn die Begleitung dieses Mannes an. Aber noch mehr fürchtete er das Alleinsein.

»Gehen wir«, sagte Jennings. Er nahm sein Kameraetui. »Ich habe für uns eine Fahrt zu den Ausgrabungen gebucht, ehe ich herkam.«

Sie fuhren in einem Kleinbus mit zehn anderen Touristen durch die Altstadt Jerusalems. An der Klagemauer hielten sie. Die Touristen stiegen aus und fotografierten. Der Kommerzialismus war sogar hier grotesk. Verkäufer schoben sich durch die Menge der klagenden Juden. Sie priesen laut ihre Waren an – vom heißen Würstchen bis zum ›Plastiksouvenir mit Christus am Kreuz‹. Jennings kaufte zwei solche Kruzifixe, band eines um den Hals und gab das andere Thorn.

»Legen Sie das um, alter Junge. Vielleicht brauchen Sie's.«

Aber Thorn weigerte sich. Er begriff nicht, wieso Jennings sich benahm, als ob sie sich auf Vergnügungsfahrt befänden.

Die Fahrt in die Wüste war weniger amüsant. Der Reiseführer erzählte aus der jüngsten Geschichte Israels. Er berichtete vom Krieg zwischen den Arabern und den Juden. Er sprach von den Golanhöhen, wo die meisten Schlachten ausgetragen worden waren.

Sie rumpelten durch das Dorf Daa-Lot, in dem eine Gruppe jüdischer Schulkinder von arabischen Terroristen massakriert worden war, und nun erzählte der Führer von einer anderen Gruppe Terroristen, wie diese gefangengenommen und getötet wurden, und daß man ihre Leichen zertrampelt habe, um die toten Schulkinder zu rächen.

»Nun wissen wir, warum sie an der Mauer jammern«, murmelte Jennings.

Thorn gab keine Antwort. Schweigend saßen sie nebeneinander, während der Kleinbus dahinrollte.

Als sie glücklich die archäologischen Ausgrabungsstätten

erreichten, waren die Touristen müde und in Schweiß gebadet. Sie beschwerten sich sehr, als der Reiseführer sie in ein von Seilen umfriedetes Gebiet führte und ihnen erklärte, daß hier an Ausgrabungen gearbeitet werde.

Unter ihren Füßen befanden sich des Königs Salomon Quellen – ein ausgeklügeltes System von Gruben und Kanälen, die sich wahrscheinlich bis Jerusalem erstreckten, welches ungefähr sechzig Meilen entfernt lag.

Irgendwo innerhalb des Systems standen die Ruinen einer alten Stadt, und viele hielten diese Stadt für den Ort, wo die Bibel geschrieben worden war. Man hatte Texte gefunden, deren Inhalt sich auf das Alte Testament bezog. Die Ausgrabung war ein ehrgeiziges Projekt, denn kein Mensch wußte genau, wo die Stadt lag. Hier konnten keine Bulldozer eingesetzt werden, die die Erde aufrissen. Hier wurde, Zentimeter für Zentimeter, Erdreich mit Schaufeln und Bürsten entfernt.

Während der Fremdenführer erzählte, sprachen Jennings und Thorn mit einigen Studenten, die bei den archäologischen Ausgrabungen mitarbeiteten. Aber sie erfuhren nichts. Niemand kannte den Namen Bugenhagen, und alles, was sie von der Stadt Meggido wußten, war, daß vor vielen Jahrhunderten irgendeine Bodenumwälzung sie in die Erde hatte versinken lassen. Vielleicht war es ein Erdbeben, möglicherweise eine Überschwemmung gewesen, denn man hatte Muscheln hier gefunden – an einer Stelle, die weit vom Wasser entfernt war.

Thorn und Jennings kehrten in ihr Hotel zurück. Sie erfrischten sich, dann gingen sie über die Marktplätze und fragten jeden, den sie nur ansprechen konnten, ob er den Namen Bugenhagen jemals gehört habe.

Niemand hatte ihn gehört. Doch sie gaben nicht auf. Thorn war nun niedergeschlagen, und seine Kraft ließ mehr und mehr nach. Die meiste Arbeit übernahm Jennings. Er besuchte Geschäfte und Fabriken. Er prüfte Telefonbücher. Er ging sogar zur Polizei.

»Vielleicht hat er seinen Namen geändert«, seufzte Jennings, als sie am Morgen des zweiten Tages auf einer Parkbank saßen. »Vielleicht heißt er George Bugen oder Jim Hagen. Oder Izzy Hagenberg?«

Am nächsten Tag fuhren sie nach Jerusalem hinein und

nahmen sich ein Zimmer in einem kleinen Hotel. Wieder versuchten sie jemanden zu finden, der diesen so fremdartig klingenden Namen gehört hatte. Doch es war zwecklos. Sie konnten so nicht weitermachen.

»Ich sage, wir geben auf«, meinte Jennings, während er den Blick von der Veranda ihres Zimmers über die Stadt schweifen ließ.

Im Zimmer war es heiß. Schweißbedeckt lag Thorn auf dem Bett.

»Wenn es hier einen Bugenhagen gibt, dann haben wir überhaupt keine Chance, ihn zu finden. Und soweit wir wissen, existiert er nicht einmal.«

Er ging ins Zimmer und holte eine Zigarette.

»Lieber Himmel, dieser kleine Priester stand doch die ganze Zeit unter der Einwirkung von Morphium. Wir verlassen uns auf sein Wort, als ob es ein Name aus der Bibel wäre. Bloß gut, daß er Ihnen nicht gesagt hat, Sie sollten zum Mond fliegen.«

Er setzte sich schwer aufs Bett und sah zu Thorn hinüber.

»Ich weiß nicht, Thorn. Vorher ergab das alles einen Sinn, aber jetzt ist es irgendwie verrückt.«

Thorn nickte. Mühsam richtete er sich auf. Sein Verband hatte sich gelöst, und Jennings verzog das Gesicht, als er die Wunde sah.

»Das sieht aber verdammt mies aus«, meinte er.

»Es ist schon gut.«

»Glaube ich nicht. Das sieht aus, als ob die Wunde eitern würde.«

»Es ist gut«, wiederholte Thorn.

»Warum lassen Sie uns nicht zu einem Arzt gehen?«

»Suchen Sie diesen alten Mann«, zischte Thorn, »er ist der einzige, der mich interessiert.«

Jennings wollte ihm gerade eine scharfe Antwort geben, als er durch ein leises Klopfen an der Tür unterbrochen wurde. Er ging hin und öffnete sie. Im Flur stand ein Bettler. Ein kleiner Mann, ein Araber – alt und nackt sein Oberkörper. Als er lächelte, zeigte er einen Goldzahn. Er verbeugte sich mit übertriebener Höflichkeit.

»Was wollen Sie?« fragte Jennings.

»Sie suchen den alten Mann?«

Jennings und Thorn sahen sich an.

»Was für einen alten Mann?« fragte Jennings vorsichtig.

»Auf dem Marktplatz haben Sie erzählt, daß Sie den alten Mann suchten.«

»Wir suchen einen Mann«, gab Jennings vorsichtshalber zu.

»Ich werde Sie hinbringen.«

Schwerfällig erhob sich Thorn. Er starrte Jennings an.

»Beeilen – beeilen«, drängte der Araber. »Er sagt, Sie sollen gleich kommen.«

Schweigend folgten sie zu Fuß dem kleinen Araber durch die Straßen Jerusalems. Er ging für einen alten Mann überraschend schnell. Thorn und Jennings hatten Mühe, mit ihm Schritt zu halten. Einmal hätten sie ihn fast verloren, als er in der Menge auf dem Marktplatz war, doch dann tauchte er auf der anderen Seite oben auf einer Mauer wieder auf.

Ihre Müdigkeit schien ihn zu belustigen. Er war ihnen immer einige Meter voraus, wenn er sich behende durch die engen Gäßchen und Tore bewegte. Als sie aufgeholt hatten und heftig nach Atem rangen, verzog er seinen Mund wie ein Kater. Offensichtlich hatten sie das Ende ihres Weges erreicht, doch sie sahen jetzt nur eine Wand aus Ziegelsteinen. Plötzlich war ihnen der Gedanke gekommen, man wolle sie in irgendeine Falle locken.

»Unten«, sagte der Araber. Er entfernte ein Gitter und machte eine Handbewegung, daß sie hinuntersteigen sollten.

»Was, zum Teufel, ist das?« fragte Jennings.

»Beeilen – beeilen«, wiederholte der Araber grinsend.

Wieder sahen sich Thorn und Jennings an. Sie wußten nicht, ob es richtig war, dem Araber zu folgen, aber dann zuckte Thorn mit den Schultern. Der Araber schob das Gitter wieder vor, als sie hinter ihm eintraten.

Im Innern war es dunkel. Der Mann entzündete eine Fackel und ging schnell vor ihnen her. Er stieg nach unten, und sie konnten in dem trüben Licht eine schlüpfrige Treppe erkennen, die aus rohen Steinen gehauen war. Und diese Steine waren durch die Straßendränage von dicken braunen Algen überzogen, die entsetzlich stanken und jede Bewegung zu einem Abenteuer werden ließen. Sie stolperten, als sie vorsichtig weitergingen, aber als sie endlich auf festem Boden standen, überraschte der Araber sie, denn plötzlich rannte er los.

Sie versuchten ihm zu folgen, aber sie konnten sich auf den glitschigen Steinen unter ihren Füßen nicht schnell genug bewegen. Der kleine Mann rannte. Seine Fackel wurde zu einem langen Lichtstreifen in der Ferne. Nun war es dunkel, der Tunnel war eng, ihre Arme berührten fast die Seitenwände.

Es war wie ein gewaltiger Dränagekanal, vielleicht überhaupt die Kanalisation der Stadt, und Jennings überlegte, daß es gut möglich war, daß sie durch das verwirrende System der alten Wasserkanäle wanderten, die ihnen von den Archäologen bei den Ausgrabungen in der Wüste erklärt worden waren.

Festes Gemäuer und Dunkelheit ringsum. Sie tasteten sich blindlings weiter. Ihre Schritte erklangen im Tunnel. Es war das Echo. Das Fackellicht war nun ganz verschwunden. Sie gingen langsamer, als sie merkten, daß sie allein waren.

Sie konnten einander nicht sehen, doch das mühsame Atmen sagte ihnen, daß sie nicht weit voneinander entfernt waren.

»Jennings . . .«, keuchte Thorn.

»Ich bin hier.«

»Ich kann nichts sehen.«

»Dieses Schwein . . .«

»Warten Sie auf mich.«

»Es bleibt mir nichts anderes übrig«, meinte Jennings. »Wir stehen direkt vor einer festen Mauer.«

Thorn machte noch einige Schritte, dann berührte er Jennings und schließlich befühlte er die Wand. Ihr Weg war zu Ende und der Araber verschwunden.

»Ich begreif's nicht ganz«, sagte Jennings. »Jedenfalls ist er nicht an uns vorbeigekommen. Vielleicht ist er irgendwo unterwegs abgebogen.«

Er zündete ein Streichholz an, das für Sekunden eine kleine Stelle erleuchtete. Es war wie ein Grab. Die Felsendecke schien sie zu erdrücken. Die Risse waren naß, Asseln krochen über die Steine.

»Ist das ein Abwasserkanal?« fragte Thorn.

»Es ist naß«, bemerkte Jennings. »Warum, zum Teufel, ist es naß?«

Sein Streichholz ging aus, und sie standen wieder in der Dunkelheit.

»Aber das ist doch Wüste. Wo kommt bloß das Wasser her?«

»Es muß eine unterirdische Quelle geben ...«, überlegte Thorn.

»Oder Zisternen. Ich wäre nicht überrascht, wenn wir diesen unterirdischen Kanälen nahe wären. Man hat da draußen in der Wüste Muscheln gefunden. Es ist doch durchaus möglich, daß damals, als diese Stadt Meggido verschwand, unter der Erde Wasser zurückgeblieben ist.«

Thorn schwieg, sein Atem ging immer noch schwer.

»Lassen Sie uns gehen«, keuchte er.

»Durch die Wand?«

»Zurück. Wir wollen sehen, wie wir hier zurückfinden.«

Sie streckten die Hände aus, um die feuchte Felswand zu berühren. So konnten sie ihren Weg finden. Sie kamen nur langsam voran. Da sie nichts sehen konnten, schien jeder Zentimeter wie ein Kilometer zu sein. Und dann fuhr Jennings Hand plötzlich ins Leere.

»Thorn?«

Er ergriff Thorns Arm und zog ihn zu sich heran. Gleich hier zweigte ein Korridor ab in anderer Richtung – vielleicht in einem Winkel von neunzig Grad. Sie hatten ihn vorhin übersehen.

»Da hinten ist irgendwo ein Licht«, flüsterte Thorn.

»Wahrscheinlich unser kleiner Gandhi.«

Vorsichtig bewegten sie sich in diesem zweiten Korridor weiter. Es schien kein Dränagekanal zu sein, eher eine Kaverne. Felsbrocken lagen in ihrem Weg, die Wände waren uneben und dadurch wurde dieser Korridor manchmal ungewöhnlich breit.

Während sie sich vorsichtig weitertasteten, entdeckten sie schließlich, was vor ihnen lag. Es war nicht nur das Licht einer einzelnen Fackel, sondern eine hellerleuchtete Kammer. Wie Schatten standen zwei Männer da, die sie beobachteten und auf sie warteten, während sie langsam weitergingen.

Da war auch wieder der arabische Bettler. Er hielt die erloschene Fackel in der Hand. Der andere war ein älterer Mann in Khaki-Shorts und einem kurzärmeligen Hemd. Sein Anzug glich dem der Archäologen, die sie in der Wüste bei der Ausgrabungsstätte gesehen hatten.

Das Gesicht des Mannes war ernst und gespannt, das

Hemd klebte ihm am schweißigen Körper. Hinter ihnen konnten sie einen Holztisch sehen, auf dem Stapel von Papieren und Schriftrollen lagen.

Jennings und Thorn stiegen über eine Türschwelle von behauenen Felssteinen und betraten den Raum. Blinzelnd versuchten sie in dem hellen Licht etwas zu erkennen. Die Kammer war von Dutzenden brennender Laternen erleuchtet. Das Dunkel ließ Gebäude und steinerne Treppen vermuten, die mit den Felsen zu verschmelzen schienen. Der Boden unter ihnen war aus hartem Lehm, doch konnten sie ab und zu Kopfsteinpflaster erkennen; es mußte sich um eine alte Straße handeln.

»Zweihundert Drachmen«, sagte der Araber mit ausgestreckter Hand.

»Können Sie ihn bezahlen?« fragte der Mann mit den Khaki-Shorts.

Thorn und Jennings starrten ihn an. Der Mann zuckte mit den Schultern.

»Sind Sie . . .?«

Das plötzliche Nicken des Mannes unterbrach ihn. »Sie sind Bugenhagen?«

»Ja.«

Jennings betrachtete ihn argwöhnisch.

»Bugenhagen war ein Exorzist im siebzehnten Jahrhundert.«

»Das war vor neun Generationen.«

»Ich bin der letzte«, erwiderte der Mann. »Und ich werde der letzte bleiben.«

Er ging hinter seinen Tisch und setzte sich schwerfällig hin. Das Licht der Tischlampe beleuchtete sein Gesicht, das fast durchsichtig erschien. Klar waren die Venen an den Schläfen und die Glatze zu erkennen. Sein Gesicht war gespannt, irgendwie verbittert, als ob ihm das, was er nun tun sollte, nicht gefiele.

»Was ist das hier für ein Ort?« fragte Thorn.

»Die Innenstadt von Jezreel, die Stadt Meggido«, antwortete der Mann ausdruckslos. »Meine Festung, mein Gefängnis. Der Ort, wo das Christentum begann.«

»Ihr Gefängnis . . .?« fragte Thorn.

»Geographisch gesehen ist es das Herz der Christenheit. Solange ich hier drin bleibe, kann mir nichts geschehen.«

Er schwieg und wartete auf ihre Reaktion. Noch zweifelten sie, und der Zweifel stand auf ihren Gesichtern geschrieben.

»Können Sie meinen Boten bezahlen, bitte?« fragte er.

Thorn griff in die Tasche und holte ein paar Banknoten heraus. Der Araber nahm sie und verschwand sofort in der Richtung, aus der er gekommen war. Die drei Männer sahen einander schweigend an. Der Raum war kalt und feucht. Thorn und Jennings erschauerten, als sie sich umsahen.

»Über diesen Platz«, sagte Bugenhagen, »sind einstmals römische Armeen marschiert, und die alten Männer saßen auf steinernen Bänken. Flüsternd sprachen sie über die Geburt Christi. Die Geschichten, die sie erzählten, wurden hier aufgeschrieben«, fuhr er fort und machte eine umfassende Handbewegung, »in diesem Gebäude – mühselig niedergeschrieben alles – und zu Büchern vereinigt, die wir als Bibel kennen.«

Jennings entdeckte eine dunkle Höhle hinter ihnen, und Bugenhagens Augen folgten seinem Blick.

»Die ganze Stadt ist hier«, sagte er. »Fünfunddreißig Kilometer von Norden nach Süden. Das meiste ist passierbar, allerdings ist in der letzten Zeit einiges eingestürzt. Sie graben da oben weiter und dadurch stürzt manches hier unten ein. Aber bis sie unten sind, wird alles Schutt sein.« Er schwieg und in seinem Gesicht stand die Trauer.

Thorn und Jennings hörten ihm lange zu und versuchten sich das zu merken, was sie sahen und hörten.

»Der kleine Priester«, sagte Bugenhagen. »Er ist jetzt tot?«

Thorn wandte sich ihm zu, plötzlich überkam ihn die Erinnerung an Tassone.

»Ja«, antwortete er.

»Dann nehmen Sie Platz, Mr. Thorn. Wir sollten nun an die Arbeit gehen.«

Doch Thorn blieb stehen. Der alte Mann sah Jennings an.

»Sie müssen mir verzeihen. Aber das ist eine Sache, die allein Mr. Thorn angeht.«

»In dieser Angelegenheit gehöre ich zu ihm«, erwiderte Jennings.

»Ich fürchte nein.«

»Ich habe ihn hierher gebracht.«

»Sicher wird er Ihnen dankbar sein.«

»Thorn ...?«

»Tun Sie, was er sagt«, antwortete Thorn.

Jennings' Augenbrauen zogen sich zusammen. Warum war Thorn so ungehalten?

»Wo, zum Teufel, soll ich denn hingehen?«

»Nehmen Sie eine Lampe«, sagte Bugenhagen.

Widerwillig tat Jennings, was ihm der Mann gesagt hatte. Er warf einen wütenden Blick auf Thorn, dann hob er die Lampe vom Haken an der Wand und verschwand in der Dunkelheit.

Eine Weile herrschte Stille. Der alte Mann erhob sich hinter seinem Schreibtisch und wartete, bis er die schlurfenden Geräusche von Jennings' Schritten nicht mehr hörte.

»Trauen Sie ihm?« fragte Bugenhagen.

»Ja.«

»Trauen Sie keinem.«

Er drehte sich um, griff in ein Regal, das in die Felsen eingehauen war, und nahm etwas heraus, das in ein Tuch eingeschlagen war.

»Sollte ich Ihnen trauen?« fragte Thorn.

Der alte Mann kehrte zum Tisch zurück und öffnete das Tuch. Es war seine Antwort. Da lagen sieben Dolche, die im Licht glänzten. Sie waren dünn, hatten Griffe aus Elfenbein und jeder Griff zeigte das geschnitzte Abbild des Gekreuzigten.

»Vertrauen Sie diesen«, sagte er. »Nur diese können Sie retten – diese allein.«

In den Kavernen dort hinten stand die Luft still. Jennings ging gebückt unter der niedrigen Felsdecke und starrte in den Lichtkreis, den die Laterne in seiner Hand warf. In den Mauern waren Gegenstände aus prähistorischer Zeit eingelassen. Skelette, halb im Fels vergraben, und es sah aus, als ob diese Wand einstmals die alte Straße gesäumt hätte. Langsam ging er in dem allmählich sich verengenden Tunnel weiter ...

Die Lichter schienen trüber geworden zu sein. Angsterfüllt starrte Thorn auf den Tisch. Die sieben Dolche steckten fest in dem Holz und bildeten das Zeichen des Kreuzes.

»Es muß auf geheiligtem Boden geschehen«, flüsterte der

alte Mann. »In einer Kirche. Sein Blut muß über dem Altar Gottes vergossen werden.«

Seinen Worten folgte Schweigen, und er betrachtete Thorn, um sich zu vergewissern, daß er verstanden hatte.

»Jedes Messer muß bis zum Griff in ihn eindringen. Bis zu den Füßen der Gestalt Christi ... und es muß so geschehen, daß die Dolche das Zeichen des Kreuzes bilden.«

Der alte Mann streckte eine ausgezehrte Hand hoch und zog mit Mühe das Messer, das in der Mitte steckte, heraus.

»Der erste Dolch ist der wichtigste. Er löscht das physische Leben aus und bildet den Mittelpunkt des Kreuzes. Die anderen töten das geistige Leben, und sie sollten nach außen gerichtet werden ... so ...«

Er schwieg und erforschte Thorns Gesichtszüge.

»Sie dürfen kein Mitleid haben, es darf kein Mitfühlen geben, keine Sympathie und keine Liebe«, belehrte er ihn. »Dies ist kein menschliches Kind.«

Thorn versuchte etwas zu sagen. Als er die Worte endlich herausbrachte, klangen sie fremd, heiser, fast verzerrt, denn es war viel Betrübnis in ihnen.

»Und was ist, wenn Sie sich irren?« fragte er. »Wenn er nicht –«

»Machen Sie keinen Fehler.«

»Es muß doch irgendeinen Beweis geben ...«

»Er besitzt ein Muttermal. Eine Folge der Zahl Sechs.«

Thorns Atem ging schneller.

»Nein!« rief er.

»Die Bibel sagt, daß alle Apostel Satans dieses Zeichen tragen.«

»Er hat aber keines.«

»Psalm 12, Vers 6: Laß ihn, der es weiß, dem Untier die Zahl zuordnen; denn es ist eine menschliche Zahl; die Zahl lautet: 666.«

»Aber er hat es nicht, ich sage es Ihnen doch.«

»Er *muß* es haben.«

»Ich habe ihn *gebadet*. Ich habe jeden Zentimeter seiner Haut gesehen.«

»Wenn es auf seinem Körper nicht sichtbar ist, dann werden Sie es unter den Haaren finden. Hatte er nicht sehr viele Haare, als er geboren wurde?«

Thorn erinnerte sich an den Augenblick, da er das Kind

zum erstenmal gesehen hatte. Und er erinnerte sich, wie betroffen er beim Anblick des dichten, wunderbaren Haares gewesen war.

»Entfernen Sie es«, sagte Bugenhagen. »Sie werden das Zeichen darunter versteckt finden.«

Thorn schloß die Augen und legte den Kopf in die Hände.

»Wenn Sie einmal begonnen haben, zögern Sie nicht.«

Thorn schüttelte den Kopf. Es war eine Unmöglichkeit. Er konnte es nicht tun.

»Zweifeln Sie an dem, was ich sage?« fragte Bugenhagen.

»Ich weiß nicht.« Thorn seufzte.

Der alte Mann lehnte sich zurück und betrachtete ihn.

»Ihr ungeborenes Kind wurde getötet, wie es vorausgesagt wurde. Ihre Frau ist tot . . .«

»Aber das ist doch ein *Kind!*«

»Brauchen Sie denn noch mehr Beweise?«

»Ja.«

»Dann warten Sie darauf«, sagte Bugenhagen. »Hören Sie: Es muß getan werden. Oder es wird viel Unheil geschehen. Wenn Sie unsicher sind, dann werden sie Sie besiegen.«

»Sie . . .?«

»Sie sagten, da wäre eine Frau. Eine Frau, die das Kind betreut.«

»Mrs. Baylock . . .«

Wieder lehnte sich der alte Mann zurück. Er nickte.

»Ihr Name ist B'aalock. Sie ist eine Abtrünnige des Teufels und sie wird sterben, ehe sie dies erlaubt.«

Die beiden Männer schwiegen. Hinter ihnen in der Kaverne wurden Schritte hörbar. Jennings löste sich aus der Dunkelheit. Er sah bestürzt aus.

»Tausende von Skeletten . . .«, flüsterte er.

»Siebentausend«, antwortete Bugenhagen.

»Was ist denn passiert?«

»Meggido war Harmaggedon. Das Ende der Welt.«

Jennings kam auf sie zu, erschüttert von dem, was er gesehen hatte.

»Sie meinen . . . Harmaggedon hat bereits stattgefunden?«

»O ja«, erwiderte Bugenhagen. »Und es wird noch viele Male geschehen.«

Er zog die Dolche heraus, wickelte sie in das Tuch ein und

gab Thorn das Päckchen. Thorn wollte es nicht nehmen, doch Bugenhagen drängte es ihm auf. Ihre Blicke begegneten sich. Thorn erhob sich.

»Ich habe lange genug gelebt«, sagte Bugenhagen mit zitternder Stimme. »Ich hoffe, daß ich nicht umsonst gelebt habe.«

Thorn drehte sich um und folgte Jennings in die Dunkelheit. Schweigend gingen sie den Weg zurück, nur einmal wandten sie sich um. Aber der Raum war nicht mehr zu sehen. Die Lichter waren gelöscht. Die Dunkelheit verhüllte, was soeben noch greifbar war.

Schweigend gingen sie durch die Straßen Jerusalems. Fest umfaßten Thorns Hände das Päckchen. Er ging wie ein Automat, ohne auf die Umgebung zu achten. Er starrte geradeaus, und sein Gesichtsausdruck war düster.

Jennings hatte versucht, ihm das Geheimnis zu entlocken, aber Thorn blieb fest. Nun, da sie über einen schmalen Bürgersteig in offenes Baugelände gelangten, verlor der Fotograf vollends die Geduld. Er machte Thorn die bittersten Vorwürfe.

»Hören Sie! Ich will alles wissen, was er gesagt hat! Ich hab' ein Recht, es zu wissen, nicht wahr?«

Aber Thorn ging mit gesenktem Kopf weiter. Nur seine Schritte wurden schneller, als ob er versuchte, ihm davonzulaufen.

»Thorn! Ich will wissen, was er gesagt hat!«

In der nächsten Straße war Jennings neben ihm. Er packte Thorn am Arm.

»Hören Sie! Mit mir können Sie das nicht machen! Ich bin schließlich derjenige, der ihn gefunden hat.«

Thorn blieb stehen und sah in Jennings' Augen.

»Ja. Sie sind es, nicht wahr? Sie sind derjenige, der all das gefunden hat.«

»Was soll denn das nun wieder bedeuten?«

»Sie sind derjenige, der darauf bestanden hat! Sie sind derjenige, der nicht aufgehört hat, mir das einzureden ...!«

»Nun halten Sie aber mal die Luft an!«

»Sie sind derjenige, der diese Fotos gemacht hat ...«

»Sie sollen ...«

»Sie sind derjenige, der mich hierher gebracht hat ...«

»Was ist denn bloß mit Ihnen los?«

»Ich weiß nicht einmal, wer Sie sind!«

Er entzog seinen Arm Jennings' Griff und drehte sich um. Jennings hielt ihn fest.

»Sie werden jetzt hier einen Augenblick warten und mir zuhören, was ich Ihnen zu sagen habe.«

»Ich habe Ihnen schon viel zu lange zugehört.«

»Ich versuche doch bloß Ihnen zu helfen.«

»Nicht mehr!«

Sie starrten einander wütend an. Thorn zitterte am ganzen Leib.

»Wenn ich nur daran denke, daß ich mir das alles angehört habe! Daß ich es geglaubt habe!«

»Thorn . . .«

»Denn alles, was ich weiß, ist, daß dieser alte Mann irgendein Fakir ist, der mit Messern herumspielt!«

»Worüber haben Sie gesprochen?«

Mit zitternden Händen hielt Thorn das Päckchen hoch.

»Das sind Dolche! Waffen! Er will, daß ich ihn ersteche! Er erwartet von mir, daß ich das Kind ermorde!«

»Es ist kein Kind!«

»Es ist ein Kind!«

»Um Himmels willen, wie viele Beweise wollen Sie denn noch haben?«

»Und wofür halten Sie mich?«

»Nun beruhigen Sie sich doch.«

»Nein!« brüllte Thorn. »Ich werde es nicht tun! Ich will es nicht tun! Ein Kind ermorden? Für was für einen Menschen halten Sie mich eigentlich?«

Wutentbrannt wirbelte er herum, dann warf er das Päckchen mit den Messern weit von sich, sie knallten gegen eine Wand und fielen zu Boden. Da blieb Jennings stehen. Er starrte in Thorns wütende Augen.

»Vielleicht werden Sie es nicht tun«, knurrte er, »aber ich werde es tun.«

Er wollte sich umdrehen, aber Thorn packte ihn am Arm.

»Jennings.«

»Sir?«

»Ich will Sie nie mehr wiedersehen! Ich will mit der ganzen Sache nichts mehr zu tun haben.«

Mit entschlossener Miene rannte Jennings in das Gäßchen. Er suchte das Päckchen mit den Dolchen. Am Boden lagen

Steine, Holz und Sand. Die Luft erdröhnte von den Preßlufthämmern, und eine schwere Maschine, die die Erde beiseite schob, schob zugleich das Päckchen mit, bis es neben einem verrotteten Kübel lag.

Schnell rannte Jennings herbei. Er beugte sich über das Päckchen und so sah er den Arm des gewaltigen Krans nicht, als dieser hoch über ihm schwebte, einen Augenblick lang innehielt und dann die riesige Glasscheibe herunterließ, die er transportiert hatte.

Sie kam herunter mit der Endgültigkeit einer Guillotine. Sie traf Jennings' Hals. Sie trennte seinen Kopf vom Körper. Dann zerbrach sie in Millionen Scherben.

Thorn hörte den Aufprall, dann die Schreie der Fußgänger, die aus allen Richtungen in das Gäßchen gerannt kamen, in dem Jennings verschwunden war.

Er drängte die Menge zur Seite, bis er die Stelle erreichte, wo der Körper lag. Jennings war buchstäblich enthauptet; als ob sein Herz noch schlüge, so spritzte das Blut in pulsierenden Stößen aus dem Hals. Auf einer Veranda stand eine Frau mit blassem Gesicht. Sie zeigte immerfort nach unten und schrie. Der Kopf lag in einem Abfalleimer, die toten Augen starrten gen Himmel.

Mit letzter Kraft riß Thorn sich zusammen. Steifbeinig bewegte er sich vorwärts, dann hob er das Päckchen mit den Dolchen auf, das auf dem Schotter neben Jennings' lebloser Hand lag.

Langsam drehte er sich um. Seine Augen schienen erstarrt zu sein, als er durch das Gäßchen ging und den Weg zum Hotel suchte.

12

Acht Stunden dauerte der Flug nach London. Wie betäubt saß Thorn auf seinem Platz. Sein Verstand verweigerte die Arbeit.

Alle die Gedanken, die früher wie Blitze durch sein Gehirn gezuckt waren – Vermutungen, Visionen, Zweifel –, waren ausgelöscht worden. Ausgelöscht waren Angst, Kummer und Verwirrung; sein ganzer Denkprozeß schien sich auf einen einzigen Gedanken zu konzentrieren – und dieser Gedanke kreiste um das, was er tun mußte.

Auf dem Londoner Flughafen gab ihm eine Stewardeß das Päckchen mit den Dolchen zurück, das er nach den Bestimmungen gegen Flugzeugentführungen hatte deponieren müssen, bis der Flug zu Ende war. Sie machte eine Bemerkung, wie schön sie seien und fragte, wo Thorn sie gekauft habe.

Er antwortete kaum, steckte das Päckchen in sein Jackett und betrat die fast leere Halle. Es war nach Mitternacht, und der Flughafen war bereits geschlossen. Nur weil die Sichtverhältnisse so ausgezeichnet waren, hatte man seiner Maschine eine Landung erlaubt.

Aber London lag im Nebel, und selbst die Taxifahrer sträubten sich dagegen, ihn nach Pereford zu befördern. Es war verwirrend, so nach London zurückzukehren, wenn keiner auf ihn wartete, kein Auto dastand, um ihn abzuholen, und es schmerzte ihn, wenn er daran dachte, wie es früher gewesen war. Immer hatte Horton auf ihn gewartet und ihm erzählt, wie das Wetter sich entpuppte. Katherine ... immer hatte sie ihn mit einem lieben Wort begrüßt.

Jetzt aber stand er allein und frierend in der kalten Nacht und wartete auf einen Wagen, den ihm eine private Autovermittlung schicken wollte.

Als das Auto schließlich kam, konnten sie nur im Schneckentempo fahren, denn es war fast unmöglich, etwas zu sehen. Der Wagen schien im luftleeren Raum dahinzugleiten, und Thorn starrte unentwegt aus dem Fenster, um dem Fahrer behilflich zu sein. Es war gut so, denn er brauchte wenigstens in dieser Zeit nicht an das zu denken, was vor ihm lag. Es gab keine Vergangenheit mehr, und die Zukunft war unvorhersehbar. Es gab nur diesen einzigen Augenblick, der sich zu einer Ewigkeit auszudehnen schien, bis endlich Pereford auftauchte.

Auch hier war alles in Nebel gehüllt. Der Fahrer hielt vor dem Eingang, dann half er Thorn, sein Gepäck zur Haustür zu tragen. Alles war dunkel und still.

Ein paar Minuten lang blieb Thorn am Haus stehen, nachdem der Wagen im Nebel verschwunden war. Er schaute empor ... o dieses schöne Haus, das einen Menschen beherbergt hatte, den er so sehr geliebt hatte ... ja, auch Freunde, die ihm teuer waren.

Nun brannte kein einziges Licht im Haus, kein Laut war zu hören, und plötzlich waren die quälenden Bilder wieder da. Er sah Katherine im Garten, wie sie mit ihrem Kind spielte; er sah eine lachende Chessa ... die Veranda war voller Menschen, Lachen klang durch die Nacht, große Wagen, die zu den bedeutendsten Leuten des Commonwealth gehörten, standen auf dem geräumigen Parkplatz. Er sah uniformierte Chauffeure, die, an die Wagen gelehnt, ihre Zigaretten rauchten, hörte ihre Stimmen, wenn sie über die letzten Fußballergebnisse sprachen ... doch dann plötzlich verblaßten all diese Bilder und verschwanden. Er hörte sein Herz schlagen. Er spürte, wie das Blut heftiger durch seine Adern strömte.

Mit steifen Händen schob er den Schlüssel ins Schloß der Vordertür. Hinter sich hörte er einen Laut. Es war, als ob jemand aus dem Pereford-Wald kam. Thorns Atem ging schneller. Er öffnete die Tür, trat ein und schlug sie hinter sich zu.

Obwohl er das Gefühl hatte, verfolgt zu werden, entdeckte er nichts, als er durch das Fenster der geschlossenen Tür hinausstarrte. Nur Nebel – einen grauen, nassen, klebrigen Nebel sah er.

Sicher hatte ihm die Fantasie einen Streich gespielt. Draußen war nichts und niemand. Aber er wußte, daß er sich gegen die immer wieder in ihm aufsteigende Angst wehren mußte.

Er verriegelte die Tür. Er blieb einen Augenblick in der Dunkelheit stehen, während er versuchte, die Laute im Haus zu erkennen. Im Keller lief die Heizung. Irgendwo ratterten Rolläden. Die alte Standuhr tickte. Sekunde um Sekunde verging.

Langsam ging Thorn durch das Wohnzimmer in die Küche. Von dort führte eine Tür zur Garage. Die beiden Wagen standen nebeneinander: Katherines Kombiwagen, sein Mercedes. Er ging zum Mercedes, öffnete die Tür und steckte den Schlüssel in die Zündung. Der Benzintank war zu einem Viertel gefüllt; das genügte, um nach London zurückzukommen.

Er ließ die Tür geöffnet, ließ den Schlüssel in der Zündung stecken, dann ging er zur Küchentür zurück. Er drückte auf den Schalter, durch den sich automatisch die Türen, die zur

Einfahrt führten, hoben. Nebel wirbelte herein, und in diesem Moment glaubte Thorn ein Geräusch zu hören. Er ging hinein, schloß die Tür und lauschte. Nichts.

Er schaltete das Küchenlicht ein und sah sich um. Alles war so wie er es verlassen hatte – so, als ob die Haushälterin einfach ins Bett gegangen wäre, um am nächsten Morgen wieder munter an ihr Tagwerk zu gehen.

Sogar ein irdener Topf mit Weizenflocken stand auf dem Herd.

Thorn hielt den Atem an. Es war alles so normal, es widersprach so sehr alledem, was wirklich *wahr* war.

Er ging zum Tisch und nahm das Päckchen mit den Dolchen aus seinem Mantel, öffnete es und breitete den Inhalt vor sich aus. Alle sieben Dolche waren da. Sie sahen aus, als ob sie frisch geschärft worden wären. In den Klingen spiegelten sich Teile seines Gesichtes, als er sie betrachtete. Er sah seinen tödlich entschlossenen Blick. Er spürte den Schweißausbruch, während er die Dolche betrachtete. Ein Schwächegefühl war plötzlich in seinen Beinen. Er holte ein paarmal tief Luft, dann schlug er mit zitternden Händen die Dolche wieder ein und steckte das Päckchen in den Mantel zurück.

Er ging in die Vorratskammer. Er stieg eine schmale Holztreppe hinauf. Er bückte sich, damit er nicht gegen die Glühbirne stieß, die an einem Kabel von der Decke herunterhing ...

Dies war ein Aufgang für die Angestellten, und er hatte ihn zuvor nur ein einziges Mal benutzt, als er Suchen-und-Verstecken mit Damien gespielt hatte. Plötzlich erinnerte er sich daran, daß er sich damals vorgenommen hatte, eine andere Lampe anbringen zu lassen, weil er besorgt war, das Kind könnte hinaufreichen und die Drähte berühren: Kurzschlußgefahr! Es war nur eine der vielen Gefahrenquellen in diesem alten Haus. In den oberen Etagen gab es Fenster, die sich viel zu leicht öffnen ließen. Die Balkone waren nicht ganz sicher, das eine oder andere Geländer mußte repariert werden.

Als Thorn auf der schmalen Hintertreppe nach oben schlich, hatte er das Gefühl, daß er all das jetzt nur träume. Jeden Augenblick konnte er neben Katherine aufwachen, und dann mußte er ihr von diesem schrecklichen Alptraum berichten, den er soeben geträumt. Voller Mitgefühl war ihr Gesicht, zart und tröstlich die Hände, dann kam das Kind in ihr Zimmer, das Gesicht frisch, vom Schlaf noch ganz rosig...

Thorn erreichte den Treppenabsatz im ersten Stock und betrat den dunklen Flur. Es war, als erfasse ihn wieder jene Unruhe, jene Bestürzung, die er kurz vor Jennings' Tod gefühlt hatte. Er betete, daß er in das Zimmer des Kindes käme und daß er es leer fand, daß das Haus so dunkel und still war, weil die Frau das Kind fortgebracht hat . . .

Aber nein. Er hörte sie atmen und sein Herz begann zu schmerzen.

Da waren sie. Alle beide. Und beide schliefen sie!

Deutlich konnte er das geräuschvolle, tiefe Atmen der Frau hören . . . aber auch den Atem des Kindes . . .

Thorn hatte immer das Gefühl gehabt, daß man hier im Flur bereits hören konnte, daß die zwei zueinandergehörten, wenn sie schliefen. In der Dunkelheit schien ihr Atem sich miteinander zu verbinden, schien eine Einheit zu werden, die sie am Tage nicht erlebten. Er lehnte sich gegen die Wand und lauschte, dann ging er ruhig zu seinem eigenen Zimmer und drehte das Licht an.

Sein Bett war aufgeschlagen, als ob man ihn erwartete. Er ging hin und setzte sich. Er betrachtete das gerahmte Foto von sich und Katherine auf dem Nachttisch. Wie jung sie aussah! Zwei strahlende Menschen, denen die Zukunft gehörte.

Thorn legte sich aufs Bett. Aus seinen Augenwinkeln perlten Tränen. Er weinte ganz plötzlich, und er tat nichts dagegen. Ihm war, als müsse dies alles so sein.

Unten schlug die Uhr zweimal. Er stand auf, ging ins Badezimmer, drehte das Licht an und erstarrte. Katherines Badezimmer war in einem Zustand völligen Durcheinanders. Tuben waren aufgerissen, Puder verstreut, Lippenstifte lagen zerbrochen auf der Erde. Jemand hatte Gesichtscreme auf den Boden geschmiert, mit dem Lippenstift die Kacheln bemalt, die Toilette mit Haarbürsten und Lockenwicklern verstopft.

Irgend jemand hatte sich hier ausgetobt, und obwohl Thorn dies alles nicht verstand, wußte er, daß es sich um einen Protest gegen Katherine handelte. Ein Erwachsener mußte es getan haben. Die Dosen und Schachteln waren mit großer Kraft verbogen und zerschmettert worden, die Schmierereien von starker Hand ausgeführt. Es war das Werk eines Verrückten ... eines Verrückten, dessen Hände der Haß geführt hatte.

Er stand wie betäubt da, und als er in einen zerbrochenen Spiegel schaute, sah er, daß seine Züge hart wurden. Er griff nach unten und öffnete eine Schublade. Was er suchte, war nicht da, und er öffnete ein Schränkchen. Er suchte weiter, bis er es gefunden hatte. Es war ein elektrischer Rasierapparat.

Thorn verband das Kabel mit der Steckdose, dann drückte er auf den Schalter und der kleine Apparat summte in seiner Hand. Als er ihn abstellte, glaubte er, einen Laut gehört zu haben. Quietschten die Bodenbretter über ihm? Schweigend stand er da, er wagte kaum zu atmen, bis es wieder still wurde.

Schweiß hatte sich auf Thorns Oberlippe gebildet. Er wischte ihn mit zitternder Hand ab. Dann verließ er das Badezimmer und blieb im dunklen Flur stehen. Die Bodenbretter unter ihm knarrten, als er weiterging. Das Zimmer des Kindes lag hier, gleich gegenüber Mrs. Baylocks Zimmer. Als er an ihrer Tür war, blieb er stehen. Sie war halb geöffnet, und er konnte hineinsehen. Sie lag auf dem Rücken, ein Arm hing aus dem Bett, ihre Fingernägel waren hellrot bemalt.

Auch ihr Gesicht war zurechtgemacht, so wie er es schon einmal gesehen hatte; hurenhaft, mit viel Lippenstift und Puder, und nun hatte sie auch noch Lidschatten und Rouge hinzugenommen. Ruhig, leicht schnarchend lag sie da, ihr Bauch hob und senkte sich und warf einen Schatten über den Boden.

Mit bebenden Händen schloß Thorn die Tür, dann zwang er sich weiterzugehen ... auf die Tür am Ende des Flurs zu. Sie war leicht angelehnt. Thorn zog sie vorsichtig auf und trat hinein, dann schloß er sie hinter sich und lehnte sich dagegen.

Da lag sein Sohn. Das Kind schlief, sein Gesicht sah so friedlich und unschuldig aus, und Thorn schlug die Augen nieder. Er wagte nicht, ihn noch einmal anzusehen. Dann holte er tief Luft, ging langsam auf das Bett zu. Seine Finger krampften sich um den Rasierapparat. Er schaltete ihn ein.

Das Summen war so laut, daß Thorn plötzlich zusammenfuhr.

Aber das Kind schlief weiter. Thorn beugte sich über das Bett. Seine Hände zitterten, als er den summenden Rasierapparat hob und damit leicht die Haut des Kindes berührte. Dann führte er den Apparat durch dieses schöne Haar, und ein lichter Pfad mittendurch entstand. Die weiße Kopfhaut sah aus wie eine häßliche Narbe. Wieder lief der Rasierapparat, wieder fielen Haare, doch nun begann das Kind zu stöhnen und sich zu bewegen. Thorn arbeitete rascher. Er sah, daß die Augenlider des Kindes zuckten, er spürte, daß der Kopf sich zu bewegen begann. Damien war unruhig geworden. Er erwachte jetzt und versuchte schlaftrunken den Kopf zu heben. Panische Angst überfiel Thorn. Er drückte den Kopf des Kindes fest ins Kissen.

Das erschreckte Kind versuchte sich zu wehren, doch Thorn hielt es fest. Der Rasierapparat summte. Neue Bahnen entstanden im dichten Haar.

Damien wand und krümmte sich, er begann Angstschreie auszustoßen, aber Thorn hielt ihm den Mund zu. Dann war der Schädel kahl geschoren, und Thorn schluchzte, als er hinunterschaute. Der Junge bäumte sich auf, als er nach Luft rang. Plötzlich wurden Thorns Augen groß, und er umfaßte fester den Rasierapparat ... nur noch eine Stelle des Hinterkopfes! Da war es. Das Zeichen! Die Kopfhaut war aufgerissen, Blut lief aus der Wunde, aber deutlich war es zu sehen. Die Sechs. Dreimal die Sechs, vereint zu einem schönen Ornament.

Thorn wich zurück. Das Kind sprang auf. Es schluchzte und rang nach Atem, als es angsterfüllt seinen Vater ansah. Die kleinen Hände betasteten den enthaarten Schädel und kamen blutbefleckt zurück. Er starrte auf das Blut und schrie vor Angst.

Dann hob Damien die Hände. Er griff nach seinem Vater und weinte. Wie hypnotiert stand Thorn da, als er die hilflose Angst in diesen Augen sah. Doch er konnte ihn nicht trösten. Thorn begann zu schluchzen, als sich die blutigen Finger auf ihn zubewegten, als das Kind ihn so ansah.

»Damien ...«, schluchzte Thorn.

Aber in diesem Augenblick flog die Tür hinter ihm auf, und als er sich umdrehte, sah er die mächtige Gestalt Mrs.

Baylocks, die auf ihn zuzufliegen schien. Ihr bemalter Mund war weit geöffnet. Sie stieß einen geisterhaften Schrei aus.

Thorn nahm das Kind, aber die Frau sprang ihn an, und er stürzte zu Boden.

Thorn hörte die Schreie Damiens, als er unter der Frau lag und sich gegen die Hände wehrte, die sich tief in seine Augen und seinen Hals bohrten. Er schlug sie, doch sie schien unempfindlich. Ihre fleischigen Hände fanden seinen Hals und drückten zu, bis seine Augen aus den Höhlen traten. Verzweifelt schlug Thorn auf ihr Gesicht ein, doch ihre Zähne drückten sich in seine Hand, als plötzlich eine Lampe vom Nachttisch fiel. Thorn griff danach und schlug auf Mrs. Baylocks Schädel ein. Die Lampe zerbrach, doch er schien die Frau betäubt zu haben, denn sie zuckte nur und rollte zur Seite. Noch einmal schlug Thorn zu, er sah, daß er ihr den Schädel spaltete. Blut floß ihr über Wangen und Kinn.

Doch noch immer klammerte sie sich an ihn. Ein drittes Mal mußte er zuschlagen, bevor sie still dalag. Mühsam erhob er sich und taumelte gegen die Wand, wo das Kind stand. Die Augen Damiens starrten ihn entsetzt an. Thorn griff nach ihm. Er zerrte ihn aus der Tür und prallte gegen die Wände des Flurs, dann schlug er die Tür hinter sich zu. Damien klammerte sich an den Türknopf. Er trat gegen die Tür, und Thorn mußte die Hände des Jungen losreißen; sie flogen hoch. Er versuchte ihm das Gesicht zu zerkratzen, und beinahe wären sie beide die Treppe hinuntergetorkelt. Dann griffen die Hände des Kindes nach oben. Damien hielt sich fest an der Glühbirne. Thorn versuchte ihn mit sich zu ziehen, aber noch ehe er den Blitz sah, spürte er den elektrischen Schlag, der sie fortschleuderte.

Sie landeten auf dem Boden der Vorratskammer. Betäubt kroch Thorn auf Händen und Füßen weiter, bis er das bewußtlose Kind neben sich entdeckte; er versuchte es hochzuheben, doch er fiel wieder zurück. Und da hörte er, daß die Küchentür geöffnet wurde. Er drehte sich um. War er wirklich bei Sinnen?

Es war Mrs. Baylock, die taumelnd auf ihn zukam. Aus ihrem Kopf floß Blut. Wieder versuchte er aufzustehen, aber sie packte ihn am Mantel und drehte ihn herum, während er verzweifelt versuchte, sich an einer Schublade festzuhalten, die er herausriß und deren Inhalt über den Boden flog.

Er fiel zu Boden. Die Frau warf sich über ihn, ihre blutigen Hände preßten sich in seinen Hals. Hellrot war ihr Gesicht von Puder und Blut, die Zähne groß und weiß, böse ihr Grinsen. Weit öffnete sich ihr Mund. Thorn war hilflos. Er würgte, er starrte in diese irren Augen und näher und näher kam dieses Gesicht, dessen Lippen sich an seinem Mund festsaugten.

Auf dem Boden lagen die Utensilien aus der Schublade. Thorns Hände suchten verzweifelt nach einem Gegenstand. Er fand Gabeln, und die nahm er hastig an sich. Eine um die andere siteß er nach oben – mitten hinein in den Schädel des Weibes, das schreiend zu Boden ging, während Thorn auf die Beine kam. Doch nun stand dieses Weib schon wieder aufrecht! Es schwankte aus dem Zimmer, jede Gabel einzeln aus dem blutigen Schädel ziehend ...

Thorn packte den bewußtlosen Damien und lief mit ihm zur Garagentür. Er taumelte durch die offene Tür in seinen Wagen. Und fast hatte er es geschafft. Da hörte er plötzlich ein Knurren. Etwas Schwarzes, Haariges flog durch die Luft und streifte seine Schulter, so daß er buchstäblich in den Wagen fiel. Es war der Hund. Er zerrte an seinem Arm und ließ nicht von ihm.

Das Kind war auf den Sitz neben ihm gefallen, und Thorn griff mit der anderen Hand nach der Tür. Er schlug diese Tür unablässig gegen die Schnauze des Hundes, Blut floß, und das Tier ließ, vor Schmerzen heulend, endlich von ihm. Die Tür flog zu.

Im Wagen suchte Thorn nach den Schlüsseln, während der Hund draußen wie wild gegen Fenster und Haube sprang und sich mit gewaltiger Kraft gegen die Windschutzscheibe warf. Das Glas zitterte bei jedem Aufprall.

Thorn fand die Schlüssel, doch seine Hände waren zu schwach, sie zu halten. Sie fielen auf den Boden. Verzweifelt bückte er sich, um sie zu suchen. Neben ihm begann das Kind zu stöhnen, und der Hund warf sich immer wieder heulend gegen die berstende Windschutzscheibe.

Endlich hatte Thorn die Schlüssel gefunden. Er wollte sie wieder in die Zündung stecken, aber als er durch die Windschutzscheibe sah, erstarrte er. Es war die Frau, die immer noch lebte, die nun aus der Küche kam, ihre letzte Kraft aufbot und einen gewaltigen Hammer hob, während sie sich dem Wagen näherte. Thorn drehte den Zündschlüssel um, aber in dem Augenblick, da der Wagen startete, schlug sie mit dem Hammer zu. Ein großes Loch war in der Windschutzscheibe entstanden, und sofort zwang der Hund seinen Kopf hindurch. Seine Zähne schnappten nach Thorn. Dieser wich zurück, doch der Kopf des Tieres wich nicht einen Zentimeter von ihm.

Thorn konnte nicht mehr ausweichen. Die Zähne des Tieres waren nur noch Zentimeter von seiner Hand entfernt, als er in den Mantel griff und einen der Dolche herausholte. Thorn stieß nun mit aller Kraft direkt zwischen die Augen des Tieres. Die Waffe verschwand in dem Schädel bis zu den Füßen der Christusfigur. Das Maul des Tieres öffnete sich, es stieß ein Schmerzensgebrüll aus, das mehr dem eines Leoparden als einem Hund glich. Es krümmte sich und rutschte von der Motorhaube, bewegte sich auf zwei Füßen, während es die Vorderfüße gegen den Dolch in seiner Stirn drückte. Der Todesschrei des Tiers ließ die Garage erbeben. Thorn legte den Rückwärtsgang ein und fuhr los. Mrs. Baylock taumelte am Fenster entlang, sie schlug immer wieder wimmernd dagegen. Ihr Gesicht war eine einzige Masse aus Schminke und Blut.

»Mein Baby . . .«, schluchzte sie. »Mein Baby . . .«

Thorn wendete den Wagen, und sie lief zur Einfahrt. Dort hielt sie beide Hände hoch, es war ein letzter Versuch, ihn nicht entkommen zu lassen. Thorn hätte um sie herumfahren können, doch er tat es nicht. Er biß die Zähne zusammen und trat fest mit dem Fuß aufs Gaspedal. Ihr verzweifeltes Gesicht erschien im Licht der Scheinwerfer, als sie hoch durch die Luft flog.

Thorn hielt den Wagen am Ende der Einfahrt an. Dann schaute er in den Rückspiegel. Er sah den Körper der Frau – einen leblosen Fleischberg, der in der Einfahrt lag; auf dem Rasen konnte man den zuckenden Körper des Hundes sehen.

Wieder trat Thorn aufs Gaspedal. Er fuhr auf der Straße weiter in Richtung Highway. Das Kind neben ihm war immer noch bewußtlos.

Endlich hatte Thorn den Highway erreicht. Mit großer Geschwindigkeit fuhr er auf die Stadt zu. Die Morgendämmerung kam, der Nebel begann sich zu heben. Wie ein Flugzeug raste Thorns Wagen über die leere Landstraße. Der Mittelstreifen vor ihm sah aus wie ein riesiger Pfahl ...

Das Kind neben Thorn begann sich nun zu bewegen. Es wimmerte vor Schmerzen. Er starrte auf die Straße hinaus. Er versuchte, nicht daran zu denken, daß das Kind neben ihm lag.

»Es ist kein menschliches Kind!« schrie er plötzlich. »Es ist kein menschliches Kind!«

Und er jagte weiter. Neben ihm stöhnte der Junge.

Die Abbiegung zur West-10 kam fast zu schnell. Thorn hätte sie beinahe verpaßt, er bremste, der Wagen begann zu rutschen, er flog zur Seite, und bei dieser Bewegung fiel Damien vom Sitz.

Aber er schaffte es wieder. Dann fuhren sie auf die All Saints Church zu. Bald sah Thorn die gewaltigen Türme vor sich, aber der Junge war wach geworden und starrte ihn mit unschuldigen Augen an.

»Sieh mich nicht an ...«, stöhnte Thorn.

»Es tut weh ...«, wimmerte das Kind.

»Sieh mich nicht an!«

Das Kind gehorchte. Die Reifen des Autos quietschten, als sie um eine Ecke fuhren und die Kirche vor sich hatten. Aber als Thorn emporblickte, hatte sich plötzlich der Himmel verdunkelt. Es war, als ob die Nacht zurückgekommen wäre ... ein Meer voller Dunkelheit, die sie einhüllte. Blitze zuckten.

»Daddy ...«, wimmerte Damien.

»Nicht!«

»Ich bin krank.«

Und Damien erbrach sich. Thorn schrie und schrie, um den Schmerz des Kindes zu übertönen. Ein heftiger Regensturm warf Wasser, Laubwerk und Äste durch die zerbrochene Windschutzscheibe, als der Wagen vor der Kirche hielt und Thorn die Tür aufriß.

Er packte Damien am Kragen seines Pyjamas und zog ihn über den Sitz, doch der Junge wehrte sich und schrie. Seine Füße trafen Thorns Leib. Er fiel rückwärts auf die Straße. Mühsam stand er auf. Er packte einen Fuß und zog das Kind heraus, doch Damien entkam seinem Griff und begann zu rennen. Thorn raste hinter ihm her, er hielt ihn am Pyjama fest und warf ihn aufs Pflaster. Über ihnen schien der Himmel zu explodieren. Damien rutschte über das nasse Pflaster und versuchte wieder, Thorns Händen zu entkommen. Aber Thorn warf sich auf den Jungen, er schob sich über ihn, legte die Hände um seine Brust; er zog das schreiende, tretende Kind mit sich zur Kirche.

Auf der anderen Straßenseite wurde ein Fenster geöffnet und ein Mann schrie etwas, aber Thorn ging weiter durch den prasselnden Regen. Sein Gesicht war eine Maske des Schreckens, als er die breiten Stufen der Kirche hinaufstieg.

Ein heulender Wind schlug Thorn so ins Gesicht, als wolle er ihn vernichten. Mit letzter Kraft bäumte sich Thorn gegen die bösen Elemente auf.

Da erklang die Sirene eines Polizeiwagens, und aus dem Fenster jenseits der Straße brüllte der Mann, Thorn solle das Kind loslassen. Doch er wollte nichts hören. Er kämpfte sich durch den heulenden Sturm, während der Junge sich im Fleisch seiner Wangen verkrallte und ihm die Finger in die Augenhöhle drückte. Thorn ging in die Knie, doch bald hatte er sich wieder aufgerafft. Jetzt zerrte er das schreiende Kind zum Kirchenportal.

Wieder ein Blitz.

Thorn hatte die Treppe erreicht. Mit letzter Kraft zog er Damien nach, und während seine Kräfte mehr und mehr versagten, wuchsen die Kräfte des Jungen. Damien schlug, kratzte, stieß und spuckte um sich, als er den Eingang zum Gotteshaus unter seinen Füßen spürte.

Thorn drückte den Entfesselten mit übermenschlicher Anstrengung zu Boden, dann holte er aus der Manteltasche die Dolche. Ein markerschütternder Schrei aus Damiens Mund, ein Schlag gegen Thorn, und die Dolche flogen auf die Kirchenstufen. Thorn packte den nächstbesten, während er mit der andern Hand den Jungen festhielt . . .

Die Polizeisirene wird immer lauter. Auf einmal ist es still.

Jetzt ein Schrei. Thorn hebt den Dolch . . .

»Halt!« brüllt eine Stimme von der Straße her. Zwei Polizisten kommen, einer mit gezücktem Revolver. Thorn sieht sie, dann betrachtet er das Kind, und mit einem fürchterlichen Gebrüll stößt er zu . . .

Im selben Augenblick, so wird später berichtet, ist der Schuß gefallen. Thorns Welt schien stillzustehen, schien zu enden an dieser Schwelle: hinter ihm das Portal der Kirche, vor ihm der Körper des Kindes und die Ewigkeit.

Dann öffneten sich weit die Kirchentüren. Ein Priester trat heraus. Er sah hinter einem dichten Regenschleier drei Männergestalten. Ein Kind ...

13

Die Nachricht von der Tragödie verbreitete sich schnell durch London und alsbald über die ganze Welt. Es war eine verwirrende Geschichte, die Details widersprachen sich, und zwei Tage lang strömten die Reporter ins City Hospital, um die Ärzte zu befragen – um herauszubekommen, was geschehen war. Und wie es geschehen war.

Am Morgen des zweiten Tages kam eine Gruppe von Ärzten und Schwestern in das Zimmer und warteten auf die Fernsehkameras, damit sie ihre Meinung zu dem Fall loswerden konnten.

Es war ein südafrikanischer Arzt, der vom Groote-Schuur-Hospital in Capetown eingeflogen worden war und der als letzter sprach.

»Ich möchte Ihnen gern mitteilen ... daß der Tod um 8 Uhr 30 heute vormittag eintrat. Unsere Bemühungen, das Leben zu retten, waren zwecklos, denn die Verletzungen waren so stark, daß nichts mehr getan werden konnte.«

Die versammelten Reporter begannen zu murmeln und der Doktor wartete, bis es wieder still geworden war.

»Es werden keine weiteren Verlautbarungen mehr herausgegeben. In der *All Saints Church*, vor der sich die Tragödie ereignete, wird eine Messe für den Toten gelesen werden, dann soll der Leichnam zur Bestattung in die Vereinigten Staaten gebracht werden.«

In New York City wartete die Reihe der Limousinen am JFK. Die beiden Särge standen auf einem Wagen und wurden über den Highway zum Friedhof gefahren. Polizisten auf Motorrädern machten den Weg frei. Der Friedhof war überfüllt, als die Wagen ihn erreichten; die Neugierigen und die Trauernden wurden von Sicherheitsbeamten zurückgehalten, als die Trauergäste zum offenen Grab geführt wurden.

Ein Priester in einer weißen Robe trat an die Särge, die mit der amerikanischen Flagge bedeckt waren. Musik erklang, als die Särge zu den offenen Gräbern gebracht wurden. Ein Beauftragter prüfte die Tragriemen, in denen die Särge hingen, und ließ sie ein wenig herunter, ehe die Lobpreisung begann.

»Wir betrauern heute gemeinsam«, intonierte der Priester, »den vorzeitigen Tod unseres Bruders und unserer Schwester, die einen Teil von uns auf ihre Reise in die Ewigkeit mitnehmen. Laßt uns nicht um sie trauern, die jetzt in die ewige Ruhe eingegangen sind. Trauern wir um uns, denn wir werden sie vermissen. Ganz gleich, wie kurz ein Leben ist, es ist ein erfülltes Leben, und wir müssen für die kurze Zeit dankbar sein, in der sie unter uns weilten.«

Die Menge schwieg; einige weinten, andere beschatteten ihre Augen vor der Sonne.

»Wir verabschieden uns von einem großen Manne ... der in Wohlstand und Sicherheit geboren wurde ... dem alles gegeben war, was sich Menschen nur ersehnen können. Aber gerade hier sehen wir, daß irdische Wohltaten nicht genügen.«

Draußen vor den Toren des Friedhofs beobachteten und fotografierten die Reporter unermüdlich. Eine kleine Gruppe unter ihnen stand abseits. Man unterhielt sich über die Tragödie des Ehepaars Thorn.

»Sonderbar, was?«

»Was ist daran sonderbar? Es sind ja nicht zum erstenmal Leute auf der Straße ermordet worden.«

»Was ist eigentlich mit dem Burschen, der gesehen hat, wie sie auf der Treppe miteinander kämpften? Der Kerl, der die Polizei anrief?«

»Ach, der war besoffen. Sie machten einen Blutalkoholtest, und er hatte eine ganze Menge intus.«

»Ich weiß nicht«, sagte der dritte. »Für mich ist das alles ein bißchen merkwürdig. Was machen sie um diese Zeit an der Kirche?«

»Seine Frau starb doch vor ihm. Vielleicht wollten sie beten.«

»Was für ein Verrückter würde wohl einen Mord auf den Stufen einer Kirche begehen?«

»Die Welt ist voll davon. Glauben Sie's mir.«

»Ich weiß nicht«, meinte der erste. »Sieht fast so aus, als ob irgend etwas vertuscht werden sollte.«

»Wäre ja nicht das erstemal.«

»Und bestimmt nicht das letztemal.«

Langsam wurden die beiden Särge ins Grab hinuntergelassen. Der Priester hob beide Arme zum Himmel. Unter den versammelten Trauergästen war ein Paar, das abseits der anderen stand und das von Männern in Zivil umgeben war, die die Menge scharf beobachteten.

Da war ein Mann, würdevoll und stattlich, und eine Frau mit einem schwarzen Schleier vor dem Gesicht. Sie hielt einen vier Jahre alten Jungen an der Hand, dessen Arm in einer Schlinge lag.

»Und während wir Jeremy und Katherine Thorn zur ewigen Ruhe betten«, sagte der Priester, »wenden wir uns ihrem Kind Damien zu, dem einzigen Überlebenden dieser einstmals großen Familie, das nun in einer anderen Familie leben wird. Möge er die Liebe erwidern, die sie ihm schenken werden, möge er der rechte Nachfolger seines Vaters werden. Ein leuchtendes Vorbild für uns alle – für die Menschheit.« Damien lächelte.

Damien beobachtete, wie die beiden Särge hinabgelassen wurden. Er umklammerte fest die Hand der Frau an seiner Seite.

»Möge Gott dir, Damien Thorn, seinen Segen und seine Gnade schenken . . . möge dich Christus ewig lieben.«

Aus dem wolkenlosen Himmel kam ein entferntes Donnergrollen, und die Menge begann sich langsam zu zerstreuen. Die Leute, die von den Polizisten in Zivil umgeben waren, warteten, bis alle gegangen waren, dann näherten sie sich dem Grab, und das Kind kniete sich hin, um zu beten. Es lächelte.

Die Leute drehten sich um und betrachteten das Kind. Viele weinten. Schließlich erhob Damien sich und ging mit seinen neuen Eltern langsam dem Ausgang zu. Die Polizisten bildeten einen Kreis um die kleine Gruppe und begleiteten sie vom Grab bis zu der Limousine des Präsidenten.

Vier motorisierte Polizisten folgten dem Wagen, und die Fotografen machten Aufnahmen von Damien, welcher mit großen Augen durch das hintere Fenster des davonfahrenden Automobils schaute.

Die Fotografen aber werden einen Flecken entdecken – eine schadhafte Stelle in der Filmemulsion, der auf der Vergrößerung wie ein schleierhaftes Etwas aussieht.